AF272911

Stephanie Abendstern ist seit ihrer Kindheit passionierte Geschichtenerzählerin und Leserin. Dabei schlug ihr Herz schon von Anfang an für fantastische Welten und Geschichten. In diese träumte sie sich hinein, um dem Alltag zu entkommen.

Heute lebt die 39-jährige Autorin mit ihrer kleinen Familie in Ostro – einem kleinen Dorf in der Lausitz. Beim Erkunden der wunderschönen Natur sowie der lokalen Sagenwelt kommen ihr immer wieder Ideen für neue Geschichten.

STEPHANIE ABENDSTERN

BLUT UND ERDE

REFUGIAL DILOGIE
BAND 1

Erstausgabe März 2025
Copyright © 2025 All rights reserved.
Stephanie Abendstern
Burgwallstraße 29
01920 Panschwitz-Kuckau

stephanie@abendwelten.de

BLUT UND ERDE
Refugial Dilogie Band 1

ISBN Taschenbuch: 978-3-7693-5110-1
ISBN Hardcover: 978-3-910394-52-0

Lektorat: Monica Becker
(https://lektorat-subtext.webnode.page/)
Korrektorat: Nina Biesenbach
(https://kleinkarismus.de)
Coverdesign und Kapitel- und Szenentrenner: Ria Raven
(https://riaraven.de)
Das Cover wurde von Ria Raven unter Nutzung von KI-Elementen aus
dem Shutterstock AI-Generator erstellt.

Verlag: BoD · Books on Demand GmbH, In de Tarpen 42, 22848 Norderstedt,
bod@bod.de
Druck: Libri Plureos GmbH, Friedensallee 273, 22763 Hamburg

1.

Lass die Straße bitte nicht in diesem beschissenen Wald enden. Angestrengt spähte Syra durch die Frontscheibe ihres klapperigen
VW Golfs. Schon vor einer ganzen Weile hatte sie die Autobahn
hinter sich gelassen und war kurz darauf in einen scheinbar endlosen
Wald eingetaucht. Die Bäume standen hier so dicht, dass sie die
Scheinwerfer einschalten musste. Sie bildeten ein undurchdring-
liches Dach über der kleinen, gewundenen Teerstraße und ließen
kaum etwas vom schwindenden Tageslicht bis zu ihr nach unten
durch.

Mit einem mulmigen Gefühl im Bauch betrachtete sie das
Dickicht. Mit jedem zurückgelegten Meter schien es näher an die
Straße heranzukriechen. Sie brauchte nicht viel Vorstellungskraft,
um sich auszumalen, dass einer dieser Bäume seine Äste gierig nach
ihr ausstreckte.

Kopfschüttelnd schob sie den Gedanken beiseite, wie sie es dieser
Tage ständig tat. Es gab so vieles, woran sie nicht denken wollte.
Das war auch der Grund, weshalb sie ihre Sachen gepackt und sich
auf den Weg hierher gemacht hatte. Sie brauchte Abstand, wollte

nicht mehr grübeln. Was eignete sich hierfür besser als ein abgelegenes Haus?

Bis auf einen Zettel mit einer Adresse und einem Schlüssel hatte sie nichts vom Notar erhalten. Keinen Brief ihrer Eltern, oder ihrer Urgroßmutter, der das Haus ursprünglich einmal gehört hatte. Sie lebte schon lange nicht mehr, genauso wie ihre Großeltern. Syra erinnerte sich nur noch vage an ihre Uroma oder ihren letzten Besuch in Breitenfels. Damals war Syra noch ein Kind gewesen. Der tiefe Brunnen am Haus war ihr noch heute deutlich im Gedächtnis: Ihr liebster Armreif war hineingefallen. Noch Tage später war sie untröstlich gewesen und voller Groll auf den Brunnen, der ihr ihr liebstes Schmuckstück genommen hatte. Natürlich kam kein Froschkönig, um ihr zu Hilfe zu eilen, ganz egal, welche Versprechen sie in den dunklen Schacht hinabrief. Aber sie sah ein Paar gelber Augen im Wasser. Danach war sie felsenfest davon überzeugt, dass unten im Wasser etwas hauste. Wieder und wieder kehrte sie zum Brunnen zurück, legte Kekse und andere kleine Geschenke auf den Rand. Am Ende versuchte sie sogar, hineinzuklettern. Heute konnte sie über ihre überquellende kindliche Fantasie und das Drama, das sie verursacht hatte, nur den Kopf schütteln. Ihren Eltern hatte sie damals einen gehörigen Schrecken eingejagt.

Sie schluckte gegen den Kloß in ihrem Hals an, bevor sie auch diesen Gedanken beiseiteschob. An den Tod ihrer Eltern wollte sie gerade nicht denken. Zuerst musste sie sicher in ihrem neuen Zuhause ankommen. Und auf dieser dunklen, engen Straße brauchte sie ihre ganze Aufmerksamkeit.

Nur noch zwei Kilometer bis zum Ziel, behauptete ihr Handy. Syra konnte es kaum erwarten. Ihr Nacken war nach der langen Fahrt schon ganz steif und der Kaffee, den sie an der letzten Raststätte getrunken hatte, wollte dringend nach draußen. Hoffentlich gab es in dem Haus eine funktionierende Toilette. Bald würde sie es wissen.

»In fünfhundert Metern rechts abbiegen.« Syra nahm den Fuß vom Gas. Weit und breit konnte sie weder ein Haus noch eine Kreuzung erkennen. Oder sonst einen Hinweis darauf, dass hier jemand lebte.

Müsste hier nicht zumindest ein Ortsschild sein?

Plötzlich tauchte ein Abzweig vor ihr auf. Syra bremste. Es war nicht mehr als ein unbefestigter Weg noch tiefer in den Wald hinein, kaum breit genug für ihr Auto. Ein Schild gab es nicht. Trotzdem behauptete das Navi, dass ihr Ziel in dieser Richtung lag.

Was, wenn es sich irrt? Es wäre nicht das erste Mal, dass sich ein Autofahrer in einem Teich wiederfindet. Ihr schauderte. *Dieser Weg sieht aus, als ob er mitten ins Nirgendwo führt. Hoffentlich ist das keine Sackgasse. Ich wüsste nicht, wie ich hier wenden soll.*

Nervös nagte sie an ihrer Unterlippe. Sie musste es zumindest versuchen.

Sie setzte den Blinker, trat aufs Gas und bog ab. Erde knirschte unter den Reifen. Links und rechts streiften Büsche das Auto. Es rumpelte und knarzte. Syra erschauderte. Im Scheinwerferlicht sahen die dürren Zweige aus wie knochige Finger. Hoffentlich war sie bald da.

Über eine uralte Brücke überquerte sie ein kleines Bächlein, das sich um den Fuß eines bewaldeten Hügels wand. Ganz oben auf dem Hügel thronte ein majestätisches Anwesen über dem Wald wie eine Festung aus einer längst vergangenen Zeit. Das Spitzdach eines runden, von Efeu umhüllten Turmes ragte hoch in den Himmel. Wie Augen verfolgten schwarze Fenster neugierig ihre Ankunft. Der Gedanke war lächerlich und doch ließ er sie nicht los.

Langsam fuhr Syra den Hügel hinauf, bis der Weg an einem schmiedeeisernen Tor endete. Das Ding war groß genug, dass ihr schäbiger Golf zweimal hindurchpasste. Vorausgesetzt, sie bekam es auf.

Wenn nicht, muss ich die Nacht im Auto verbringen. O Gott.

Syra zog den schweren Schlüssel aus ihrer Jackentasche. Immerhin sah er aus, als könnte er passen. Nur wie kam sie dann ins Haus? Sie hatte nur diesen einen. *Shit.*

Ihr Herz ging auf Talfahrt. Warum hatte sie diese Sache nicht zu Ende gedacht? Sie schluckte schwer und stieg aus.

Weil ich nicht mehr denken wollte, schon gar nicht an … Nein. Sie biss die Zähne so fest aufeinander, dass es knirschte. *Jetzt zusammenzubrechen kann ich mir nicht leisten.*

Zuerst brauchte sie einen sicheren Platz für die Nacht. Und Ruhe.

Syra nahm einen zitternden Atemzug. Es fühlte sich an, als säße ein Elefant auf ihrer Brust – ein Gefühl, das in den letzten Wochen ihr ständiger Begleiter gewesen war. *Reiß dich zusammen!*

Mit einem mulmigen Gefühl stieg sie aus. Das Grundstück war von einer hohen Mauer umgeben. Efeu und Brombeerhecken rankten sich an grauen Feldsteinen empor, als würden sie das Anwesen beschützen. Die Frage war nur, vor wem.

Noch einmal sah sie auf den schweren Eisenschlüssel in ihrer Hand. Dann trat sie zögerlich näher und führte ihn ins Schloss. Eisen klapperte gegen Eisen, doch er passte. Ein aufgeregtes Kribbeln fuhr ihren Arm hinauf, als sie ihn drehte. Einmal. Zweimal. Dann zog sie den Schlüssel heraus und drückte die schwere Klinke hinunter. Das Tor ging quietschend auf. Von hier aus sah das Herrenhaus groß und unheimlich aus. Als Kind war ihr das Haus mit den vielen Erkern und Türmen wie ein Märchenschloss erschienen.

Jetzt war es eine Gruselvilla. Sollte es jetzt wirklich ihr gehören? *Finden wir es heraus. Ich habe keine Wahl. Nicht, nachdem ich alle Zelte hinter mir abgebrochen habe.*

»Guten Abend. Kann ich helfen?«

Syra erstarrte. Eine dunkle Gestalt stand auf der anderen Seite des Tores. Es war ein Mann mit bleicher Haut und langem, schwarzem Haar, das sein Gesicht umrahmte wie ein Vorhang. Er trug seltsame, schwarze Kleidung wie aus dem vorletzten Jahrhundert: ein blütenweißes Hemd und schwarze Hosen, dazu einen dunklen Kutschermantel und einen Kummerbund. Ein seltsames Outfit für einen Typen schätzungsweise um die dreißig.

Er betrachtete sie mit zusammengezogenen Brauen. »Haben Sie sich verlaufen?«

Syra blinzelte. Vermutlich starrte sie diesen Mann gerade an wie eine Eule. »Mir helfen? Ich …« Sie nagte an ihrer Lippe. »Ich dachte, dieses Haus wäre unbewohnt.«

Sein Blick glitt zum Schlüssel in ihrer Hand. »Syra Breitenfels?«

Sie nickte benommen. »Und Sie sind?«

»Ich bin der gute Geist dieses Hauses, wenn Sie so wollen.«

Schnaubend schüttelte sie den Kopf. »Guter Geist? So ein Quatsch. Wohl eher ein Plünderer. Sagen Sie mir Ihren Namen, oder ich rufe die Polizei.«

Der Fremde hob abwehrend die Hände. »Bitte beruhigen Sie sich. Mein Name ist Eric. Ich diene der Familie Breitenfels schon seit langer Zeit. Und damit auch Ihnen.«

Syra klappte die Kinnlade herunter. »Bitte was?«

»Solange Sie auf Gut Breitenfels verweilen, bin ich Ihnen zu Diensten.« Seine tiefe Stimme hatte etwas Beruhigendes an sich, fast wie das Schnurren einer Katze.

»Das ist …« *Unerwartet, lächerlich, nett, ungünstig …* Viele mögliche Antworten gingen ihr durch den Kopf. Keine schien die richtige zu sein.

»Man hat mir nicht gesagt, dass jemand hier ist. Der Notar teilte mir mit, das Haus wäre unbewohnt, seit meine Urgroßmutter gestorben ist.«

»Nicht ganz unbewohnt, fürchte ich. Es tut mir leid, wenn meine Anwesenheit unerwartet für Sie kommt.«

»Unerwartet, ja«, murmelte sie. War das vielleicht der Grund, weshalb man ihr nur einen Schlüssel übergeben hatte? Weil es jemanden gab, der sie hier in Empfang nehmen würde?

»Genau wie Ihr Besuch.« Er lächelte ihr zu. »Es war lange kein Mitglied der Familie Breitenfels mehr hier. Ich hatte nicht erwartet …« Kopfschüttelnd brach er ab. »Jetzt sind Sie hier. Kommen Sie herein. Ich werde alles für Ihren Besuch herrichten.«

Syra rührte sich nicht von der Stelle. »Das müssen Sie nicht. Ich komme allein zurecht. Um ehrlich zu sein …« Sie räusperte sich und schloss die Augen, um Kraft für ihre nächsten Worte zu sammeln. »Ich glaube nicht, dass ich Sie bezahlen kann. Ich … Meine Eltern …« Die aufsteigenden Tränen schnürten ihr die Kehle zu. Sie wollte nicht weinen, nicht vor diesem dunkelhaarigen Fremden, der sie mit seinen nahezu schwarzen Augen auf diese undurchdringliche Art und Weise musterte.

»Es ist nicht nötig, mich zu bezahlen. Ihre Urgroßmutter hat alles geregelt«, versicherte Eric mit ruhiger Stimme und trat langsam auf sie zu.

»Geregelt? Wie? Gibt es einen Vertrag, oder …« Sie schüttelte den Kopf, unfähig, ihre wild durcheinanderwirbelnden Gedanken in Worte zu fassen. Sie hatte nicht die Kraft, sich einem weiteren Haufen an Problemen zu stellen, erst recht nicht, wenn sie in Gestalt eines mysteriösen Fremden daherkamen, der behauptete, im Dienst ihrer Familie zu stehen.

»Es gibt einen Vertrag. Er wurde vor Jahren mit Ihrer Urgroß-mutter geschlossen. Aber das sollten wir in Ruhe besprechen. Kommen Sie herein, Syra.«

Es fühlte sich seltsam an, dass dieser Fremde sie einfach mit ihrem Vornamen ansprach, es aber gleichzeitig bei der förmlichen Anrede beließ. Ihr fiel auf, dass er sich ebenfalls nur mit seinem Vornamen vorgestellt hatte. Wie seltsam.

»Mein Auto. Ich fahre es lieber in den Hof.« Ein wenig hilflos deutete sie auf den blauen Wagen. »Ich fühle mich unwohl dabei, es draußen stehen zu lassen. Wir sind mitten im Wald und …«

»Selbstverständlich. Ich schließe das Tor hinter Ihnen. Danach helfe ich Ihnen, Ihre Sachen ins Haus zu tragen.«

Syra wollte protestieren, doch seine dunklen Augen brachten sie zum Schweigen. *Ich habe ohnehin nicht viel Gepäck.* Nur drei Kisten mit Büchern, ihren Unterlagen und Bettwäsche. Außerdem einen Koffer mit Klamotten und Schuhen. Dazu ihren Rucksack mit Laptop, Kamera und Smartphone. Den Rest hatte sie verkauft oder eingelagert, unfähig, sich den damit verbundenen Erinnerungen und Gefühlen zu stellen. Was sie im Moment brauchte, war ein Neuanfang, und dieser Ort schien wie geschaffen dafür. Allein das Durchqueren des Hoftors fühlte sich an, als würde sie eine neue Welt betreten. Sie ahnte zu diesem Zeitpunkt nicht, wie recht sie damit hatte.

Hannah war am Ende ihrer Kräfte und unfassbar hungrig. Schon seit Tagen war sie unterwegs, schleppte sich mit müden Beinen weiter vorwärts, auch wenn ihre Schuhe inzwischen Löcher in Sohle und Futter aufwiesen. Ihre Füße brannten bei jedem Schritt über den unebenen Waldboden. *Immer weiter, fort von diesem Ort und dem Grauen.*

Hannah wusste nicht, wo sie war. Große Straßen und Siedlungen hatte sie gemieden, war nur immer weiter in eine Richtung gelaufen. Nach Tagen auf der Flucht hatte die Zeit an Bedeutung verloren. Noch jetzt hatte sie das Schreien und Flehen der Frauen im Ohr, das verzweifelte Kreischen der Kinder. Den beißenden Geruch von verbranntem Fleisch, brennendem Holz, Tuch und Gras würde sie ihr Lebtag nicht vergessen. Das Haus ihrer Eltern stand in Flammen, ihre Mutter …

Hannah war geflohen, weg von den Schüssen, dem Qualm und den Schreien der Menschen. Seither war sie nur stehen geblieben, um ihre Notdurft zu verrichten oder Wasser aus dem Bach zu trinken. Zu rasten oder gar zu schlafen wagte sie nicht.

Nun war sie müde, so müde, und mit jedem Schritt, den sie tat, erschien ihr der Waldboden mehr wie ein warmes, weiches Bett. Das Laub des letzten Herbstes raschelte einladend unter ihren Füßen, während die Vögel um sie herum ein fröhliches Liedchen pfiffen.

Die Tiere haben keine Ahnung von der Grausamkeit dieser Welt. Hannah verlangsamte ihre Schritte. Was, wenn sie sich einfach hinlegte, nur für eine Weile? *Nein. Der Wald ist gefährlich. Soldaten könnten mich entdecken.*

Oft genug hatte sie ihre Uniformen von Weitem gesehen, auf den Straßen oder ein Stück entfernt, im Wald. Hannah hatte sich stets von ihnen ferngehalten, sich im Unterholz versteckt und war erst weitergezogen, wenn die Gefahr vorüber war.

Auch jetzt durfte sie kein Risiko eingehen. Es war noch helllichter Tag. Die meisten Soldaten blieben auf den Straßen, auf der Durchreise zum nächsten Dorf oder zur Front.

Sie biss die Zähne zusammen und kämpfte sich weiter vorwärts.

Es musste irgendwo einen Ort geben, an dem es sicher war, einen Ort, der Wärme, Nahrung und Sicherheit bot. Nur wo?

Ein Knacken im Unterholz riss sie aus ihren Gedanken. Pfeilschnell wandte sie sich um, prüfte die Umgebung mit verengten Augen. Da! Weiter hinten bewegte sich etwas, ein Mensch! Und er kam direkt auf sie zu. Sie rannte los, Müdigkeit und Erschöpfung waren schlagartig vergessen.

»Heda, warte! Bleib stehen!« Es war die Stimme eines Mannes. *Männer sind schlecht. Männer sind Soldaten und Soldaten tun unaussprechliche Dinge mit Mädchen wie mir.* Sie hatte es gesehen.

Klopfenden Herzens beschleunigte sie ihre Schritte, rannte und rannte, bis das Blut in ihren Adern rauschte wie ein reißender Fluss. Er war dicht hinter ihr. Hannah hörte seine Schritte, das Knacken der Äste und das Rascheln der Blätter unter seinen Füßen. Sie musste ihn irgendwie abhängen, musste –

Sie verlor den Halt und fiel. Für einen Moment schien die Welt stillzustehen. Sie riss die Hände vors Gesicht in der Hoffnung, den Sturz abzumildern, landete auf Unterarmen und Knien. Zweige und kleine Steine stachen schmerzhaft in ihre Haut. Nichts im Vergleich zu dem, was kommen würde, wenn er sie fing. Keuchend rappelte sie sich auf. Doch es war zu spät. Kaum spürte sie wieder Boden unter den Füßen, wurde sie auch schon am Arm gepackt und herumgerissen.

Es war kein Mann. Nur ein zerlumpter, rothaariger Junge, der sie mit düsterer Miene anblickte. Er mochte um die sechzehn sein, kaum älter als sie.

»Bleib stehen, habe ich gesagt. Bist du taub? Wieso bist du weggelaufen? Hast du etwas gestohlen?« Grüne Augen musterten sie voll Argwohn.

Hastig schüttelte sie den Kopf. »Ich bin keine Diebin!« Sie sah dem Jungen fest in die Augen. »Das musst du mir glauben. Bitte!«

»Warum bist du dann weggelaufen?«

»Ich dachte, du bist ein Soldat.«

»Noch nicht. Mutter sagte aber, es wird nicht mehr lange dauern, bis sie mich holen.«

»Oh.«

»Ich will nicht in den Krieg. Meine drei Brüder sind an der Westfront, oder waren es, bis …« Er schluckte. »Wie heißt du? Woher kommst du?« Der schlaksige Junge stand in zerrissenen Hosen vor ihr. Sein Gesicht war schmutzig und von Sommersprossen übersäht.

»Ich heiße Hannah. Und du?«

»Frederick.«

Sie zwang sich zu einem höflichen Nicken. Jetzt, wo sie sich einander vorgestellt hatten, würde er ihr wohl nichts tun.

Tatsächlich ließ er sie los. Er trat einen Schritt zurück und rieb sich verlegen am Hinterkopf. Auf seinen Lippen lag ein scheues Lächeln. »Bist du verletzt? Deine Knie … Ich wollte dir keinen Schrecken einjagen. Ich habe dich hier nur noch nie gesehen.«

»Ich komme nicht von hier«, erklärte sie schnell. »Ich bin nur auf der Durchreise. Mein Dorf … Ich konnte dort nicht bleiben.«

»Also bist du auf der Flucht? Genau wie ich?«

»Du bist auf der Flucht? Wovor? Bist du vielleicht ein Dieb?«, fragte sie und musterte ihn mit gerunzelter Stirn.

Er zuckte mit den Schultern. »Wenn ich hungrig bin.« Er grinste frech. »Meldest du mich jetzt?«

Abwehrend hob sie die Hände. »Nein!«

»Gut. Manchmal habe ich unserem Nachbarn ein paar Eier gestohlen, oder Äpfel. Mutter hat nie gefragt, woher die Sachen kamen. Der alte Schmidt hatte viel mehr als wir, und trotzdem bekam er den Hals nie voll.«

Hannah nickte wissend. Arm und reich – dazwischen gab es wenig.

»Wirst du verfolgt?«, fragte sie.

»Keine Sorge, ich bin doch kein Trottel.«

»Warum bist du dann auf der Flucht? Wurde dein Dorf auch überfallen, oder …«

Er winkte ab. »Nicht überfallen. Aber sie holen die Männer. Seit die Frontlinie im Westen durchbrochen wurde, ist der Bedarf an Rekruten hoch. Unsere Leute sterben wie die Fliegen, sagt man. Sie brauchen neues Kanonenfutter. Die Alten sind ihnen ausgegangen, daher holen sie jetzt auch Jungen in meinem Alter.« Er schnitt eine Grimasse. »Letzte Woche waren sie in Maistedt unten. Nachdem meine Mutter das hörte, hat sie die ganze Nacht geweint. Sie wusste, es würde nicht mehr lange dauern, bis sie auch mich holen kommen.« Er seufzte schwer. »Sie hat schon drei Söhne auf dem Feld gelassen. Ich bin ihr letzter.«

»Du wolltest nicht, dass sie dich auch noch verliert«, stellte Hannah beklommen fest und gab dem Drang nach, zu lächeln.

Frederick zuckte mit den Schultern. »Wenn du mich fragst, ist dieser Krieg schon längst verloren. Die Regierung ist nur zu stur, um es einzugestehen.« Mit in den Taschen vergrabenen Händen trat er nach einem Stein. Der verschwand im Gebüsch und schreckte einen Vogel auf.

Hannah räusperte sich. »Wie auch immer. Ich gehe jetzt weiter. Viel Glück auf deiner Reise.« Schüchtern hob sie die Hand zum Abschied.

»Warte! Wollen wir nicht lieber zusammen weiterziehen? So ist es sicherer. Hier im Wald gibt es wilde Tiere und üble Gestalten.«

Hannah zögerte. »Ich … ich weiß nicht. Wir haben uns gerade erst getroffen und ich weiß nicht einmal, wohin du willst.«

»Das Wohin ist mir egal. Ich will mich einfach nur eine Weile von den Siedlungen fernhalten. So lange, bis der Krieg vorbei ist. Und du?«

»Das klingt in etwa nach dem, was ich auch vorhatte. Ich bin auf der Suche nach einer sicheren Bleibe, weit weg vom Krieg und diesen schrecklichen Soldaten.«

Zufrieden grinste Frederick sie an. »Na also. Dann gehen wir doch zusammen. Zu zweit ist es einfacher, du wirst sehen. Ich kenne mich gut aus im Wald. Er ist sozusagen mein zweites Zuhause.«

Hannah ließ sich Zeit mit ihrer Antwort.

Frederick war fast ein Mann, sein Gesicht war dabei, die jungenhaften Züge zu verlieren. Aber wer konnte schon sagen, ob Alter, Hunger oder Krieg die Schuld daran trugen? Sein Körper war kräftig, die grünen Augen freundlich. Dazu strahlte er eine innere Ruhe aus, die man dieser Tage kaum noch bei den Menschen fand. Er wirkte nicht wie einer, der sie bestehlen oder ihr etwas antun wollte.

Sie gab sich einen Ruck. »Warum nicht? Gehen wir zusammen.« Sie wurde mit einem Lächeln als Antwort belohnt. Es setzte etwas in ihr in Bewegung, das sich anfühlte wie ein kleiner Stein, der von ihrem Herzen fiel.

2.

Syra stockte der Atem. Hinter der weiten, zweiflügeligen Haustür tat sich eine große Eingangshalle auf, an deren Ende sich ein opulentes Treppenhaus nach oben wand. Der rote Teppich auf den steinernen Stufen ließ sie an feine Herren in Anzügen und Damen in eleganten Abendkleidern denken. Ein Blick nach oben zeigte eine blüten- weiße, mit Stuck verzierte Decke, in deren Mitte ein eleganter Kronleuchter hing. Dazu prunkvolle, steinerne Säulen, die neben der Treppe in die Höhe wuchsen wie riesige Bäume.

Syra fühlte sich fehl am Platz in ihrer verschlissenen Jeans und den verdreckten Turnschuhen.

Häuser wie dieses waren für vornehme Herrschaften in teuren Kleidern bestimmt. Nicht für jemanden wie sie.

»Das Haus findet ihr Wohlwollen?« Eric studierte sie aus wach- samen, dunklen Augen. Seine Miene war nur schwer zu deuten.

»Es ist atemberaubend. Ich hatte keine Ahnung … Meine Erinne- rungen an diesen Ort sind nur verschwommen.«

»Ich führe Sie herum, wann immer Sie es wünschen. Vielleicht nicht unbedingt heute. Sie sehen erschöpft aus.« Huschte da ein Schatten von Besorgnis über sein Gesicht?

»Es war eine lange Fahrt«, erwiderte sie mit einem Seufzen. »Und die letzten Wochen ...« Sie fand nicht die Kraft, auch nur ein weiteres Wort hinzuzufügen.

Eric nickte nur. »Ich zeige Ihnen Ihr Zimmer. Das Schlafgemach ihrer Urgroßmutter ist sauber und bereit für Ihren Einzug, wenn Sie es wünschen, Syra.«

Die Härchen auf ihren Unterarmen stellten sich auf. Aus seinem Mund klang ihr Name wie eine Liebkosung, süß und doch verboten. Vielleicht war es die Art, wie er ihn betonte – oder dass er es überhaupt wagte, ihren Vornamen zu benutzen. Sie hatten sich gerade erst getroffen.

Syra musterte ihn verstohlen. Im Lampenlicht wirkte er nicht mehr so unheimlich. Sogar überraschend attraktiv mit der bleichen Haut und dem dunklen Mantel. Es war schwierig, sein Alter zu schätzen. Sein Gesicht war seltsam glatt und alterslos. Wenn sie raten musste, war er vielleicht Ende zwanzig. *Oder er hat sich einfach gut gehalten.*

Ein Klappern riss sie aus den Gedanken. Eric war schon halb die breite Treppe hinauf, ihren Koffer in der Hand.
Sie folgte ihm schnell.

»Warten Sie. Ich kann das wirklich alleine tragen.«

»Unsinn. Ich helfe gern. Und Sie hatten einen langen Tag.« Stoisch setzte er seinen Weg nach oben fort.

Syra folgte ihm wie ferngesteuert die Treppe hinauf. Fasziniert schaute sie aus den mannshohen, spitz zulaufenden Fenstern, die in kurzen Abständen in die Wände eingelassen waren. Der Wald, der sich um das Haus erstreckte, schien gar kein Ende zu nehmen: Ein grünes Meer wogender Baumwipfel erstreckte sich von hier bis zum Horizont. »Sagen Sie, wie weit ist es bis zur nächsten Stadt? Und gibt es hier in der Gegend noch mehr Häuser?«

Eric blieb oben an der Treppe stehen. »Tiefer im Wald gibt es eine verlassene Wassermühle. Das ist aber das einzige Gebäude hier in der Gegend. Das nächste Dorf liegt etwa zehn Kilometer entfernt. Bis zur nächsten Stadt sind es mindestens dreißig.«

»Oh.« Von einem mulmigen Bauchkribbeln erfüllt wandte sie den Blick vom Fenster ab.

Der lange Flur oben war ebenfalls mit rotem Teppich ausgelegt. Dieser Teil des Hauses schien altmodischer gehalten zu sein. Im Gegensatz zur Eingangshalle waren die Wände hier unverputzt. Grauer, glatter Stein erhob sich zu beiden Seiten und wurde nur an der Decke von hölzernen Paneelen verdeckt. Er verlieh dem Gang den Charme einer Burg. Bilder gab es kaum, dafür aber hin und wieder steinerne Skulpturen, die in kleinen Nischen darauf warteten, im flackernden Kerzenlicht bewundert zu werden. Staunend blieb Syra stehen, streifte den kühlen Stein mit den Fingern, bevor sie sich auf Eric besann und hastig weitereilte, vorbei an mehreren geheimnisvollen Winkeln und Ecken. Es bedurfte nicht viel Fantasie, um sich vorzustellen, dass es in diesem Haus geheime Räume und Gänge gab. Vielleicht in diesem einsam dastehenden Schrank? Oder hinter dieser Skulptur?

»Da wären wir.« Eric hielt vor einer schlichten hölzernen Tür, die sich nicht von den Dutzenden Türen unterschied, an denen sie bereits vorbeigekommen waren. »Das hier war Hannahs Schlafgemach.«

Syra schenkte ihm ein dankbares Lächeln. »Vielen Dank – auch fürs Tragen. Das war sehr freundlich. Verraten Sie mir noch ihren Namen? Es fühlt sich seltsam an, Sie einfach Eric zu nennen.«

Die Worte brachten ihr ein Stirnrunzeln ein. »Aber so heiße ich.«

»Sie haben doch sicher einen Nachnamen.«

Eric seufzte. Seine Augen waren wie zwei schwarze Onyxe, die im warmen Kerzenlicht zu glänzen schienen. »Den Nachnamen bekommt man von den Eltern vererbt und ich habe keine«, erklärte er ruhig. »Daher wird Eric genügen müssen.«

»Sie haben keine Eltern? Das tut mir unfassbar leid.« Syra blinzelte. Schon spürte sie die Tränen aufsteigen. Es war nur eine Frage von Sekunden, bis der Damm brechen würde.

»Das muss es nicht. Ich kenne es ja nicht anders. Und dank ihrer Urgroßmutter hat es mir an nichts gefehlt.« Mit einem warmen Lächeln trat er beiseite.

»Ich verstehe.« Mit zitternden Fingern drückte sie die Klinke hinunter.

Ein prächtiger Raum eröffnete sich vor ihr. Die dunklen Holzdielen wurden zum Teil von einem dicken, kunstvoll gemusterten Teppich bedeckt. An der linken Wand stand ein riesiges Himmelbett mit dunkelblauen Vorhängen. Möbel aus filigran geschnitztem Eichenholz verliehen dem Raum etwas Edles. Durch ein bodentiefes, zweiflügeliges Fenster schien die feuerrote Abendsonne und tauchte den Raum in warmes Licht.

»Gefällt es Ihnen?« Eric stellte die Koffer ab.

»Sehr. Dieses Haus ist ein Traum, das Zimmer auch. Hier kann ich mich wohlfühlen«, gestand Syra verlegen.

Sie hörte, wie er sich langsam in Richtung Tür zurückzog.

»Das hoffe ich. Fühlen Sie sich ganz wie zu Hause. Haben Sie Hunger?«

»Nein, gar nicht. Ich habe unterwegs gegessen.«

»Das ist gut. Sollten Sie etwas benötigen, läuten sie nach mir.« Er zeigte ihr einen eleganten Klingelzug neben dem Türrahmen.

Syra schüttelte den Kopf. »Nicht nötig. Ich will einfach nur schlafen«, sagte sie mit einem sehnsüchtigen Blick auf das riesige Bett.

»Natürlich. Wie Sie wünschen. Also dann, schlafen Sie gut«, murmelte er und zog sich zurück.

Syra wartete, bis er die Tür leise zugezogen hatte. Dann griff sie hastig nach dem Schlüssel, der auf der Innenseite steckte, und schloss ab. Endlich allein. Mit zitternden Beinen lehnte sie sich gegen die Tür. Im Vergleich zu der kleinen Wohnung in der Stadt wirkte dieses Zimmer steinalt, unverschämt groß und luxuriös. Es würde eine Weile dauern, bis sie sich daran gewöhnte.

Hoffentlich kann ich heute Nacht überhaupt schlafen. Ein uraltes Herrenhaus tief im Wald und dann noch dieser fremde Mann unter demselben Dach … Der Stoff, aus dem Horrorgeschichten sind.

Sie warf sich aufs Bett und schlief binnen weniger Minuten ein.

Frederick redete viel. Gleichzeitig sagte er kaum etwas von Bedeutung. Seine Worte waren wie das leise Plätschern eines Baches, harmlos und stet.

Hannah lauschte still den unschuldigen Erlebnissen eines Dorfjungen, der Frederick einmal gewesen war. Sie war es gewohnt, schweigend zu laufen, stets bemüht, so wenig Aufmerksamkeit wie möglich zu erregen. Sicher, bisher hatte sie niemanden gehabt, mit dem sie sich hätte unterhalten können. Doch auch jetzt, mit einem Gesprächspartner an ihrer Seite, wusste sie nichts zu erzählen. Daher lief sie schweigend oder gab knappe Antworten. Zum Glück erzählte er lieber, als dass er fragte, und Hannah ließ ihn reden. Sie war ihm dankbar, dass er ihre düsteren Gedanken zerstreute.

»Ich werde später Jäger, wie mein Vater. Schon als kleiner Junge hat er mir gezeigt, Fallen zu stellen oder zu schießen. Wenn wir einen geeigneten Ort finden … Oh, warte.« Frederick blieb stehen und studierte ein paar kleine Büsche neben sich. »Da wachsen Heidelbeeren. Die können wir essen.« Er lächelte. »Hast du Hunger?«

»Mächtigen Hunger. Und du bist sicher, dass die Beeren essbar sind? Das könnten auch Tollkirschen sein.«

»Vertrau mir. Ich kenne mich mit Wildpflanzen aus.« Ohne zu zögern, hockte er sich nieder, pflückte einige Beeren und stopfte sie sich in den Mund. Mit einem genüsslichen Brummen schloss er die Augen. »Sie sind köstlich.«

Hannah probierte eine Beere. Frederick hatte recht. Es waren Heidelbeeren. Ihr Geschmack erinnerte sie an warme Sommertage im Garten. Oft hatte sie mit ihrer kleinen Schwester Anni dort gelegen und den Grillen bei ihrem Konzert gelauscht. Wenn sie Glück hatten, brachte ihr Vater Beeren aus dem Wald mit. Hannah schossen die Tränen in die Augen, ob aus Trauer um ihre Familie oder aus Dankbarkeit für dieses köstliche Mahl wusste sie nicht. Schweigend pflückte sie eine Handvoll Beeren, die sie hastig hinunterschlang. Mit jedem Bissen spürte sie den Hunger noch mehr. Gierig plünderte sie das kleine Sträuchlein, schlang die Beeren hinunter, ohne viel zu kauen.

»He, mach langsam. Du verschluckst dich noch. Wir haben alle Zeit der Welt.« Wie um seine Worte zu unterstreichen, streckte sich Frederick neben ihr auf dem Waldboden aus. »Hier gibt es genug Beeren für uns beide.«

Hitze schoss ihr ins Gesicht. »Natürlich. Entschuldige.« Beschämt sah sie auf ihre blau gefärbten Finger.

»Du bist schon eine Weile unterwegs, was? Wie lange hast du nichts gegessen?«

»Ein paar Tage. Genau weiß ich es nicht. An die Zeit nach der Flucht erinnere ich mich nur noch verschwommen.«

»Verstehe. Nun, hier bist du in Sicherheit. Iss dich satt, aber lass dir Zeit. Nicht, dass du Bauchschmerzen bekommst.«

Hannah brummte zustimmend. Fortan zwang sie sich, langsam und bedächtig zu essen. Sie ruhte nicht eher, bis sämtliche Sträucher in der Nähe abgeerntet waren.

»Das war gut«, seufzte sie und schenkte Frederick ein zufriedenes Lächeln. Es wurde zu einem breiten Grinsen, als sie die blau verschmierte Schnute des Jungen sah. Dann wischte sie sich hastig mit dem Unterarm übers Gesicht, für den Fall, dass sie ein ähnliches Bild abgab.

Frederick beobachtete sie schmunzelnd. »Ja, gar nicht schlecht. Wollen wir hier noch eine Weile rasten? Du siehst aus, als könntest du eine kleine Pause vertragen.«

Hannah nickte dankbar. »Gern. Ich habe seit Tagen nicht richtig geschlafen. Bei jedem Geräusch bin ich aufgeschreckt.«

»Angst vor Soldaten?« Frederick warf ihr einen merkwürdigen Blick zu.

»Und vor wilden Tieren. Es soll hier in der Gegend Wölfe geben. Wildschweine sicher auch.«

»Würde mich nicht überraschen. Weißt du was? Leg dich hin und schließ ein wenig die Augen. Ich passe auf.«

»Wirklich?« Es klang zu gut, um wahr zu sein.

»Du kannst dich auf mich verlassen.«

»Und? Fühlst du dich besser?«

»Ein wenig, ja. Danke, dass du Wache gehalten hast.«

»Jederzeit.«

Sie liefen langsam nebeneinanderher durch den Wald. Hannah wusste nicht, wie lange sie geschlafen hatte. Es mussten einige Stunden gewesen sein, denn die Sonne hatte ihren Zenit längst überschritten.

Wann immer Hannah den Jungen ansah, begann ihr Herz unsicher zu flattern. Warum war er so freundlich zu ihr? Was hatte er davon? War er ohne sie nicht besser dran? Sie grübelte eine Weile über diese Fragen nach.

Irgendwann wich der Wald einer weiten Wiese, die sich wie ein grüner See über einen sanften Hügel ergoss. Dieser Anblick traf sie derart unvorbereitet, dass sie für einen Moment das Laufen vergaß. Wilde Blumen wiegten sich im Wind. Der Duft von frischem Gras und bunter Vielfalt stieg ihr in die Nase und erfüllte sie mit einem Gefühl von Freiheit und Leichtigkeit. Wie konnte ein solch friedlicher Ort existieren, während der Krieg das Land in Dunkelheit und Verzweiflung hüllte?

»Hast du schon mal so etwas Schönes gesehen?« Fredericks Stimme war von Ehrfurcht erfüllt.

»Im Angesicht des Krieges kommt es mir nicht so vor. Dieser Ort ist so friedlich. Unberührt«, flüsterte sie.

»Als würde es all das Grauen gar nicht geben.«

Hannahs Herz pochte so heftig, als wollte es aus ihrem Körper ausbrechen, um sich der Freiheit der Landschaft anzuschließen.

»Können wir nach da unten?«

Frederick lächelte. »Komm.« Ohne zu zögern, rannte er den Hügel hinunter.

Er tollte lachend über die Wiese, unbeschwert wie ein Welpe. Dann gab sie sich einen Ruck und folgte ihm.

Die Zeit schien stillzustehen. Sie streifte durch das hohe Gras, genoss die ruhige Schönheit der Wiese. Zärtlich strich sie mit den Fingerspitzen über die bunten Blüten, streichelte sie, sog die bunten Farben in sich auf. Sie legte sich nieder, über ihr der blaue Sommerhimmel. Der Blumenduft und der leise Gesang der Vögel drüben in den Bäumen betörten sie, bis sich auch die letzte Sorge in Luft auflöste.

Fredericks Rotschopf tauchte über ihr auf. »Dieser Ort ist wie ein Stück vom Paradies, findest du nicht?«

»Wenn wir doch nur ewig hierbleiben könnten.« Seufzend rappelte sie sich auf. »Wir sind auf der Flucht. Und hier gibt es weder Nahrung noch Schutz vor Wind und Regen.«

»Wer weiß, vielleicht finden wir einen Unterschlupf ganz in der Nähe? Wäre doch möglich.« Er setzte sich neben sie und steckte sich das Ende eines Grashalmes in den Mund.

»Du erinnerst mich an meinen Bruder Jakob, weißt du das? Das letzte Mal, als ich von ihm gehört habe, war er bei der Flugabwehr.«

»Wie lange ist das her?«

»Drei Monate.«

Fredericks Schweigen bestätigte ihr, was sie schon längst befürchtete: So eine lange Zeit ohne Nachricht bedeutete nichts Gutes. Plötzlich wirkten die Blüten traurig und farblos auf sie.

»He, ihr da! Stehen geblieben!« Eine raue Stimme durchbrach die Idylle.

Hannah fuhr erschrocken auf. Auf der Anhöhe am anderen Ende der Wiese standen drei Soldaten. Panisch sah sie zu Frederick hinüber. »Dunkelgrüne Uniformen. Sie kämpfen für unsere Seite.«

»Spielt keine Rolle. Wir sind zwei Ausreißer. Und im einzugsfähigen Alter. Komm!« Frederick griff nach ihrer Hand und rannte los, zurück in den Wald.

Die schweren Schritte der Männer waren deutlich zu hören. Innerlich fluchend beschleunigte sie.

Wie konnte ich nur so leichtsinnig sein? Wir hätten den Schutz des Waldes nicht verlassen dürfen. Jetzt werde ich genauso enden wie die Frauen im Dorf. Schaudernd verbannte Hannah die Bilder aus ihrem Kopf. *Schnell! Nur noch wenige Meter bis zum Wald. Wenn wir erst die Bäume erreicht haben, können wir sie vielleicht abhängen.* Hannah klammerte sich an diesem Gedanken fest und kämpfte sich mit stechenden Seiten den Hügel hinauf.

Krach!

Ein Schuss hallte über die Wiese. Im selben Moment flammte Hannahs Seite auf. Sie stolperte. Dann krallte sie sich an Fredericks Hand fest und fand ihr Gleichgewicht wieder. Mit seiner Hilfe gelang es ihr, weiterzulaufen, doch der Schmerz fraß sich in sie hinein wie ein glühender Dolch. Die Angst trieb sie voran. Ihr Herz pochte wild in ihrer Brust. *Schneller!*

Frederick hielt ihre Hand fest umklammert und zog sie mit aller Kraft vorwärts. Hannah ließ es dankbar geschehen. Der Wald war nah. Sie spürte bereits die schützenden Schatten. Doch mit jedem Herzschlag verschwamm ihre Sicht ein wenig mehr. Schwarze Punkte tanzten vor ihren Augen wie riesige Fliegen. Und dann war da das Rauschen in ihren Ohren, das alles andere übertönte.

Nur noch ein Stück. Ein kleines Stück!

Der Schmerz drängte sie aufzugeben, doch sie widersetzte sich ihm und spannte mühevoll die Muskeln an. Wieder und wieder setzte sie einen Fuß vor den anderen, bis der Wald sie endlich in seine schützenden Arme nahm.

Dann wurden ihr die Beine schwer. Alles drehte sich. Die Bäume, die sie umgaben, waren nur noch ein grüner Schleier.

»Hannah, was –«

Da geriet sie ins Straucheln. Der Sturz wurde durch Fredericks starke Arme verhindert, die sie packten und aufrecht hielten. »Du bist verletzt!«

Stöhnend stützte sie sich auf ihn. »Wir müssen weiter«, keuchte sie. Arme und Beine zitterten unkontrolliert. Gleich würden die Soldaten sie einholen, gleich –

»Schnell. Steig auf!«

Frederick ging auf die Knie und bot ihr seinen Rücken dar.

Ihr Gewicht würde ihn verlangsamen und am Ende wäre sie schuld daran, wenn man sie schnappte. Doch der Überlebensdrang siegte. Beherzt kletterte sie auf Fredericks Rücken.

»Halt dich fest!«

Hannah biss die Zähne aufeinander. Jede seiner Bewegungen versetzte ihr einen weiteren, schmerzhaften Stich in die Seite.

Festhalten, ich muss mich festhalten. Die Dunkelheit breitete sich von ihren Augenrändern her aus, bis sie sie schließlich ganz verschlang. *Sie werden uns kriegen.*

Dann wusste sie nichts mehr.

3.

»Guten Morgen, Syra.«

Es schien, als würde Eric bereits auf sie warten. Er stand an einem der Fenster im Treppenhaus und beobachtete mit seinen dunklen Augen, wie sie die große Treppe hinunterlief, das lockige Haar noch feucht und schwer von der Dusche.

Nervös wich sie seinen Blicken aus. »Guten Morgen. Sind Sie schon lange wach?«

Erics Mundwinkel zuckte. »Ich schlafe nur sehr wenig. Haben Sie Hunger? In der Küche gibt es Frühstück.«

Wie zur Antwort gab ihr Magen ein lautes Grummeln von sich. »Essen Sie mit mir? Wir hatten gestern kaum Zeit, uns zu unterhalten und ich hätte ein paar Fragen.«

»Natürlich haben Sie die. Zur Küche geht es hier entlang.«

Schweigend folgte Syra ihm. Dem Haus lastete etwas Altes an, das nichts mit Staub oder dem antiken Mobiliar zu tun hatte. Es war die ruhige Schwere, die sich um sie legte wie ein dicker Mantel. Dieses Haus musste schon ewig hier stehen, an diesem abgelegenen Ort im Wald. Doch trotz der vielen Jahre hatte ihm der Zahn der

Zeit nichts anhaben können: Die Gänge und Räume waren sauber, die Möbel, Teppiche und steinernen Statuen in makellosem Zustand.

Sicher ist das Erics Verdienst. Er hat sich gut um das Haus gekümmert.

Der Gedanke erfüllte Syra mit Dankbarkeit und Anerkennung. Schließlich war der Tod ihrer Urgroßmutter schon so lange her. Sie konnte sich nicht mal mehr an die Beerdigung erinnern.

Die Kücheneinrichtung war weit entfernt von dem, was sie gewohnt war. Es gab zwar einen elektrischen Herd und einen Kühlschrank, doch weitere Elektrogeräte suchte sie vergeblich. Einen Toaster und eine Mikrowelle würde sie dann wohl kaufen müssen. Dafür gab es noch einen richtigen Holzofen. Um den massiven Tisch aus Eichenholz standen sechs gepolsterte Stühle.

Syra setzte sich.

»Kaffee?« Freundlich lächelnd nahm Eric eine Porzellankanne, die auf einem Stövchen stand. »Oder soll ich lieber Tee zubereiten?«

»Kaffee ist perfekt, danke.«

Eric deckte den Tisch. Neben Kaffee brachte er ihr frische Brötchen, Marmelade und andere Arten von Brotbelag, die ihr das Wasser im Mund zusammenlaufen ließen. Es fühlte sich seltsam an, sich so bewirten zu lassen. Würde es jetzt immer so sein?

Eric nahm ihr gegenüber Platz und goss Kaffee in die bereitgestellten Tassen. »Nun, Syra. Wie gut kannten Sie Ihre Urgroßmutter?« Er musterte sie erwartungsvoll. Die Tasse Kaffee vor ihm blieb unberührt.

»Nicht sehr gut. Als sie starb, war ich noch ein Kind. Aber auch davor habe ich sie nur ein- oder zweimal gesehen.« Sie versah ihren Kaffee mit Milch und Zucker. »Soweit ich mich erinnern kann, war ich auch nur ein einziges Mal hier im Haus. Das muss aber vor Ihrer Zeit als Angestellter meiner Urgroßmutter gewesen sein.«

Erics Mundwinkel zuckten bei ihren Worten. »Oh, ich erinnere mich an Sie. Ihr Armreif liegt sicher noch heute im Brunnen.«

Syra blinzelte überrascht.

Er erinnert sich an mich? Dann habe ich mich, was sein Alter betrifft, gehörig verschätzt.

»Inzwischen bin ich über den Verlust hinweg«, antwortete sie mit einem Augenrollen. *Wie kommt es, dass ich mich nicht an ihn erinnere?*

Eric lächelte wissend. »Darf ich fragen, warum Sie sich entschlossen haben, in dieses Haus zu ziehen? Ihre Eltern wollten es nicht einmal in Erwägung ziehen, als Hannah sie damals darum bat.«

Syra verzog das Gesicht. Die Erwähnung von Mama und Papa war wie ein Stich in ihr Herz. »Sie sind tot.« Traurig senkte sie den Blick auf die verzierte Porzellantasse. »Sie kamen bei einem schlimmen Gewitter von der Straße ab. Das war vor etwa einem Monat. Bis der Notar mir den Schlüssel und die Adresse gab, wusste ich nicht einmal, dass das Haus noch in Familienbesitz ist. Ich bin davon ausgegangen, es wäre längst verkauft.«

»Ich verstehe«, sagte Eric ernst. »Mein Beileid zu ihrem Verlust.« Langsam legte er eine Hand auf den Tisch.

Syra überlegte, ob es eine Einladung war, sie zu ergreifen. Nicht, dass das für sie infrage kam. Trotzdem brandeten die Emotionen wie eine Woge in ihr auf. Schon wieder spürte sie den verräterischen Druck der Tränen hinter ihren Augen. Sie durfte ihm nicht nachgeben. Nicht jetzt, nicht hier. »Danke.« Mit einem Räuspern versuchte sie, ihre raue Stimme zu besänftigen. Da das nicht half, nahm sie einen vorsichtigen Schluck aus ihrer Tasse. Der Kaffee war wirklich gut. Ihre Stimme zitterte, als sie fortfuhr: »Ich musste raus aus der Stadt, weg von den Erinnerungen. Wann immer ich in unserer Wohnung war, nahm mir die Trauer die Luft zum Atmen …«

»Sie brauchten einen Neuanfang«, stellte Eric ruhig fest. »Der Verlust Ihrer Eltern muss ein harter Schlag für Sie gewesen sein. Wir kannten uns nicht gut, aber ... Wenn es etwas gibt, was ich tun kann ...«

Syra schüttelte den Kopf. »Erzählen Sie mir etwas von sich. Wo haben Sie meine Urgroßmutter kennengelernt?«

»Hier, an diesem Ort. Sie kam in dieses Haus und ich ... war bereits hier.«

Syra nickte. »Wie alt waren Sie damals?«

»Ich war noch sehr jung und hatte noch eine Menge zu lernen.«

»Und Sie beschlossen, für meine Uroma zu arbeiten?«

Eric wiegte den Kopf hin und her. »Nicht sofort. Aber bald, ja. Hannah war etwas ganz Besonderes, das spürte ich sofort. Sie war eine echte Kämpferin.«

»Wirklich?«

»Aber ja.«

Verlegen schaute Syra in ihre Tasse. »Das wusste ich nicht. Um ehrlich zu sein, kannte ich sie kaum.«

»Ich sehe vieles von ihr in Ihnen, Syra, und damit meine ich nicht nur ihre braunen Augen.«

Sie blinzelte irritiert. »Was denn sonst? Wir kennen uns doch gar nicht.«

»Ich bin ein guter Menschenkenner. Manche behaupten sogar, ich könne in das Innerste einer Person blicken.« Er lächelte geheimnisvoll.

»Und? Können Sie das?« Beim Gedanken daran, dass dieser Mann, den sie erst seit ein paar Stunden kannte, ihre geheimsten Ängste und Wünsche erraten könnte, rutschte Syra nervös auf dem Stuhl hin und her. »Was genau sehen Sie denn, wenn Sie mich ansehen?«

»Mut.«

Syra schluckte. Eric sprach so überzeugt, dass sie das Gefühl hatte, ein offenes Buch zu sein.

»Es ist nicht leicht, das alte Leben einfach hinter sich zu lassen und in ein fremdes Haus mitten im Wald zu ziehen, ohne vorher dessen Zustand überprüft zu haben. Ihr letzter Besuch ist viele Jahre her.«

»Ich schätze, ich kann froh sein, dass es Strom und fließendes Wasser gibt. Allein der Gedanke, ich hätte hier eine baufällige Hütte vorgefunden …« Syra schüttelte über sich selbst den Kopf. »Das war schrecklich dumm von mir.«

»In diesem Falle hätten Sie immer noch in die Stadt zurückkehren können, oder nicht?«

Sie zögerte. »Ich schätze schon. Zu meiner besten Freundin habe ich noch Kontakt. Im Notfall hätte ich bei ihr unterkriechen können, bis ich eine neue Wohnung und einen Job gefunden habe. Ich bin froh, dass das nicht nötig ist. Trotzdem hätte ich mich vorher über den Zustand des Hauses informieren müssen. Dann hätte ich sicher auch von Ihnen erfahren. Ich bin froh, dass Sie das Haus so gut in Schuss gehalten haben. Sie haben ganze Arbeit geleistet, Eric.« Es fühlte sich seltsam an, ihn so beim Vornamen zu nennen, aber er ließ ihr keine Wahl. »Warum sind Sie geblieben? Nachdem meine Urgroßmutter verstorben ist, meine ich. Das Haus hat seit Jahren leer gestanden. Sie hätten sich eine andere Anstellung suchen können, oder –«

»Auf keinen Fall!« Er wurde laut und sprang auf. »Dieser Ort ist mein Zuhause. Es ist alles, was ich kenne, was ich bin. Ich habe kein Interesse daran, von hier fortzugehen.« Der finstere Blick, den er ihr dabei zuwarf, jagte ihr einen Schauer über den Rücken.

28

Nervös knetete sie ihre Hände. »Aber ... Ich sagte bereits, dass ich Ihnen nichts bezahlen kann. Um ehrlich zu sein, weiß ich nicht einmal, wie ich die nächsten Monate über die Runden kommen soll. Mein Studium habe ich abgebrochen und –« *Und vielleicht werde ich das Haus verkaufen müssen,* fügte sie schuldbewusst in Gedanken hinzu.

»Ich sagte bereits, dass Hannah und ich alles geregelt haben. Machen Sie sich meinetwegen keine Gedanken ... oder um das Haus. Ich werde mich um alles kümmern.«

Unsicher sah Syra zu ihm auf. Sie wollte ihm so gern glauben. »Haben Sie nie daran gedacht, von hier wegzugehen?«

Ihre Worte brachten Eric zum Seufzen. »Niemals. Die Welt ist voller bösartiger Geschöpfe, voller Niedertracht. Mit jedem Jahr, das verstreicht, leidet die Erde mehr. Sie wird verseucht und geschändet von den Menschen, die auf ihr leben.« Die Härte in seinem Blick verursachte ein warnendes Kribbeln in ihrem Nacken. »Aber nicht hier. Nicht, wenn ich es verhindern kann«, sagte er stolz.

»Bösartige Geschöpfe? Sie meinen die Menschen?«, fragte Syra vorsichtig.

Er schnaubte. »Nicht nur. Aber das spielt jetzt keine Rolle.«

»Für mich schon«, widersprach sie mit gerunzelter Stirn. »Heißt das, Sie bleiben hier, um diesen Ort zu beschützen? Dieses Haus und ...«

»... und Ihre Familie, ja. Auch wenn manche Mitglieder dieses Angebot ausschlagen.«

»Sie sprechen von meinen Eltern, nicht? Sie wollten dieses Haus aus irgendeinem Grund nicht haben. Nach Uromas Tod waren wir nie hier. Wissen Sie, wieso?«

Er sah sie für einen langen Moment an, als würde er seine Antwort sorgsam abwägen. »Ihre Eltern fürchteten sich«, antwortete er schließlich.

Die Dunkelheit in seiner Stimme ließ sie schaudern, stachelten ihr ohnehin schon aufgeregtes Herz nur noch weiter an.

»Vor dem Haus und vor mir.«

Zitternd nahm Syra einen Schluck Kaffee. Über dem Gespräch hatte sie ihn beinahe vergessen. Doch ihre Müdigkeit war ohnehin wie weggeblasen. »Gab es einen Grund dafür?«

Traurig schüttelte Eric den Kopf. »Sie verstanden nicht, was ich bin, oder was ich tue. Und Ihre Mutter fürchtete diesen Ort wegen dem, was in ihrer Kindheit geschah. Sie hat vielleicht davon erzählt.«

Hatte sie nicht. »Ich verstehe nicht. Was sind Sie denn?«

»Ich bin keine Gefahr. Du brauchst keine Angst vor mir zu haben«, versicherte er.

Irritiert hielt sie inne. Er hatte sie gerade geduzt.

Als er dann noch die Hand ausstreckte und auf ihre legte, wusste sie nicht, wie sie darauf reagieren sollte. Schmerzhaft hämmerte ihr Herz gegen den Brustkorb. Trotzdem bewegte sie ihre Hand keinen Zentimeter. »Habe ich nicht. Ich habe keine Angst.«

Ob Eric spürte, dass sie log?

»Gut.« Er nickte ihr mit einem Lächeln zu. »Du solltest trotzdem vorsichtig sein, wenn du nach draußen gehst. Dies ist ein Ort voller Gefahren, so verschlafen und schön er auch erscheint.«

Wie in Trance starrte sie auf seine Hand. Die Adern traten deutlich auf dem blassen Handrücken hervor. Dazu die langen, schlanken Finger, die federleicht auf ihren lagen. Wie leicht wäre es, ihre Hand zu drehen und ihre Finger mit seinen zu verschränken? Bevor sie dem Impuls nachgeben konnte, entzog er ihr seine Hand wieder.

Sofort fiel die Starre von ihr ab. Ihr Finger zuckte, wie in dem Versuch, ihn noch einmal zu berühren. Doch Erics Hand kehrte an ihren Platz auf dem Tisch zurück. Bedauern durchströmte sie. Bedauern über den plötzlichen Verlust.

Bin ich so hungrig nach menschlicher Wärme und Zuneigung? Erbärmlich.

»Sagten Sie nicht, Sie beschützen mich?«

»Nur solange du in der Nähe bleibst. Ich kann das Grundstück nicht verlassen, nicht solange ...«

Syra runzelte die Stirn und wartete darauf, dass er seinen Satz beendete.

Zu ihrer Enttäuschung schüttelte er den Kopf. »Lassen wir das. Sei einfach vorsichtig, wenn du dort draußen herumstreifst. Kannst du mir das versprechen?«

Sehnsüchtig schweifte ihr Blick aus dem hohen, spitz zulaufenden Fenster. Draußen lockte der Herbstwald in seinen schönsten Farben.

»Und jetzt solltest du essen.« Sein freundliches Lächeln war zurückgekehrt. »Du hast sicher Hunger. Erzähl mir doch ein wenig von dir.«

Wo bin ich?

Hannah erwachte an einem ihr unbekannten Ort, nicht im Schutz des Waldes, wie sie gehofft hatte. Fort war das Gezwitscher der Vögel, das Rauschen der Bäume. Stattdessen fand sie sich in einem kleinen Zimmer mit fleckigen, vergilbten Tapeten wieder. Das Bett, in dem sie lag, war schmal, kaum mehr als eine Pritsche mit einer strohgefüllten Matratze darauf. Die Laken rochen muffig. Sie fühlten sich klamm und feucht an auf ihrer Haut. Immerhin hatte sie ein Dach über dem Kopf. Wind und Wetter musste sie jetzt nicht fürchten.

Was ist geschehen?

Ihre Seite brannte, als steckte ein glühendes Eisen darin. Dagegen verblasste das Pochen hinter ihren Schläfen.

Sie schluckte gegen den Geschmack von Galle in ihrem Mund. Es fiel ihr schwer, die Augen aufzuhalten. Sie war müde, so müde.

Aber sie musste wissen, wo sie war. Ruckartig hob sie den Kopf und bereute es sofort: Schwindel und Übelkeit überkamen sie. Mit zusammengebissenen Zähnen tastete sie nach ihrer Seite. Ein dicker Verband schlang sich um ihren Brustkorb. Die Wunde war versorgt. Gut. Erschöpft sank sie zurück ins Kissen und blinzelte die Tränen weg, die ihr der Schmerz in die Augen trieb. Dann wandte sie den Kopf vorsichtig zur Seite. Blutgetränkte Kleider lagen auf einem kleinen Häufchen auf dem Boden. Daneben ein Sammelsurium anderer Dinge: eine Schere, Verbände, eine Flasche Schnaps und eine Schüssel mit blutigem Wasser. Der Boden davor … Noch nie hatte sie so viel Blut gesehen. Sie verzog das Gesicht und wandte sich ab. Der Anblick drehte ihr den Magen um und brachte mit einem Schlag die Erinnerungen zurück. Der Junge. Die Wiese. Soldaten. Der Schuss.

»Du bist wach.«

Hannah zuckte zusammen.

Frederick stand neben dem Bett. Seine grünen Augen waren voll Erleichterung und Mitgefühl. »Wie geht es dir?«

»Meine Seite tut weh. Was ist passiert? Und wo sind wir?«

Frederick zuckte mit den Schultern. »Nicht weit von der Stelle, wo du verletzt wurdest. Ich sah dieses Haus in der Ferne und habe nicht lange gezögert. Zum Glück sind uns die Soldaten nicht bis hierher gefolgt.«

Hannah brachte nicht mehr als ein mattes Nicken zustande. »Das hättest du nicht …«

»Ich konnte dich schlecht dort liegen lassen. Wenn dich diese Typen in die Finger bekommen hätten …« Er schüttelte mit zusammengepressten Lippen den Kopf. »Wer weiß, was die mit dir gemacht hätten.« Ein Blick in seine Augen sagte ihr, dass er sehr wohl wusste, was dann geschehen wäre.

Sie räusperte sich. »Ich bin froh, dass du mich mitgenommen hast.« Sie zeigte auf die verarztete Wunde. »Warst du das?«

»Mir blieb nichts anderes übrig. Zum Glück war es nur ein Streifschuss, so dass ich keine Kugel entfernen musste. Ansonsten hätte ich einen Arzt gebraucht und die sind gerade schwer aufzutreiben.« Nur die roten Flecken auf seinen Wangen verrieten, wie unangenehm ihm dieses Gespräch gerade war. »Ich hatte gehofft, dass man uns hier helfen würde, aber …«

Hannah horchte auf. Der seltsame Unterton in seiner Stimme gefiel ihr nicht. »Aber was?«

»Das Haus steht leer und ist in ziemlich schlechtem Zustand. Eines der Fenster ist kaputt. Es ist nur eine Frage der Zeit, bis es reinregnet. Sieht so aus, als wären erst vor Kurzem Soldaten hier gewesen. Die Eingangstür wurde eingetreten, die größeren Zimmer geplündert und verwüstet. Diese Kammer hier ist schlicht, aber wenigstens intakt. Ich weiß nicht, was mit den Besitzern geschehen ist, aber es war sicher nichts Gutes.« Er verzog das Gesicht zu einer Grimasse. »Immerhin konnte ich ein paar Verbände, etwas Alkohol und Wasser auftreiben. Im Keller gibt es sogar etwas zu essen.«

Hannah nickte dankbar und leckte sich die trockenen Lippen. »Wie schlimm ist es? Werde ich …«

Frederick schüttelte den Kopf. »Du hast viel Blut verloren. Ich habe die Wunde genäht und verbunden, so gut es ging. Es kann natürlich sein, dass sie sich entzündet, aber ...« Er brach ab und schaute betreten zu Boden.

»Ich verstehe. Danke.«

Ich bin nicht dieser brennenden Hölle entkommen, um jetzt an Wundbrand zu sterben. Menschen überleben Schlimmeres.

Unweigerlich dachte sie an die Soldaten an der Front. An den alten Erwin im Dorf. Ein Streifschuss war nichts im Vergleich zu den Wunden, die man ihm in seiner Jugend zugefügt hatte. Trotz allem hatte er sich nicht unterkriegen lassen und sich weiter selbst versorgt.

»Mach dir keine Sorgen. Wir bleiben erst mal hier und halten die Wunde ruhig. Hier ist es sauber und du hast ein Bett, um dich auszuruhen. Versuch, dich so wenig wie möglich zu bewegen ...«

Hannah hatte ohnehin kein Verlangen, in diesem Zustand durch den Wald zu laufen. Dieses klamme Bett mit der strohgefüllten Matratze war mehr, als sie von zu Hause gewohnt war. Und doch ...

»Ich müsste aber mal ... du weißt schon.« Ihre Wangen glühten.

»Warte, ich schaue, ob ich einen Nachttopf oder einen Eimer finde. Ich bin gleich zurück.«

Er eilte aus dem Raum.

Hannah sah ihm schweigend hinterher. Scham war ein Luxus, den sie sich gerade nicht leisten konnte. Frederick hatte ihre Wunden verbunden und dabei vermutlich mehr gesehen, als ein unverheirateter Mann es sollte. Aber spielte das in dieser Situation überhaupt eine Rolle? Ohne seine Hilfe hätten die Soldaten sie erwischt und sie wäre tot, oder Schlimmeres. Dieser Junge hatte sein eigenes Leben riskiert, um ihr zu helfen. War das nicht Anlass genug, ihm zu vertrauen?

Ehe Hannah sich's versah, kehrte Frederick mit einem emaillierten, weißen Nachttopf zurück.

»Hier«, sagte er und musterte sie mit skeptischem Blick und roten Ohren. »Brauchst du mich bei …«

Sie nickte mit einem Seufzen und streckte die Hand nach ihm aus. Ohne zu zögern half er ihr aus dem Bett.

Ihr wurde bewusst, wie viel nackte Haut sie vor ihm entblößte. Ihre Unterhose war das einzige Kleidungsstück, das Frederick nicht angerührt hatte, und sie war insgeheim dankbar dafür. Selbst ihre löchrigen Strümpfe hatte er ihr ausgezogen, sodass sie nun barfuß zum Nachttopf wankte.

»Was soll ich tun?« Frederick schaute sie ratlos an. »Ich …«

Für einen Moment schloss sie die Augen, kämpfte gegen den Schwindel an, der sie zu übermannen drohte. »Halt mich einfach nur aufrecht und sorge dafür, dass ich nicht falle«, bat sie und griff mit zittrigen Händen nach ihrer Unterhose.

4.

Als Hannah das nächste Mal die Augen aufschlug, wusste sie, dass ihr das Schwerste noch bevorstand: Ihr Körper glühte. Kalter Schweiß stand ihr auf der Stirn. Und sie fror, sie fror so schrecklich, dass sie am ganzen Leib zitterte.

Frederick war blass und hatte dunkle Ringe unter den Augen. Doch am schlimmsten waren die Hilflosigkeit und die Verzweiflung, die sie in seinen grünen Iriden las.

»Hey.« Hannah erschrak, wie dünn und kratzig ihre Stimme klang.

»Hey.« Sein Lächeln glich einer Grimasse. »Wie geht es dir?«

Sie schüttelte kraftlos den Kopf und hoffte, dass er verstand. Dann leckte sie sich über die rissigen Lippen.

Frederick seufzte schwer und ließ die Schultern hängen. »Es gibt nichts, was ich dir geben könnte. Keine Medizin, ich habe alles abgesucht. Aber du musst kämpfen, hörst du? Du kannst das schaffen, ich weiß es.«

Sie nickte schwach, zu müde für eine richtige Antwort. Sie hoffte, dass er recht hatte. Wenn nicht, würde sie bald den Himmel sehen. Vielleicht waren ihre Lieben schon dort und warteten auf sie.

Sie glitt wieder hinab in einen fiebrigen Schlaf. Träumte von ihrer Familie, ihrem Dorf.

Feuer. Schreie. Schmerz. Hämisches Lachen, das sie verfolgte, während ihr Körper in Flammen stand. Sie brannte, verbrannte, nur um schließlich in völliger Schwärze zu versinken. Sie dämmerte zwischen Traum und Wirklichkeit, wurde in die Dunkelheit gerissen, nur um wenig später wieder stöhnend daraus zu erwachen. Kaum schlug sie die Augen auf, wurde sie von Schmerzen und Angst geplagt. War das ihr Ende? Würde sie hier sterben, an diesem fremden Ort?

Tage vergingen. Manchmal, wenn sie erwachte, war Frederick an ihrer Seite. Er flößte ihr Wasser und Suppe ein, versorgte ihre Wunden, wusch sie oder kühlte ihr mit einem feuchten Lappen die Stirn. Hin und wieder strich er ihr auch nur eine feuchte Strähne aus dem Gesicht. Einmal hielt er ihre Hand. Hannah ließ es dankbar geschehen, auch wenn ihr die Kraft für Worte oder ein Lächeln fehlte. Sie schaute mit schweren Lidern zu ihm auf, hoffte, dass er verstand, wie dankbar sie ihm war, bis die ohnmächtige Schwärze sie erneut überfiel.

Andere Male erwachte sie und fand Frederick auf einem Stuhl sitzend. Oft schaute er aus dem Fenster, nachdenklich und von Sorge gezeichnet. Sie beobachtete ihn dort, seine sommersprossige Haut und sein Haar, das im Licht der Morgensonne feuerrot leuchtete.

Es brauchte jedoch nur die geringste Bewegung von ihr, um ihn aufzuschrecken. Dann eilte er zu ihrem Bett und blickte mit besorgten Augen zu ihr herunter. »Wie geht es dir?«

Nicht immer konnte Hannah seine Frage beantworten; ihre Stimme verweigerte ihr manchmal den Dienst. Auch heute entrang sie ihrer Kehle nur ein müdes Krächzen, doch er beugte sich eilig zu ihr herunter und lauschte.

»Wasser …«, flüsterte sie, während die Schwärze schon wieder an ihr zerrte. Sie widerstand der Versuchung, sich ihr zu ergeben. Sie musste sich wenigstens so lange zusammenreißen, bis die nötigsten Bedürfnisse ihres Körpers gestillt waren.

»Wasser. Natürlich!« Frederick sprang auf und brachte ihr ein Glas. Vorsichtig half er ihr, sich aufzusetzen, bevor er das Gefäß langsam an ihre Lippen führte. »Hier.«

Hannah genoss, wie das kühle Wasser ihre Kehle befeuchtete. »Danke.« Erschöpft ließ sie sich zurück in die Laken sinken, zog die schwere Decke über ihren zitternden Körper und rollte sich auf ihre gute Seite.

»Hannah? Was ist los? Du zitterst …«

»Mir ist kalt …« Sie wusste nicht, ob er ihre Worte gehört hatte. Doch er streckte die Hand aus und legte sie auf ihre schweißnasse Stirn. Obwohl sie fror, fühlten sich seine Finger kühl an. Hastig zog er die Hand wieder zurück. An ihre Stelle trat kurz darauf ein feuchtes Tuch.

»Du hast Fieber. Du glühst förmlich«, murmelte er.

Hannah erschauderte. »Aber ich friere! Wie kann das sein?« Sie wickelte sich fester in die warme Decke.

Frederick zuckte mit den Schultern. »Ich bin kein Arzt. Ich weiß nur, dass du viel trinken musst. Außerdem müssen wir das Fieber senken. Mutter hat in solchen Fällen immer Wadenwickel gemacht und uns Brühe gegeben.« Er rieb sich das Kinn. »Ich hole noch mehr Wasser und Suppe. Außerdem ein paar Handtücher aus dem Schrank. Davon gibt es hier genug …«

Hannah sah dabei zu, wie er aus dem Zimmer verschwand. Sie blieb allein zurück mit ihren Schmerzen und den düsteren Gedanken. Mehr als Wasser oder Wadenwickel wollte sie, dass ihr Freund bei ihr blieb.

Wie versprochen brachte er eine Schüssel mit Wasser und zahlreiche Handtücher. Er eilte zum Bett, wo er den unteren Teil der Decke beiseite schlug.

Hannah zuckte zusammen. Sie wollte ihre nackten Beine vor ihm verbergen. Es schickte sich nicht, dass …

Ihr Blick blieb auf den rötlichen Stoppeln hängen, die sein Kinn und seine Oberlippe überzogen. Er war ein Mann, kein Junge mehr. Sie schluckte. Dann brachte die eisige Kälte der Tücher sie auf andere Gedanken. Leise wimmernd ließ sie ihn gewähren.

»K-kalt.«

»Ich weiß. Ich kann dir noch eine Decke bringen, wenn du willst, aber …«

Sie schüttelte den Kopf. »Bleib«, bat sie und griff eilig nach seiner Hand. »Geh nicht weg.«

»Bist du sicher? Ich könnte …«

»Ich will nicht allein sein. Bitte.«

»In Ordnung. Ich bleibe.«

Hannah schenkte ihm ein zögerliches Lächeln. »Danke.« Ein Teil von ihr hoffte, Frederick würde die Decke beiseite schlagen und sich zu ihr legen. Der Gedanke an seine Wärme und den Trost, den er ihr spenden könnte, erfüllte sie mit Sehnsucht.

»Schon gut.« Langsam entwand ihr Frederick seine Hand. Dann zog er sich einen Stuhl ans Bett. »Willst du, dass ich dir eine Geschichte erzähle?«

»Ja, bitte. «

Von seinen Worten ließ sie sich davontreiben, schob die düsteren Gedanken fort. Hier und jetzt war sie sicher und hatte einen Freund an ihrer Seite.

»Syra? Was ist los? Geht es dir gut?«

»Mir geht es gut, keine Sorge.« Syra seufzte. Sie war sich sicher, dass ihre Freundin am anderen Ende der Leitung hören konnte, wie die Steine unter ihren Schritten knirschten. Das Handy fest ans Ohr gepresst suchte sie nach den passenden Worten für die seltsame Situation, in der sie sich befand. »Ich bin seit gestern im Haus meiner Urgroßmutter.«

»Und? Wie ist die Hütte? Ich sehe, du vermisst mich schon.« Veros Stimme klang neckend, doch Syra konnte den besorgten Unterton dennoch klar heraushören.

»Keine Hütte. Eher ein richtiges Herrenhaus, dazu noch top in Schuss. Ich fühle mich ein bisschen, als wäre ich im falschen Film gelandet.«

Für einen Moment war es still in der Leitung. Dann berichtete Syra ihr von ihrem ersten Tag auf Gut Breitenfels.

»Dieser Eric klingt auf jeden Fall seltsam. Was weißt du über ihn?«

»Er lebt hier im Haus und scheint so eine Art Hausdiener zu sein. Zumindest hat er mir erzählt, dass er meiner Familie schon seit Jahren dient.«

»Warte. Was? Du hast einen Hausdiener? Aber … sagtest du nicht, die Hütte stand seit Jahren leer?«

»Das dachte ich. Aber Eric war die ganze Zeit hier. Es gibt einen Vertrag zwischen ihm und meiner Familie«, erklärte Syra. Sie wusste, wie verrückt das alles klang.

»Was für einen Vertrag?«

»Ein uraltes, gerolltes Stück Papier, mit Siegel und allem. Die schnörkelige Schrift darauf war kaum zu entziffern. Der Vertrag setzt meine Uroma und ihre Nachkommen als Herren von Gut Breitenfels ein. Ganz unten gibt es eine Passage, in der Eric der Familie seine lebenslangen Dienste zusichert. Im Gegenzug darf er im Haus wohnen und wird von den Hausherren versorgt.«

»Schräg. Von einer Bezahlung steht da nichts?«

»Nein. Er will auch keine. Das hat er immer wieder gesagt.«

»Hm. Aber du fühlst dich mit diesem Typen wohl? Schließlich nennst du ihn schon beim Vornamen. Was hat er sonst noch gesagt? Wie sieht er aus? Wie alt ist er?«

Syra lachte. »Keine Ahnung, wie alt er ist. Das ist wirklich schwer zu schätzen. Ich kann mich zwar nicht daran erinnern, aber er war schon hier, als ich vor Jahren meine Uroma besucht habe. Also müsste er locker um die vierzig sein.«

»Du weißt es nicht? Wenn er für dich arbeitet, solltet ihr über solche Dinge sprechen, oder nicht?«

»Vermutlich.« Syra machte sich eine geistige Notiz. »Ich werde ihn danach fragen, versprochen. Und zu deiner anderen Frage: Ich schätze, er sieht ganz gut aus. Groß, dunkle Haare und Augen. Seine Kleidung ist ein wenig gewöhnungsbedürftig. Sie wirkt wie aus dem vorletzten Jahrhundert.«

Vero gab ein nachdenkliches Brummen von sich. »Das könnte jetzt alles heißen. Du wirst mir bei Gelegenheit ein Foto schicken müssen. Am besten heute noch«, schlug sie eifrig vor. »Und wie ist er so?«

»Ganz ehrlich: Er ist mir ein Rätsel.«

»Inwiefern?«

»Er hat ein paar seltsame Sachen gesagt. Er behauptet, er hätte keinen Nachnamen, weil man den von seinen Eltern bekommt. Doch die hat er nie getroffen.«

»Hm, eine Waise? Das würde sogar Sinn ergeben. Vielleicht hat deine Uroma ihn adoptiert und er fühlt sich ihr jetzt verpflichtet?«, überlegte Vero laut.

»Möglich. Wann immer er von ihr erzählt, merkt man, dass sie ihm viel bedeutet hat. Weißt du, wie seltsam sich das anfühlt? Immerhin kannte ich sie kaum.«

»Ehrlich gesagt klingt das alles ziemlich merkwürdig. Wolltest du nicht aufs Land, um dich zu erholen? Stattdessen bist du geradewegs in das nächste Drama gestolpert.«

»Das ist noch nicht alles.«

»Im Ernst?«, fragte Vero ungläubig. »Was kommt als Nächstes? Sag nicht, bei dir spukt's.«

»Nein, es ist etwas, das Eric gesagt hat. Er meinte, die Gegend hier wäre gefährlich. Deswegen würde er meine Familie und das Haus beschützen. Er hat nur nicht gesagt, wovor.«

»Okay.« Vero klang nicht begeistert. »Das Ganze wird ja immer seltsamer. Und? Glaubst du ihm?«

»Ich weiß nicht. Da ist auch die Tatsache, dass meine Eltern dieses Haus so gut wie nie besucht haben. Eric meinte, dass es vielleicht wegen dem war, was in der Kindheit meiner Mutter passiert ist«, meinte Syra. Zum ersten Mal sprach sie von ihren Eltern, ohne sofort in Tränen auszubrechen. Ob es am Ortswechsel lag? Oder an dem ungelösten Rätsel?

»Lass mich raten: Du hast keine Ahnung, wovon er spricht«, meinte Vero trocken.

»Nicht die geringste. Du weißt, wie verschlossen meine Eltern in manchen Dingen waren. Sie haben mir nie erzählt, dass mir Uroma dieses Haus vermacht hat. Dabei ist das schon Jahre her. Der Notar meinte, sie hätten den Schlüssel seit dem Tod ihrer Eltern für mich aufbewahrt. Aber langsam glaube ich, dass sie ihn vielleicht vor mir versteckt haben. Ergibt das irgendeinen Sinn?«

»Kann ich nicht sagen. Ich kannte deine Eltern ja kaum. Möglich wäre es. Aber das wäre schon eine krasse Geschichte.«

»Wem sagst du das.«

»Was willst du jetzt machen?«

Syra nahm einen tiefen Atemzug. »Ich bleibe hier, was sonst?«

»Bist du sicher? Mir ist nicht wohl bei dem Gedanken, dass du ganz alleine mit diesem Eric in einem Haus mitten im Wald hockst. Was, wenn der dir etwas antut?«

Syra schluckte. »Ich … ausschließen kann ich das natürlich nicht. Er wirkt eigentlich nicht gefährlich oder so. Nur ein bisschen schräg.«

Vero wirkte wenig überzeugt. »Vielleicht gucke ich zu viele Horrorfilme, aber …«

»Ich bin vorsichtig, okay? Aber ich kann hier noch nicht weg. Dieser Ort steckt voller Geheimnisse, das spüre ich. Eric ist nur eines davon. Ich muss herausfinden, was hier damals mit meiner Mutter passiert ist. Und ich will mehr über meine Uroma erfahren.«

»Klar willst du das«, antwortete Vero mit einem seltsamen Unterton in der Stimme. »Ihre Geheimnisse zu lüften, gibt dir das Gefühl, ihnen nah zu sein, hab ich recht?«

Syra hielt einen Moment inne. Es stimmte. »Ja«, sagte sie leise. »Ich will verstehen, wer sie waren und was hier passiert ist. Vielleicht kann ich dadurch auch meinen eigenen Platz in dieser Welt finden. Denn gerade …«

»Das ist Unsinn, das habe ich dir gesagt. Du hast ein angefangenes Studium. Freunde!«

»Eine Freundin. Und die bist du«, korrigierte Syra sie. »Und was das Studium betrifft ... Ich weiß nicht, ob ich damit weitermachen will. Gerade ... weiß ich irgendwie gar nichts.«

»Ach, Süße.« Veros Stimme war voller Mitleid. »Die ganze Sache hat dich richtig aus der Bahn geworfen, ich weiß. Ich verstehe, dass du einen Weg suchst, um deiner Familie nah zu sein. Und wenn der einzige Weg ist, sich in einem abgelegenen Herrenhaus einzuquartieren ...« Sie seufzte und Syra konnte sich nur allzu gut vorstellen, wie sie gerade ratlos den Kopf schüttelte. »Du weißt, dass ich immer für dich da bin, egal was ist. Wenn du Hilfe brauchst oder jemanden zum Reden, bin ich da. Und wenn dir die Sache über den Kopf wächst, dann kommst du her, verstanden? Hier ist immer Platz für dich.«

Syra schluckte gegen den Kloß in ihrem Hals. Sie wusste, dass Vero es so meinte, wie sie es sagte.

Da hörte sie ein Knacken neben sich im Gebüsch. Gleich darauf noch eins, ein wenig näher. Mit klopfendem Herzen fuhr sie herum und sah sich um. Es war nichts zu sehen.

»Aber sei vorsichtig, hörst du?«, fuhr Vero fort, als Syra nicht antwortete. »Und sei nicht enttäuscht, wenn du dich da nur in etwas verrennst. Vielleicht hat dein Eric auch einfach nur einen Sprung in der Schüssel oder ...«

Syra hörte nur noch mit einem halben Ohr zu. Sie suchte den Wald ab, wobei ihr das Herz nervös in der Brust flatterte. Es raschelte erneut, direkt vor ihr im Gebüsch. Da kam ein riesiger Fuchs aus dem Wald getrottet. Scheinbar furchtlos blieb das Tier vor ihr stehen und schaute sie mit schief gelegtem Kopf an. Es war das größte Exemplar, das sie je gesehen hatte, mit rotem, buschigem Fell, weißem Latz und stechenden, grünen Augen.

Sie starrte zurück. Ihr stockte der Atem. »Da steht ein Fuchs«, murmelte sie. »Er kam gerade aus dem Wald und jetzt steht er auf dem Weg und schaut mich an.«

»Okay? Wie nah ist er?«

»Direkt vor mir, vielleicht zwei Meter entfernt.«

Vero fluchte. »Das klingt wie aus einem verdammten Disney-Film. Was kommt als Nächstes? Eine singende Teetasse?« Sie stieß ein humorloses Lachen aus. »Bitte sag mir, dass das Vieh keinen Schaum vorm Maul hat.«

Syra studierte die Schnauze des Tieres. »Kein Schaum. Er steht einfach nur da und starrt mich an. Ja, ich weiß, das klingt verrückt.«

»Wie so einiges heute«, erwiderte Vero. »Okay. Hör mir zu. Sobald das Vieh auch nur einen Schritt auf dich zukommt, haust du ab. Verstanden? Ich kenne dich und dein Herz für Tiere. Am Ende versuchst du noch, den zu streicheln. Das ist *keine* gute Idee.«

»Das weiß ich selbst«, raunte Syra ins Telefon. Sie trat vorsichtig einen Schritt zurück.

Der Fuchs blinzelte und folgte ihr langsam.

Sie schluckte. Dann drehte sie auf dem Absatz um und rannte. Fluchend lief sie den Weg zum Haus zurück, stolperte teilweise über die losen Steine, die hier überall herumlagen.

»Syra? Syra! Was ist los?« Erst nach einer Weile bemerkte sie, dass sie immer noch das Telefon in der Hand hielt, am anderen Ende Vero, die nun noch aufgeregter wirkte. »Rede doch mit mir!«

»Der Fuchs!«, keuchte Syra und kam sich dabei vor wie eine Irre. »Er kam auf mich zu. Ich … bin weggelaufen.«

Vero stöhnte auf. »Folgt er dir immer noch?«

Der Weg hinter ihr lag still da. Nicht ein Blatt regte sich im Wind. »Nein. Er ist weg.« Japsend hielt sie sich die stechende Seite.

»Gut, okay. Jetzt nur nicht in Panik verfallen.« Vero klang, als redete sie mit sich selbst. »Ein geheimnisvoller Hausdiener und ein potenziell tollwütiger Fuchs. Das ist seltsam, aber da muss nicht unbedingt ein Zusammenhang bestehen. Richtig?«

»Richtig.«

»Ich kann nicht gerade behaupten, dass ich schon Seltsameres erlebt habe, aber … ach fuck! Kannst du nicht einfach nach Hause kommen?«

»Nicht, wenn es nicht unbedingt sein muss. Aber ich muss zugeben, dass mich dieses Vieh schon ganz schön aus der Bahn geworfen hat. Ob es das war, wovor Eric mich warnen wollte? Gefährliche Tiere?«

»Woher soll ich das wissen?«

»Ich finde es heraus. Und ich werde vorsichtig sein, versprochen.«

Vero brummte unverständlich vor sich hin.

Eine neue Entschlossenheit formte sich in Syra. »Wie gesagt. Ich muss versuchen, mehr über meine Familie herauszufinden. Und über Eric.«

Vero seufzte. »Ein mysteriöser Fremder, da kannst du nicht widerstehen. Aber von mir aus. Schnüffele ein wenig herum. Das bringt dich auf andere Gedanken.«

Syra schmunzelte. »Gut möglich. Ehrlich gesagt, geht es mir jetzt schon viel besser als noch vor ein paar Tagen. So schräg das alles hier ist, ich glaube, mir tut der Tapetenwechsel gut«, sagte sie und blickte den Hügel hinauf zu ihrem Haus.

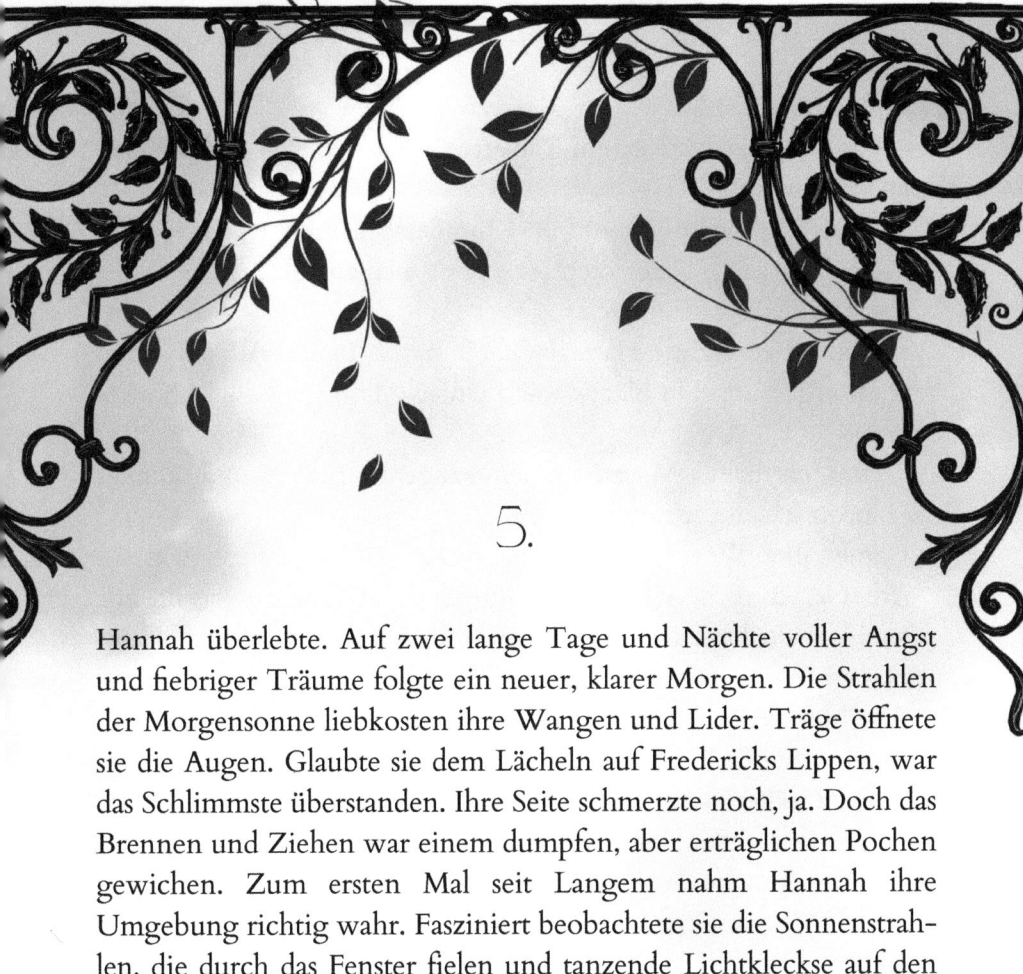

5.

Hannah überlebte. Auf zwei lange Tage und Nächte voller Angst und fiebriger Träume folgte ein neuer, klarer Morgen. Die Strahlen der Morgensonne liebkosten ihre Wangen und Lider. Träge öffnete sie die Augen. Glaubte sie dem Lächeln auf Fredericks Lippen, war das Schlimmste überstanden. Ihre Seite schmerzte noch, ja. Doch das Brennen und Ziehen war einem dumpfen, aber erträglichen Pochen gewichen. Zum ersten Mal seit Langem nahm Hannah ihre Umgebung richtig wahr. Fasziniert beobachtete sie die Sonnenstrahlen, die durch das Fenster fielen und tanzende Lichtkleckse auf den Boden warfen. Sie folgte ihnen eine kleine Weile mit den Blicken, blieb dann jedoch an der prächtigen, mit Stuck verzierten Decke hängen. Sie verbrachte Minuten damit, alles in sich aufzunehmen, voller Staunen und Ehrfurcht darüber, dass das Leben ihr eine zweite Chance gewährt hatte. Dabei ließ sie ihre Finger wandern und die kunstvollen, wenn auch fleckigen Tapeten entlangstreichen, während sie sich wünschte, ein Haus wie dieses ihr Zuhause nennen zu können.

»Hier.« Frederick stellte ein Tablett mit einem Teller dampfender Suppe vor ihr ab.

»Danke. Du bist so gut zu mir. Kümmerst dich um mich, machst all diese Sachen …« Sie errötete. »… ohne dich zu beklagen.«

»Ist doch selbstverständlich.«

»Nein, ist es nicht.« Hannah sah ihm fest in die Augen. »Wir kennen uns kaum. Du hättest mich einfach da liegenlassen können oder –«

»Hätte ich nicht.« Mit zusammengezogenen Brauen und schmalen Lippen schaute er sie an.

Hatten ihre Worte ihn verärgert? Das war das Letzte, was sie wollte. Nervös nagte sie an ihrer Unterlippe. »Das zeigt, was für ein gutes Herz du hast. Du hast mich gerettet. Das werde ich dir nie vergessen.«

Er schluckte, drehte den Löffel in seinen Händen. »Du schuldest mir nichts, wirklich nicht. Ich hab es gern getan.« Er räusperte sich. »Und jetzt sollten wir essen. Sonst wird die Suppe kalt.«

Sie nickte scheu. Dann probierte sie von der Suppe. Sie bestand aus nicht viel mehr als Wasser, einer Prise Salz und ein paar Kartoffeln und Möhren. Doch sie war köstlich.

»Schmeckt es dir? Willst du noch mehr?«

»Gern. Viel besser als alles, was ich im Laufe der letzten Wochen zu essen bekommen habe. Wer hätte gedacht, dass du so ein guter Koch bist?«

»Mutter hat es mir gezeigt. Wir mussten zu Hause alle mit anpacken, auch in der Küche. Früher habe ich darüber gemault, jetzt bin ich dankbar.«

»Und ich erst. Du musst aber auch etwas essen.«

»Keine Sorge. Es ist genug für uns beide da«, versicherte er. »Hier muss zuvor eine große, wohlhabende Familie gewohnt haben. Der Keller ist noch gut gefüllt.«

Seine Worte überfluteten Hannah mit einem Gefühl der Erleichterung. Heute würde sie nicht hungrig oder um ihr Leben fürchtend einschlafen müssen. »Das ist gut.«

Frederick brummte zustimmend. »Wir hatten Glück im Unglück, würde ich sagen. Zu Hause hatten wir kaum noch etwas. Ein paar Steckrüben und Kartoffeln, mehr nicht. Den Nachbarn ging es nicht anders.«

»Ja. Es liegt an diesem verdammten Krieg. Die meisten Männer sind an der Front, oder tot. Felder liegen brach und das wenige Essen wird immer teurer.« Düster starrte sie in die Suppe.

»Wir könnten noch eine Weile bleiben. Hier, meine ich.« Frederick wischte sich die Hände an seiner fleckigen Hose ab. »Dieses Haus könnte unser Zuhause sein, zumindest so lange, bis …«

Weiter kam er nicht. Draußen knatterte ein Motor, dann knallten Fahrzeugtüren. Stimmen drangen an Hannahs Ohr, riefen sich etwas zu. Was genau, verstand sie nicht. Kurz darauf ein metallenes Quietschen, wie das eines schweren Tores, und das Knirschen von Reifen auf Kies. »Hier! Das alte Breitenfels-Anwesen! Kommt schon, Männer. Wir machen Rast und verbringen die Nacht hier!«

Frederick stürzte zum Fenster. »Das sind Soldaten. Verdammt!«

Soldaten. Hier. Vielleicht sogar dieselben, die auf sie geschossen hatten! Hannahs Gedanken überschlugen sich. »Sie dürfen uns hier nicht finden!« Sie schwang die Beine aus dem Bett. Doch schon beim Aufsetzen merkte sie, dass sie nicht weit kommen würde. *So ein Mist!*

»Wir können nicht aus dem Haus. Wir würden ihnen direkt in die Arme laufen.« Gehetzt sah sich Frederick im Zimmer um. »Hier bleiben können wir aber auch nicht.« Er fuhr sich mit den Händen durchs Haar. »Im Keller werden sie nach Vorräten suchen.«

Hannah nickte wie betäubt. Die Soldaten würden sie finden und vollenden, was sie begonnen hatten. Vor Angst zitterte sie am ganzen Körper. *Irgendwo müssen wir uns doch verstecken können.* Frederick hatte ihr erzählt, wie groß das Haus war.

»Der Dachboden!«

»Gute Idee. Komm!«

Schnell half er ihr auf. Sie eilten hinaus, dann weiter, den langen Korridor entlang. An dessen Ende fanden sie eine schmale, unauffällige Holztür. Die Stimmen und Schritte der Männer waren immer deutlicher zu hören. Jede Sekunde war kostbar.

»Hier hindurch.« Hinter der Tür führte eine alte Holztreppe steil nach oben. »Komm. Ich helfe dir.« Frederick schlang den Arm um ihren Rücken, sodass sie sich noch besser auf ihm abstützen konnte. Leise schloss er die Tür.

Die Treppe war kaum breit genug für sie beide und so tasteten sie sich vorwärts, Stufe für Stufe. Bei jedem verräterischen Knarren zuckte Hannah zusammen und hielt inne, um zu horchen.

Frederick half ihr, so gut er konnte. »Nur noch ein kleines Stück!«

Mit zitternden Beinen erklomm sie die letzten Stufen.

Der Dachboden war nur spärlich beleuchtet. Das Licht von zwei winzigen Dachfenstern reichte eben aus, um zahlreiche alte Schränke, eine Standuhr sowie Berge undefinierbaren Gerümpels zu erkennen. Perfekt. Sie konnten nur hoffen, dass nicht einer der ungebetenen Besucher auf die Idee kam, den Speicher nach etwas Wertvollem zu durchforsten. Es war nur ein schmaler Streifen Hoffnung, an den Hannah sich verzweifelt klammerte, aber was sonst hätte sie tun können?

Ein Winkel hinter einem Stapel alter Bücher und ein paar Kartons war gerade groß genug für sie beide. Frederick half ihr, sich auf den harten, staubigen Dielenboden zu legen, und sie tat es schwer atmend und mit schmerzerfülltem Lächeln. Ihre Seite brannte wieder wie Feuer.

Frederick beugte sich mit ernster Miene zu ihr herunter. »Warte hier. Ich muss versuchen, unsere Spuren zu beseitigen.«

»Du kannst nicht wieder nach unten. Wenn sie dich finden ...«

»Keine Sorge. Ich bin vorsichtig«, versicherte er.

Fredericks Worte beruhigten sie nicht im Geringsten. Aber sie musste ihm vertrauen. So schwer es ihr auch fiel.

Erst nachdem Syra zum Haus zurückgekehrt war, fiel ihr ein, dass sie immer noch keinen Schlüssel hatte. Zum Glück waren weder das große Hoftor noch die Eingangstür abgeschlossen, denn eine Klingel konnte sie nicht entdecken. Wie seltsam.

Fast schon rechnete sie damit, dass Eric wieder in der Eingangshalle auf sie warten würde. Sie war erleichtert, dass dem nicht so war. Nicht nur, dass sie ihn nicht einschätzen konnte; niemals zuvor hatte sie einen Angestellten gehabt, schon gar keinen Diener. Allein der Gedanke, dass Eric ihr Kaffee und Frühstück machte, weil er sich ihrer Familie verpflichtet fühlte, bereitete ihr Unbehagen. Aber sie würde sich wohl oder übel mit ihm arrangieren müssen.

Syra nahm die Treppe nach oben. Sie ließ ihre Finger an der sauber gestrichenen Wand entlangstreifen. Da fiel ihr auf halber Treppe ein riesiges Buntglasfenster auf. Es war ein Mosaik aus vielen bunten Scheiben, das sich zu einem wunderschönen Bild zusammensetzte. Die Morgensonne schien hindurch und warf bunte Schlieren und Punkte auf die steinerne Treppe zu ihren Füßen.

»Gefällt es dir?«

Erschrocken sprang sie zur Seite. Sie hatte Eric weder kommen gehört noch gesehen. Wie war das möglich?

»Entschuldige. Ich wollte dich nicht erschrecken.« Einen Schritt von ihr zurückweichend lächelte er sie an.

»Vielleicht könnten Sie versuchen, sich beim nächsten Mal nicht mehr so an mich anzuschleichen«, sagte Syra brüsk. »Sonst falle ich irgendwann noch vor Schreck die Treppe runter.« Sie sah, wie er sich bei diesen Worten versteifte.

»Verzeih. Es kommt nicht wieder vor, versprochen.« Sein reumütiger Blick stand dem eines Dackels in nichts nach.

»Gut. Danke.« Zufrieden richtete sie ihre Aufmerksamkeit wieder auf das Fenster. »Es ist wunderschön! Und dieses Motiv. Ein Wald und da im Hintergrund … Ist das dieses Haus hier?«

Eric nickte. »Hannah hat das Fenster kurz vor ihrem Tod anfertigen lassen. Sie liebte diesen Ort mindestens so sehr wie ich.«

Es fühlte sich seltsam an, diesen fremden Mann so über ihre Urgroßmutter sprechen zu hören – einen Menschen, den sie selbst kaum gekannt hatte. Eric und Hannah hatten sich nahe gestanden, daran hatte sie keinen Zweifel mehr. Waren sie so etwas wie eine Familie? Der Gedanke wärmte ihr Herz, denn in ihrem Kopf war ihre Urgroßmutter stets einsam und allein in ihrem Haus gewesen.

»Hat meine Uroma das Grundstück auch nicht verlassen? So wie Sie?« Sie erschrak über ihre eigene Neugierde.

»Hannah war genauso oft im Wald wie im Haus.« Er streckte die Hand langsam nach dem Fenster aus. Doch er berührte es nicht, sondern verharrte einige Zentimeter davon entfernt. »Sie liebte den Wald und seine Geschöpfe.«

War da ein Anflug von Wehmut in seiner Stimme? Stirnrunzelnd betrachtete sie das Fenster genauer. Es waren verschiedene Tiere zwischen den Zweigen der Bäume abgebildet: ein Eichhörnchen, ein Rabe und ... »Ein Fuchs!« Konnte es ein Zufall sein? Sie musste es wissen. »Ich habe eben draußen einen Fuchs getroffen. Er war ganz nahe, so gar nicht ängstlich.«

Fragend hob Eric die Augenbraue. »Ist das so? Wie sah er aus?«

Syra überlegte. »Gesund. Nicht, als ob er Tollwut hätte.«

»Und sonst?«

Sie zuckte mit den Schultern. »Wie ein Fuchs eben. Ein *großer* Fuchs.«

»Hattest du Angst vor ihm?«

»Ein wenig. Es ist nicht normal, dass wilde Tiere so zutraulich sind. Nicht, dass ich viel darüber wüsste. Ich bin in der Großstadt aufgewachsen und kann mich nicht einmal erinnern, wann ich zuletzt einen Fuchs gesehen habe.«

Erics Mundwinkel zuckten bei ihren Worten. »Hier wirst du öfter Füchse zu sehen bekommen, besonders diesen hier. Er streunt häufig ums Haus. Mach dir keine Sorgen, er wird dir nichts tun. Hannah hatte einen Narren an ihm gefressen.«

Syra seufzte erleichtert. *Ah. Das erklärt es dann.* Da kam ihr ein seltsamer Gedanke. »Sind sie sicher, dass es derselbe Fuchs ist? Meine Uroma ist seit dreizehn Jahren tot.«

»Sicher bin ich mir natürlich nicht«, lenkte er ein. »Immerhin habe ich deinen Fuchs nicht gesehen.« Bildete sie es sich ein, oder wirkte er bei diesen Worten ein wenig unsicher?

»Verstehe. Bei seinem Anblick war mir schon ganz schön mulmig zumute. Sie hatten mich ja gewarnt, dass die Gegend hier gefährlich ist. Wie haben Sie das gemeint?«

Eric zögerte. »Es sind beängstigende Zeiten. Schon früher haben sich die Menschen gegen die Natur und gegeneinander erhoben und drohten die Welt ins Chaos zu stürzen. Kriege, Naturkatastrophen, Seuchen, Überfälle … Es scheint, die Welt würde aus dem Gleichgewicht kippen. Was, wenn sie das tatsächlich tut?«

Es war nicht die Antwort, die Syra erwartet hatte. Bisher hatte jede Erklärung, die Eric ihr gab, mehr Fragen aufgeworfen als beantwortet. Allein sein Tonfall jagte ihr einen Schauer über den Rücken und ließ eine Gänsehaut auf ihren Armen zurück.

»Was dann?«, fragte sie leise, denn eine Antwort auf diese Frage wusste sie nicht.

»Dann bleibt nur zu hoffen, dass es jemanden gibt, der das Gleichgewicht wiederherstellen und dem Chaos Einhalt gebieten kann«, antwortete Eric. Lange sah er sie an. Für einen Moment schien es, als spräche er über jemand Bestimmtes. Doch das ergab keinen Sinn. Wie so vieles, was er sagte. Die Welt sollte dabei sein, ins Chaos zu stürzen? Für sie klang das wie das Hirngespinst eines paranoiden Menschen. Nur wirkte Eric auf sie nicht wie jemand, der sich in Verschwörungstheorien verrannte. Oder täuschte sie sich in ihm? Die Alternative war, dass er recht hatte. Was das bedeuten würde, wollte sich Syra lieber nicht ausmalen.

Ihre Wunde war wieder aufgebrochen. Hannah spürte es, das Pulsieren ihres Blutes, das Brennen ihrer Nervenenden. Der sorgsam angelegte Verband färbte sich nach und nach rot, getränkt von dem Blut, das langsam aus der Wunde sickerte und sich mit dem Staub des Dachbodens vermischte.

Verdammte Soldaten! Natürlich war es nur eine Frage der Zeit gewesen, bis jemand in dieses Haus kam, sei es auf der Suche nach einem Unterschlupf oder nach etwas, das es sich zu plündern lohnte. Überall im Land war es dasselbe. Schon seit sich die Lage im Westen verschlimmert hatte und der Feind ins Land eingedrungen war. Vorräte waren knapp. Nicht nur, weil die Dörfer regelmäßig überfallen und geplündert wurden, auch von den eigenen Leuten, sondern auch weil die Feldarbeit nur noch von den Frauen verrichtet wurde: Die Männer waren im Krieg; viele von ihnen würden niemals nach Hause kommen und die Frauen konnten den Berg an Arbeit nicht allein bewältigen.

Hannah fröstelte bei dem Gedanken daran, dass es Frederick genauso ergehen würde wie all den Männern im Krieg, wenn man ihn fand. Sie wollte ihn nicht verlieren. Nicht, nachdem sie ihn gerade erst gefunden hatte. Hannah wollte die Chance haben, sich auch um ihn zu kümmern, und sei es nur, indem sie Suppe für ihn kochte. Oh, könnten sie doch nur in diesem Haus bleiben, es zu ihrem gemeinsamen Zuhause machen!

Ein plötzlicher Schauer durchfuhr sie, brachte eine Gänsehaut über ihren gesamten Körper. Angetrieben durch ein warnendes Kribbeln im Nacken lauschte sie ins Halbdunkel des Raumes. Was war das? Ein Soldat? Hatte einer von ihnen es nach oben geschafft? Nein, dann hätte sie ihn sicher gehört.

Hannah kniff die Augen zusammen und blickte sich um. Von ihrem Platz hinter den Kisten und Büchern konnte sie nicht viel erkennen. Nicht, ohne sich zu bewegen und damit zu riskieren, ihren Standort zu verraten. In den Dachbalken über ihr hatten zahlreiche Spinnen ihre Netze gebaut. Hannah mochte diese achtbeinigen Tiere nicht sonderlich, doch sie waren nichts im Vergleich zu den Männern, die sicher schon unten durch das Haus streiften. Es gab so viel schlimmere Monster da draußen, Monster, die ihr nach dem Leben trachteten. Und eines von ihnen war womöglich bereits hier.

Hannah hielt den Atem an, wartete, ob sich irgendwo etwas regte. Nichts. Alles war still. Keine Schritte oder auch nur das Rascheln einer Maus. Es fühlte sich an, als wäre sie ganz allein an diesem Ort. Aber sie wusste, dass dem nicht so war. Jemand war hier.

Sie versuchte, so flach wie möglich zu atmen. Jedes noch so kleine Geräusch konnte sie verraten.

Wäre Frederick doch nur hier! Ob er überhaupt noch lebt? Wäre dieser Horror doch nur vorbei. Wir könnten hier leben, die alten Mauern wieder aufbauen, ihnen neues Leben einhauchen. Hier könnten wir glücklich sein. Vielleicht einen kleinen Garten anlegen, oder …

Ein weiterer Schauer durchlief sie, wärmer als der zuvor. Es war, wie im Winter in die warme Stube zu kommen und die Kälte des Tages abzuschütteln. Für einen Moment wichen Kälte und Schmerz einem ungewohnten, angenehmen Prickeln auf der Haut.

Alles wird gut, dachte sie und schüttelte gleich darauf den Kopf. Frederick würde es niemals schaffen, all ihre Spuren zu beseitigen. Die Soldaten würden ihn schnappen. Selbst wenn er ihre Gegenwart für sich behielt und man daraufhin nicht nach ihr suchte, hatte sie allein keine Chance zu überleben.

Du bist nicht allein.

Hannah erstarrte. Dieses Mal hatte sie ganz deutlich eine fremde Stimme in ihrem Kopf gehört. Verlor sie langsam den Verstand?

Im nächsten Moment wurde sie von einem Geräusch aufgeschreckt. Das leise Quietschen einer Tür, danach das Knarren der Treppenstufen. Hannah horchte auf. War das Frederick?

Ein weiteres Mal hielt sie den Atem an und wartete, zählte die Schritte, die immer näherkamen. Fünf ... zehn ... fünfzehn, sechzehn, siebzehn. Da tauchte Fredericks Rotschopf über ihr auf.

»Frederick. Was ist?«

Doch statt einer Antwort setzte er sich neben sie, die Beine angewinkelt, den Blick starr auf den nackten Dielenboden gerichtet. Seine Stirn war von tiefen Furchen durchzogen und er nagte rastlos an seiner Unterlippe. Eine ganze Weile hockte er so da.

Hannahs Magen krampfte sich zusammen. Sanft berührte sie seinen Arm. »Frederick? Was ist passiert? Du machst mir Angst.«

Endlich stieß er einen langen Seufzer aus. »Ich weiß es nicht. Aber etwas stimmt hier nicht. Ich ... ich weiß nicht, wie ich es erklären soll.« Er raufte sich die Haare.

Hannah dachte an die Stimme in ihrem Kopf. »Versuch es«, bat sie leise.

Frederick stöhnte auf, ein Laut, der tief aus seiner Kehle kam. Dann sah er sie mit ratlosen Augen an. »Ich war in unserem Zimmer. Die Waschschüssel, das Essen ... einfach alles war fort. Aber die Männer waren noch draußen. Ich habe sie im Hof gehört.«

Hannah schluckte, kam jedoch kaum gegen den Kloß in ihrem Hals an. Vorsichtig rutschte sie näher an Frederick heran. »Ich hatte auch das Gefühl, dass hier oben jemand ist. Nicht, dass ich etwas gehört hätte. Es war mehr so ein Gefühl ...« Hoffentlich glaubte er nicht, sie hätte den Verstand verloren. »Und irgendwer *muss* unsere Sachen genommen haben.«

»Ich weiß. Irgendwer ist im Haus, war es vielleicht schon die ganze Zeit.«

»Könnten es die Besitzer sein? Wir wissen nicht, was mit ihnen geschehen ist, haben nur angenommen, dass ...«

Sie musste den Satz nicht beenden. Ein leer stehendes Haus konnte in dieser Zeit nur zwei Dinge bedeuten: Entweder waren die Besitzer tot oder im Krieg.

»Vielleicht haben wir uns geirrt«, murmelte er. »Wir können nur hoffen, dass wer auch immer hier mit uns im Haus ist, uns nicht vertreiben will.« Leise richtete er sich auf.

»Wo willst du hin?«

»Ich sehe mich hier oben ein bisschen um. Nicht, dass es irgendwo noch einen zweiten Zugang gibt. Außerdem suche ich etwas, mit dem ich unten die Tür verbarrikadieren kann.«

Hannah nickte schwach und sah zu, wie er im Halblicht des Dachbodens verschwand. Erschöpft schloss sie die Augen und lauschte auf seine Schritte, die sich weiter und weiter von ihr entfernten.

Vielleicht haben wir ja Glück und alles wird gut, dachte sie. Langsam entspannte sich ihr Atem. *Wenn die Besitzer noch hier sind, gestatten sie uns vielleicht, zu bleiben. Sobald es mir besser geht, könnte ich als Magd arbeiten.* Ihre Augenlider wurden schwer. *Wir können nur warten und hoffen.* Ihr Kopf sackte auf den Boden. Dann schlief sie ein.

Schreie ließen ihr das Blut in den Adern gefrieren. Ihre Müdigkeit war wie weggeblasen von der Furcht, die sie schlagartig durchströmte.

»Hörst du das auch?«

Frederick brummte, bevor er endlich die Augen aufschlug. »Hannah, was –«

Der Schrei eines Mannes erklang, näher als zuvor. Weitere Schreie tiefer im Haus folgten, dieses Mal aus vielen Kehlen. Dann das hektische Poltern Dutzender Füße und schließlich …

Krach!

»Das war ein Schuss. Was zum –« Das Herz hämmerte gegen ihren Brustkorb, als wollte es diesem beengenden Gefängnis entfliehen.

Sie kniff die Augen zusammen. Der Dachboden war in tiefe Schatten gehüllt. Nur das Licht des Vollmondes fiel durch die zwei kleinen Dachfenster hinein. Hier oben regte sich nichts. Kein Angreifer war zu sehen.

»Lasst uns hier raus! Hilfe, bitte!«

Die Stimme war ganz nah, direkt unten vor der Tür. Panisch wandte sie sich zu Frederick um. »Hast du abgeschlossen?«

»Und die Tür mit Brettern und Kisten blockiert, ja. Beten wir, dass das reicht.«

Ein Hämmern und Pochen schickte ihr Herz in einen panischen Galopp. Jemand versuchte verzweifelt, die Tür zu öffnen.

Frederick fluchte. Er ergriff Hannahs Hand und zog sie mit sich, tiefer in die Ecke, unter die Dachschräge.

»Nein, bitte! Bitte nicht!« Das Hämmern wurde lauter und hektischer. »Nein! Neiiin!«

»Roll dich hier zusammen. Und mach keinen Laut. Ganz egal, was du hörst.« Frederick schob weitere Kisten vor die Dachschräge. Dann quetschte er sich in die schmale Lücke und legte sich vor ihr auf den Boden.

Krach!

Wieder peitschte ein Schuss durch das Haus. Kampfgebrüll folgte.

Mit bebenden Gliedern klammerte sie sich an Frederick wie an einen Rettungsring auf stürmischer See. An seinen Rücken geschmiegt wartete sie und betete, die Augenlider fest aufeinandergepresst. Vor Angst stockte ihr der in der Brust. Am liebsten hätte sie sich die Hände auf die Ohren geschlagen, um nichts mehr zu hören. Doch der Drang, sich an Frederick zu klammern, war stärker.

Dann veränderten sich die Schreie. Sie wurden lauter und schriller, bis sie beinahe nichts Menschliches mehr an sich hatten. Schmerz und Grauen lag in ihnen. Ein Geräusch wie das Fauchen eines wilden Tieres ertönte im Gemäuer. Wenn dies wirklich ein Tier war, war es auf der Jagd. Und es hatte seine Beute gefunden.

Hannah vergrub das Gesicht in Fredericks Hemd.

Der sagte keinen Ton. Starr wie eine Statue lag er da, sein Atem so flach, dass sie ihn kaum ausmachen konnte.

Krach!

Der nächste Schuss war so nah, als käme er direkt von der anderen Seite der Tür. Ein Mann schrie.

»Stirb, du Ausgeburt der Hölle!«

Wie zur Antwort ertönte ein tiefes Rumpeln und Knacken im Gemäuer. Der Boden unter ihren Füßen ächzte und bebte.

Hannah wimmerte und schluchzte. Nur vage spürte sie, wie sich Fredericks Arme um sie schlossen, sie hielten.

Krach!

Wieder ein Schuss. Das Kreischen eines Mannes. Dann ein lauter Knall, wie ein Schlag gegen die Wand. Das Splittern von Holz. Gurgeln. Stille.

»Was ...«, wisperte Hannah.

»Pst!«

Die Gefahr war noch nicht vorbei. Was auch immer da draußen war und Jagd auf diese Soldaten machte, konnte jederzeit wiederkommen. Wenn es sie fand, würden sie enden wie der bemitleidenswerte Mann unten vor der Tür. Das wollte Hannah unter allen Umständen vermeiden.

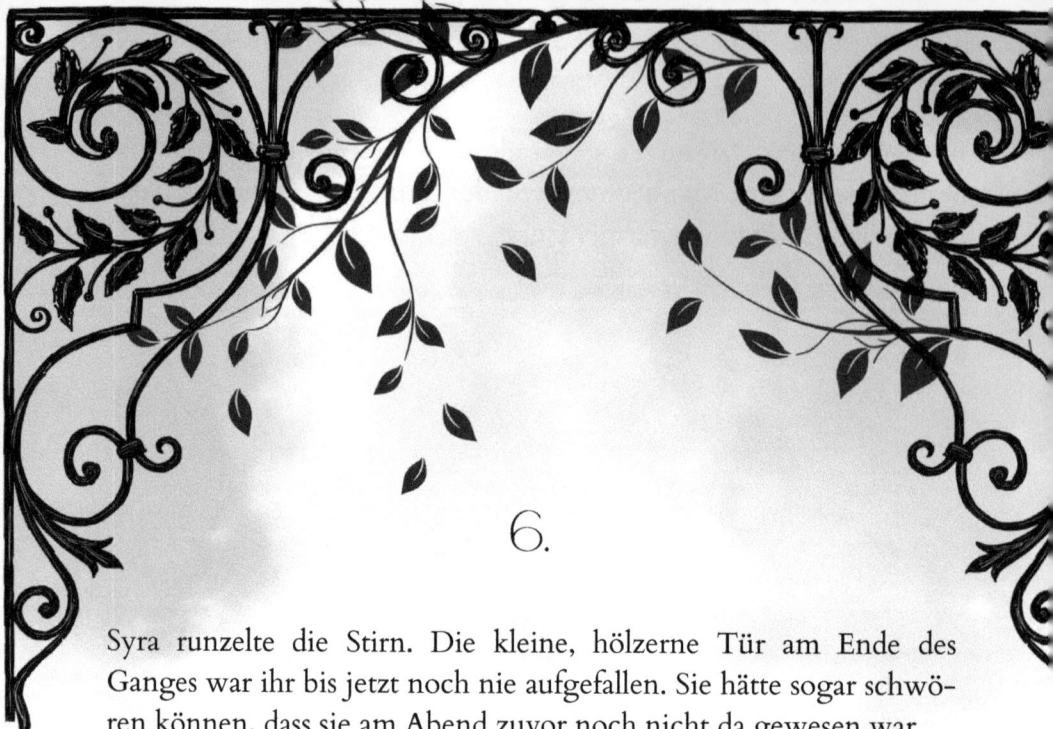

6.

Syra runzelte die Stirn. Die kleine, hölzerne Tür am Ende des Ganges war ihr bis jetzt noch nie aufgefallen. Sie hätte sogar schwören können, dass sie am Abend zuvor noch nicht da gewesen war.

Die Tür war niedriger als diejenigen, die links und rechts vom Korridor abgingen. Ein größerer Mensch müsste sich bücken, wenn er hindurch wollte.

»Wohin führt diese Tür?«

»Zum Dachboden«, erklärte Eric mit tiefer, ruhiger Stimme.

Syra grinste. *Ein Dachboden! Wo, wenn nicht dort, finde ich alte Erinnerungsstücke und Hinweise auf das Leben meiner Familie?*

»Den würde ich mir zu gerne ansehen. Können wir hinauf?«

»Wenn du möchtest. Nicht, dass es dort oben etwas von Interesse gibt.« Eric zuckte gleichgültig mit den Schultern und griff nach der Klinke. »Aber es ist jetzt dein Haus. Du kannst gehen, wohin du möchtest. Auch auf den langweiligen Dachboden.«

»Dachböden sind niemals langweilig. Bestimmt gibt es auch hier etwas Spannendes zu entdecken. Also? Wollen wir?«

Er öffnete die Tür. »Hannah ging nur selten hier rauf. Der Ort schien ihr unheimlich zu sein. Ich würde sogar sagen, dass sie ihn mied.«

»Hat sie das gesagt?«

Syra bekam keine Antwort auf diese Frage. Stattdessen deutete Eric mit einem Lächeln nach oben. »Nach dir.«

Entschlossen trat sie durch die schmale Tür und nahm die hölzerne Treppe. Jeder ihrer Schritte entlockte den Stufen ein lautes Knarren und Ächzen. Erics Füße hinterließen dagegen keinen Laut. Er fand anscheinend die richtigen Stellen. Obwohl er ihr geräuschlos folgte, spürte sie ihn deutlich hinter sich.

Gerade könnte ich die Augen schließen und wüsste dennoch, wo er ist. Als hätte ich einen Kompass in meinem Inneren. Und die Nadel zeigt in seine Richtung.

Schaudernd schob sie den Gedanken beiseite. Sie ließ den Blick über den staubigen Dachboden schweifen. Der Raum war riesig, wenn auch kaum hoch genug, dass sie aufrecht stehen konnte. Kisten, Möbel und allerlei anderes Gerümpel stapelte sich hier in Massen und nach keinem erkennbaren Muster.

Syra wischte mit dem Finger eine dicke Staubschicht von einem Karton und hinterließ dabei eine dunkle Spur. Diesen Teil des Hauses hatte schon lange niemand mehr besucht.

Alles war ruhig. Das Einzige, was sich bewegte, waren die Staubkörner, die gemächlich durch die Luft tanzten. Es fühlte sich seltsam an, hier zu sein, beinahe verboten. Ihre Haut prickelte. Ihr Herz flatterte. Sogar ihre Handflächen schwitzten. Eine innere Stimme warnte sie eindringlich davor, hier oben etwas anzufassen. Dennoch zog dieser Ort sie auf eine unerklärliche Weise an. Es juckte sie förmlich in den Fingern, in den Kisten und Kommoden zu stöbern. Sie wollte sehen, was da drin war.

»Geht es dir gut?« Erics Stimme klang nah, fast so, als flüsterte er ihr direkt ins Ohr. Dabei stand er mehrere Schritte entfernt. Wie kam es, dass sie ihn trotzdem so deutlich hören konnte?

»Ich weiß nicht«, gab sie zu, während sie ihn verwirrt anblickte. »Etwas ist seltsam hier, ich weiß nur nicht, was es ist. Aber ich beginne zu verstehen, warum sich Urgroßmutter hier unwohl gefühlt hat.«

»Willst du wieder gehen?«

Syra entging nicht der hoffnungsvolle Unterton in seiner Stimme. Überhaupt war er noch blasser als sonst. Seine dunklen Augen waren riesig und hatten einen fiebrigen Glanz an sich.

Warum schaut er mich so seltsam an?

Sie schluckte. »Eigentlich nicht, ich … Geht es Ihnen gut? Sie sehen krank aus.« Sie studierte ihn mit schiefgelegtem Kopf. Die Haut seines Gesichts wirkte fahl und wächsern.

»Es ist nichts.« Fahrig strich er sich eine Strähne hinters Ohr.

Schulterzuckend schob sie ihre Bedenken beiseite. Wahrscheinlich lag es an diesem Ort. »Gut. Dann würde ich mich gern ein wenig umsehen.« Langsam trat sie auf einen Stapel Kisten zu. Sie öffnete die oberste und entdeckte darin Bilder, Bücher und Papiere. Zögernd griff sie nach einem Rahmen. Das Bild darin war sepiafarben und zeigte eine Familie in altmodischer Kleidung: Die Herren trugen Gehrock, Halstücher und Zylinder, die beiden Damen lange Kleider und Hauben.

»Wissen Sie, wer das ist?«

»Das ist die Familie Breitenfels. Vor deiner Urgroßmutter lebten sie in diesem Haus. Hier siehst du die Eltern, Lisbeth und Kurt. Und das dort vorn sind ihre Kinder Josefin und Hugo.«

»Was ist mit ihnen passiert?«

»Der Krieg ist passiert. Kurt und Hugo fielen nach wenigen Monaten an der Front. Ohne sie und einen Großteil der Dienerschaft waren die Damen schutzlos. Man hat sie verschleppt.«

Syra schluckte und legte das Bild beiseite. Welch grausames Schicksal diese Menschen ereilt hatte! Sie ging weiter, tiefer in den Dachboden hinein. Trotz der zwei kleinen Dachfenster war es hier dunkel; die funzelige Glühbirne an der Decke spendete gerade so viel Licht wie eine flackernde Kerze. Hatte sich da hinten gerade etwas bewegt?

»Sagen Sie, gibt es hier oben Mäuse, oder Ratten?«

»Nicht, dass ich wüsste.« Erics Stimme klang gepresst. Er war ihr nicht gefolgt. Anscheinend war Hannah nicht die Einzige, die den Dachboden nicht mochte.

»Dann ist gut.« Unter einer Dachschräge entdeckte sie eine Holzkommode. Sie war mit Schnitzereien und Beschlägen aus Messing verziert und schien weniger verstaubt als der Rest. Neugierig zog Syra das mittlere Schubfach auf. Neben einem hölzernen Kästchen, das eine braune Locke enthielt, fand sie einen Stapel Bücher. Sie schnappte sich das oberste davon. Es war ein altes, in braunes Leder gebundenes Fotoalbum. Die Fotos auf der ersten Seite waren schwarz-weiß und zeigten eine junge Frau mit einem Baby auf dem Arm. »Ist das meine Urgroßmutter?« Keine Antwort. »Eric?«

Er war zur Treppe zurückgekehrt. Von dort aus beobachtete er sie mit versteinerter Miene. »*Syra …*« Seine Stimme klang seltsam rau. Und dieses Mal konnte sie schwören, dass sie sie direkt in ihrem Kopf hörte. Wie war das möglich? »*Wir sollten gehen.*«

»Wieso?« Kaum hatte sie die Frage ausgesprochen, hörte sie es: ein Grollen in den Wänden des Hauses, tief und bedrohlich, wie das einer Lawine oder eines verärgerten Tieres. Syras Nackenhaare richteten sich auf. Ihr Herz trommelte ein panisches Stakkato. »Was war das?«

Schweigen.

»Gewittert es?« Was sonst sollte es sein? Sie nahm einen tiefen Atemzug und kämpfte das flaue Gefühl in ihrem Magen nieder. Das Fotoalbum nahm sie und stopfte es in ihre Tasche. Auf einem Stapel Kisten stand ein altes Grammofon, daneben fand sie eine Auswahl an Platten.

»Wir sollten gehen. Es ist genug für heute, findest du nicht?« Nun stand Eric nur wenige Schritte von ihr entfernt und streckte die Hand nach ihr aus.

Syra schüttelte den Kopf. »Nein, wieso? Wir sind doch gerade erst gekommen.« Schnell griff sie sich die oberste Schallplatte. »Wenn Ihnen nicht wohl ist, können Sie schon mal nach unten gehen. Ich komme zurecht, versprochen.«

»Ich bleibe.«

»Wie Sie meinen.« Vorsichtig zog sie die Platte aus der unbeschrifteten Hülle. Da ließ ein Rumpeln im Dachgebälk sie zusammenfahren. Sie keuchte. Das war kein Gewitter. Ihr Blick huschte von einer Ecke zur anderen. Nichts. Bis auf Eric, der nun direkt hinter ihr stand, hatte sich nichts bewegt. Trotzdem fühlte sie sich beobachtet.

Doch letztendlich siegte die Neugier. Kurzentschlossen legte sie die Schallplatte auf das Grammofon und drehte an der Kurbel. Sofort begann die Platte sich zu drehen. Es knackte und knisterte, dann ... Schreie. Sie waren so laut, dass Syra die ängstliche Stimme der Frau kaum verstehen konnte.

»*Frederick? Hörst du das auch?*«

Sie runzelte die Stirn und kurbelte weiter.

»*Frederick!*« Rascheln.

»*Hannah, was* –« Ein Mann schrie. Was, konnte sie nicht verstehen. Doch das Grauen in seiner Stimme jagte ihr einen kalten Schauer über den Rücken. Weitere Männer schrien. Dann das Geräusch hektischer Schritte.

Krach!

Ein Schuss. Syra fuhr zusammen. Die Kurbel rutschte ihr aus den Fingern. Sie taumelte rückwärts. Jemand packte sie bei den Schultern.

»Ah!« Sie schrie, riss sich los, stolperte vorwärts.

»Syra. Bitte, beruhige dich.« Eric, richtig. Außer ihnen war niemand hier. »Komm, ich bringe dich nach unten.«

Sie nickte benommen. Das Herz schlug ihr bis zum Hals.

Eric nahm ihre Hand, zog sie rasch zur Treppe.

Ihre Füße bewegten sich wie von selbst. Hastigen Schrittes stieg sie hinunter, fort vom Dachboden, der kleinen, hölzernen Tür und den Geheimnissen, welche hinter ihr schlummerten. Sie blickte nicht einmal zurück.

Hannah musste eingeschlafen sein, denn als sie die Augen aufschlug, war es bereits Morgen. Die Sonne fiel in hellen Streifen durch die Fenster des weiten Dachbodens. Sie sah sie durch eine Lücke zwischen den Kartons, die im Laufe der Nacht ein Stück von ihnen fortgerückt waren. Frederick hatte sich wohl im Schlaf bewegt und sie beiseitegeschoben.

Lächelnd beobachtete sie die Staubkörnchen, welche über ihr durch die Luft schwebten. Sie glitzerten im Licht des schmalen Sonnenstrahls, der zu ihnen hinter die Kisten schien. Dann glitten sie in einem eigentümlichen Tanz zu Boden, nur um von ihrem

Atem wieder aufgewirbelt zu werden und zurück in die Luft zu fliegen, wie in einem nimmer endenden Kreislauf. Hannah widerstand dem Drang, ihre Finger nach ihnen auszustrecken und zu versuchen, sie zu berühren.

Da regte sich Frederick neben ihr. Im Schlaf schloss er seine Arme enger um sie. Im Laufe der Nacht hatte er sich ihr zugewandt und sie in eine schützende Umarmung gezogen. In ihr fühlte sich Hannah wohl und geborgen. Trotzdem dauerte es nur einen Moment, bis ihr die Ereignisse der letzten Stunden wieder in den Sinn kamen: die Soldaten, das Grollen, die Schreie. Unweigerlich schmiegte sich Hannah enger an Frederick, vergrub die Nase im rauen Stoff seines Hemdes.

Er roch nach Regen. Und dem würzigen Duft eines Mannes, den sie auch von zu Hause kannte. Sie hatten beide lange kein Bad mehr genommen. Aber sie waren am Leben. Niemand hatte sie hier aufgespürt. Kein Monster war auf den Dachboden gestürmt, um sie anzugreifen.

Früher habe ich nicht an Monster geglaubt, aber jetzt? Diese Männer gestern hatten panische Angst um ihr Leben. Was ist da unten passiert?

Hannah fröstelte. Mit einem tiefen Atemzug versuchte sie, sich auf Fredericks wohlige Wärme zu konzentrieren und die düsteren Gedanken für einen Moment beiseitezuschieben. Seine Umarmung war wie ein warmer, schützender Mantel, den man in kalten, dunklen Nächten enger um sich zog. Sie erfüllte Hannah mit Wärme und Sicherheit, selbst wenn Letzteres dieser Tage nur eine verzweifelte Illusion war. Sie konnten sterben, jeden Tag. Doch heute waren sie am Leben.

Sommersprossen schmückten sein Gesicht wie die Sterne den Himmel. Sie wollte sie zählen und sanft mit den Fingerkuppen darüberstreichen.

Nein.

So sehr er sich auch so benahm, Frederick war nicht ihr Bruder. Ihr wild klopfendes Herz bewies, dass sie ihn nicht als solchen sah. Ganz und gar nicht. Aber was sah er in ihr?

»Frederick?«

Er regte sich in ihren Armen. Zuerst zuckten seine Finger sanft an ihrem Rücken, dann flatterten seine Augenlider. Schließlich blinzelte er gegen das Licht der Morgensonne. Dann sah er sie an, ein verschlafenes Lächeln auf den Lippen.

Auch er hat im Schlaf den Horror der letzten Nacht vergessen. Sie lächelte zurück.

»Guten Morgen, Hannah. Wie geht es dir?«

»Gut«, antwortete sie und horchte in sich hinein. Es stimmte. Zum ersten Mal seit Tagen fühlte sich ihr Kopf klar an. Das ständige Ziehen und Pulsieren in ihrer Seite war verschwunden. Wie konnte das sein? Gestern noch hätte sie schwören können, dass die Wunde wieder aufgebrochen war. »Mir geht es gut«, wiederholte sie, machte jedoch keine Anstalten, sich aus seiner Umarmung zu lösen. »Und dir? Ich konnte gestern nicht fragen, aber ...«

Erst da schien sich Frederick der Ereignisse des letzten Tages wieder bewusst zu werden. Ein Hauch von Sorge huschte über seine Gesichtszüge. Seine Umarmung wurde sanfter, bis er sie schließlich ganz losließ. »Es geht mir gut. Ich bin gestern niemandem begegnet. Keiner hat mich gesehen, ganz sicher. Aber wir müssen herausfinden, was letzte Nacht da unten passiert ist.«

»Nicht jetzt. Wir sollten hierbleiben und warten, ob sich unten etwas regt. Es ist noch früh ...«

Er fuhr sich mit den Fingern durchs Haar. »Wir können uns nicht ewig hier verstecken. Nicht ohne Vorräte.«

»Dann willst du das Haus verlassen?«

Frederick schüttelte den Kopf. »Du bist verletzt. Draußen im Wald kann ich mich nicht um dich kümmern. Aber vielleicht können wir uns in der Nähe verstecken und zurückkommen, wenn die Soldaten abgezogen sind, oder ...«

Ihre Lage war aussichtslos. Das wussten sie beide.

Hannah setzte sich auf. »Es geht mir schon viel besser.« Tatsächlich spürte sie nur ein leichtes Kribbeln dort, wo die Kugel sie gestreift hatte. »Mein Kopf ist schon viel klarer und meine Seite tut auch überhaupt nicht mehr weh.«

Frederick blickte sie zweifelnd an. »Wirklich? Gestern konntest du dich kaum auf den Beinen halten. Und selbst wenn du die Entzündung überwunden hast, können wir noch nicht zurück in den Wald. Ich kann verstehen, dass du dieses Haus nach letzter Nacht verlassen willst. Aber lass mich wenigstens versuchen herauszufinden, was –«

Hannah schüttelte den Kopf. »Ich will nicht hier weg«, gestand sie leise. »Nicht, wenn es nicht unbedingt sein muss. Wer auch immer sonst noch hier im Haus ist, war vermutlich schon vorher da. Vielleicht ist es nur ein Hund. Es könnten aber auch die früheren Bewohner sein. Was, wenn sie uns freundlich gesonnen sind?«

Wieder überkam Hannah ein Gefühl von Wärme und Geborgenheit. Doch dieses Mal ging es nicht von Frederick aus, sondern schien tief aus ihrem Inneren zu kommen. Es war wie gestern, kurz bevor diese schrecklichen Schreie begonnen hatten.

Mit einem grimmigen Lächeln stimmte Frederick ihr zu. »Genau deswegen muss ich nach unten«, sagte er. »Mich umsehen ...«

»Können wir nicht noch ein wenig warten und lauschen, ob sich im Haus etwas tut? Wenn alles still bleibt, dann komme ich mit«, schlug Hannah vor. »Wir sollten auch mal aus dem Fenster sehen. Das ist ungefährlicher und vielleicht können wir etwas erkennen.«

Zu ihrer Erleichterung nickte Frederick. »So machen wir es. Komm.«

Syra beobachtete den Dampf, der aus der Tasse in langsamen Schwaden nach oben stieg.

Von der weiten, sonnenbeschienenen Terrasse hatte sie einen wunderbaren Blick auf den bunten Herbstwald und das kleine Bächlein unten am Hügel. Hier, im Sonnenschein, beruhigten sich ihre angespannten Nerven langsam wieder. Ihr Herzschlag fand zu seinem normalen Takt zurück. Das Grollen im Gebälk, Erics seltsames Verhalten und diese Schallplatte erschienen ihr wie einer dieser verzerrten Albträume, die nach dem Erwachen keinen Sinn mehr ergaben.

Wie ein schlechter Geisterfilm.

»Geht es dir gut?« Erics Stimme hatte jede Spur von Schwäche verloren. Er wirkte wieder so ruhig und unerschütterlich, wie sie ihn kennengelernt hatte.

»Was ist da vorhin passiert? Was war das?«

»Das Haus.« Erics bleiche Haut reflektierte das Sonnenlicht. »Ich sagte es bereits. Dieser Ort birgt viele Geheimnisse. Einige von ihnen sind düster, *wild*.«

»Das kann alles und nichts heißen. Diese seltsamen Geräusche kamen aus dem Gebälk. Es klang, als würde das Haus auseinanderbrechen. Ist es das? Stürzt beim nächsten Unwetter das Dach über uns ein?«

Er richtete sich im Stuhl vor ihr auf und schüttelte entschieden den Kopf. »Das Haus ist in einwandfreiem Zustand, das versichere ich dir.«

»Ganz sicher? Wenn es irgendwelche Schäden gibt ...« ... *dann habe ich kein Geld, sie zu beheben,* ergänzte sie trübsinnig in Gedanken.

»... dann würde ich es dich wissen lassen. Sorge dich nicht. Es ist alles in Ordnung.«

Sie wollte ihm glauben. »Was ist es dann? Woher kam dieses Geräusch? Sie hatten Angst, also müssen Sie es auch gehört haben.«

»Das habe ich. Genauso wie Hannah, deine Großmutter oder deine Eltern.«

Syra schauderte. »Ist das der Grund, warum sie dieses Haus gemieden haben?«

»Einer der Gründe, nehme ich an. Deine Mutter kannte nicht alle Geheimnisse dieses Ortes. Man könnte sagen, sie vermied es, ihnen auf den Grund zu gehen. Aus Furcht, vermute ich.«

»Furcht wovor? Was ist in diesem Haus?« Sie ahnte bereits, dass Erics Antwort, wenn er denn eine gab, wieder mehr Fragen als Antworten aufwerfen würde.

»Glaubst du an Magie? Oder an Geister?«

»Wieso? Sind Sie ein Geist?«, fragte sie, unfähig, ein nervöses Kichern zu unterdrücken.

Das Schnauben, das sie zur Antwort erhielt, konnte sie ihm nicht verübeln.

»Ich weiß nicht. Sollte ich? Ist es das, was hier vor sich geht? Ist dieses Haus verflucht oder so?« Sie kam sich lächerlich vor, doch sollte sie übernatürliche Geschehnisse zumindest in Betracht ziehen.

Ein Fluch würde erklären, warum Eric das Haus nicht verlassen kann.

Eric zerschlug ihre Theorie sofort. »Von einem Fluch ist mir nichts bekannt«, entgegnete er ruhig. »Von Geistern hingegen …«

»Sie glauben an Geister? Daran, dass es sie gibt?«

Er lächelte. »Ich weiß es.«

Syra konnte ihre Neugier nicht bändigen. »Woher? Haben Sie welche gesehen? Wie sehen sie aus?«

»Ich habe Geister gesehen; das wirst du auch, falls du beschließt, hierzubleiben. Sie sind ein fester Bestandteil dieses Ortes. Du findest sie aber auch anderswo. Trotzdem solltest du erst einmal einen Bogen um den Dachboden machen.«

Den Widerspruch auf ihrer Zunge schluckte sie hinunter. »Und diese seltsamen Schallplatten? Was hatte es damit auf sich?«

Eric zuckte mit den Schultern. »Darüber kann ich dir nichts sagen.«

»Können Sie nicht? Oder wollen Sie nicht?«

»Beides. Auch ich habe meine Geheimnisse, so wie Hannah ihre hatte. Es ist nicht an mir, sie mit dir zu teilen. Wir kennen uns kaum.«

»Ich schätze, das muss ich akzeptieren.« Sie nahm einen zaghaften Schluck aus ihrer Tasse. »So sehr es mir auch in den Fingern juckt, dieser Sache auf den Grund zu gehen.«

»Gut Breitenfels ist besonders. Hannah hat es geliebt. Sie hat für diesen Ort getan, was sie konnte, ihn beschützt, so gut es ging. Sie kaufte die Wälder um das Haus, um sie vor der Gier der Bauunternehmer zu schützen. Genauso dieses Haus. Es war nicht immer im Besitz deiner Familie, wusstest du das?«

Syra schüttelte den Kopf. »Ich weiß fast nichts über Hannah oder meine Oma. Mutter und Vater sprachen so gut wie gar nicht über sie. Aber ich muss gestehen: Ich habe sie niemals gefragt. Ich war nie neugierig. So lange ich mich erinnern kann, war Urgroßmutter uralt und stets ein wenig wunderlich. Als Kind fürchtete ich mich sogar ein bisschen vor ihr.« Syra konnte sich ein verlegenes Grinsen nicht verkneifen. »Sie schien immer so weit weg, *zu weit weg.* Heute bereue ich, dass ich nie nach ihr oder der Vergangenheit meiner Familie gefragt habe.«

»Vielleicht ist das auch ein Segen«, murmelte Eric und für einen Moment war Syra nicht sicher, ob seine Worte für sie bestimmt waren. »Deine Unwissenheit, meine ich.«

»Es fühlt sich nicht wie ein Segen an. Ich will mehr über meine Familie herausfinden. Ich weiß nur nicht so recht, wie ich das anstellen soll. Jeder, den ich fragen könnte, ist tot. Nun, fast jeder.« Sie blickte Eric bedeutungsvoll an. »Momentan wissen Sie besser über meine Familie Bescheid, als ich es tue. Ich habe keine Ahnung, wie meine Urgroßmutter zu diesem Haus gekommen ist. Bisher bin ich davon ausgegangen, sie sei hier geboren worden.«

»Nein. Hannah war sechzehn, als sie hierherkam – beinahe noch ein Kind.«

»Woher wissen Sie das? Hat sie das erzählt? Woher kam sie? Und wieso kam sie hierher?« Vor Aufregung überschlugen sich ihre Fragen.

»Hannah war auf der Flucht vor dem Krieg.« Eric sah sie mit einem aufmunternden Lächeln an. Dann erzählte er und Syra war so gefesselt von der Geschichte, dass sie das beunruhigende Erlebnis auf dem Dachboden fast schon wieder vergessen hatte.

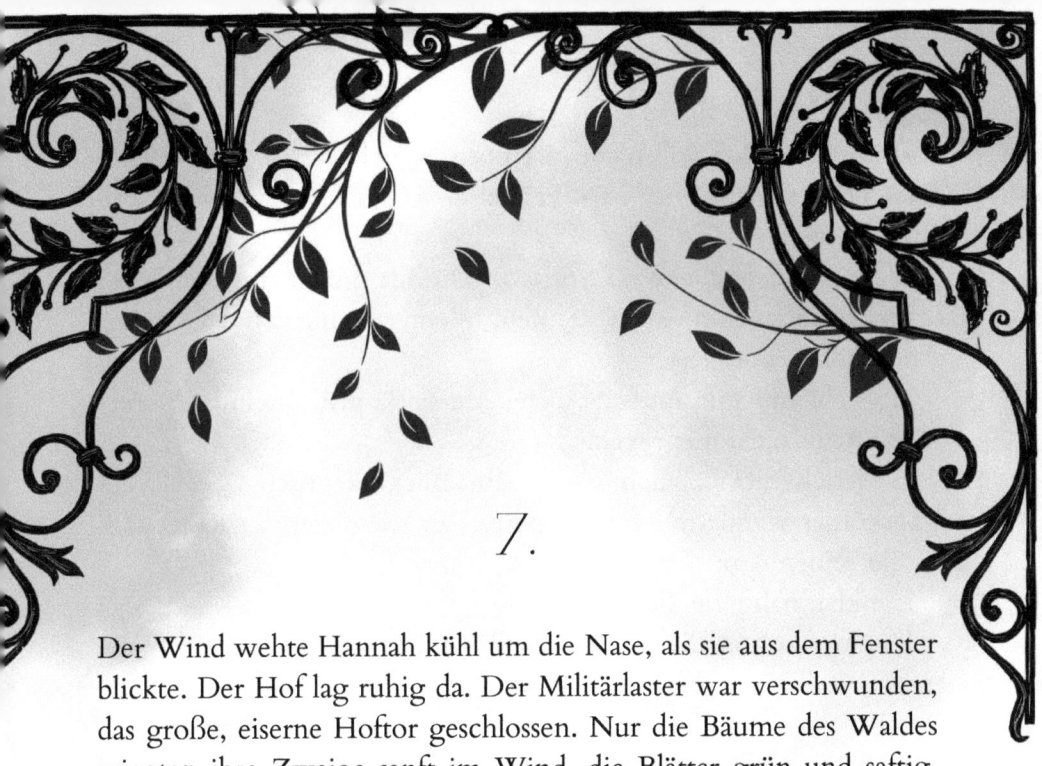

7.

Der Wind wehte Hannah kühl um die Nase, als sie aus dem Fenster blickte. Der Hof lag ruhig da. Der Militärlaster war verschwunden, das große, eiserne Hoftor geschlossen. Nur die Bäume des Waldes wiegten ihre Zweige sanft im Wind, die Blätter grün und saftig. Alles wirkte friedlich.

»Und? Was siehst du?«

»Nichts. Da unten ist niemand. Glaube ich jedenfalls.« Sie stellte sich auf die Zehenspitzen, um noch besser zu sehen.

»Lass mich auch mal gucken.« Frederick kletterte neben sie auf die hölzerne Kiste.

Hannah blieb eng an ihn gedrängt am Fenster stehen. »Und? Kannst du jemanden entdecken?«

»Nein. Meinst du, sie haben die Flucht ergriffen?«

Ein kleiner Hoffnungsfunke keimte in Hannah auf. »Lass uns unten nachsehen«, schlug sie vor.

»Bist du sicher, dass es dir dafür gut genug geht? Ich kann auch alleine gehen.«

»Bitte nicht. Ich will nicht hier oben zurückbleiben. Was, wenn doch noch jemand hier ist?« Fröstelnd schlang sie die Arme um ihren Körper.

Frederick betrachtete sie kritisch. »Du bist immer noch verletzt. Bis nach unten sind es viele Stufen. Wenn wir uns schnell verstecken müssen, oder …«

»Es geht mir gut, ehrlich«, beteuerte sie kopfschüttelnd. »Meine Seite tut fast nicht mehr weh.«

Frederick nickte, auch wenn sein Blick skeptisch über ihren Oberkörper wanderte. »Dann komm.« Er stieg von der Kiste und bot ihr seinen Arm.

Dankbar nahm sie die Hilfe an.

Unten schob er die Kisten von der Tür weg. Dann spähten sie eng aneinander gepresst durch einen schmalen Spalt nach draußen. Der Korridor war leer, alle Türen geschlossen. Eine gespenstische Stille hing in der Luft, bedrückend und schwer wie im Inneren einer Gruft.

Hannah wagte es kaum, zu atmen. »Hier ist niemand. Keine Soldaten, weder lebendige noch tote. Wie kann das sein?«, flüsterte sie.

»Ich weiß nicht. Gestern Nacht hat jemand vor dieser Tür um sein Leben gekämpft. Das haben wir beide gehört.«

»Und wenn wir es uns nur eingebildet haben?« Sie schob die Tür weit auf und trat hinaus in den Flur.

»Wir beide?« Frederick schüttelte den Kopf. »Ausgeschlossen. Er muss entkommen sein. Oder er wurde weggeschafft.«

»Ja.« Die Dielen unter ihren Füßen waren makellos sauber, ohne jedes Anzeichen von Blut oder Kratzern. Gleiches galt für die Wände und die Tür. Nichts deutete darauf hin, dass ein Mann hier in der Nacht um sein Leben gekämpft hatte.

Verwirrt folgte Hannah Frederick durch das Haus. Die meisten Zimmer standen leer oder waren völlig verwüstet. Matratzen lagen auf dem Boden, aufgeschlitzt, das Stroh daneben verteilt.

»Hier. Spuren eines Kampfes.«

Frederick schüttelte grimmig den Kopf. »Das war schon so, als wir hier ankamen. Ich denke eher, das waren Plünderer auf der Suche nach Geld.« Er zog sie zurück auf den Flur.

Hannah folgte ihm die steinerne Treppe zur Eingangshalle hinunter.

Das Haus hatte seine besten Zeiten schon hinter sich. Fensterläden hingen quietschend in den Angeln. Wandteppiche lagen zerknüllt am Boden oder geschwärzt im erloschenen Kamin. Links und rechts der Treppe wuchsen von Rissen durchzogene Säulen in die Höhe. Statuen, die einst auf Sockeln ruhten, lagen umgestürzt und zum Teil zerbrochen am Boden: Engel ohne Flügel. Ein gewaltiger Krieger ohne Kopf und mit abgebrochenen Fingern.

Hannahs Herz wurde schwer. Die traurige Schönheit dieses alten Hauses raubte ihr den Atem. Bestürzt wandte sie den Blick ab. Doch auch der rote Teppich zu ihren Füßen war an manchen Stellen modrig und verquollen, an anderen zerfetzt, als hätte sich eine riesige Bestie auf ihn gestürzt.

»Nichts.« Frederick fuhr sich mit schmutzigen Fingern durch das Haar. »Alles ist genau so, wie ich es gestern verlassen habe.«

Kraftlos sank Hannah auf die unterste Stufe der Treppe. »Das ergibt keinen Sinn. Wo sind die Soldaten, oder das, was sie verjagt hat?«

»Ich weiß es nicht. Wir haben sie doch beide gehört.« Er schüttelte hilflos den Kopf. »Man könnte denken, wir verlieren den Verstand. Ich meine, wenn diese Männer wirklich Hals über Kopf geflohen sind, hätten sie irgendetwas zurücklassen müssen. Eine

Kappe, eine Socke, irgendetwas. Es ist, als wären im Nachhinein alle Spuren beseitigt worden.«

»Nur von wem?« Hannah ließ den Blick durch das gesprungene Fenster hinaus in den großen Hof schweifen. Draußen gab es noch weitere Gebäude, vermutlich die Ställe und das Gesindehaus. »Sollen wir uns draußen umsehen? Vielleicht entdecken wir dort eine Spur oder gar diesen mysteriösen Fremden.«

Frederick zuckte mit den Schultern. »Schaden kann es nicht. Ich bezweifle jedoch, dass wir etwas finden.«

Die Vermutung bestätigte sich. Das Gesindehaus stand leer. Die Ställe lagen verwaist da, das Futter und der Mist waren sogar noch in den Boxen. Alles deutete auf einen überstürzten Aufbruch hin. Oder auf ein großes Unglück.

Auch die Soldaten waren fort und mit ihnen jegliche Spuren, die auf ihren Besuch auf dem Gut hinwiesen.

Hannah spürte, dass Frederick ähnliche Dinge durch den Kopf gingen. Er wirkte angespannt und besorgt, genauso wie sie.

»Was machen wir jetzt?«, fragte sie schließlich, nachdem sie gemeinsam auf den Hof zurückgekehrt waren. »Jetzt wo die Soldaten fort sind: Sollen wir bleiben?«

»Wenn ich das wüsste.« Frederick seufzte. »Wir wissen nicht, was letzte Nacht geschehen ist und ob es für uns im Haus gefährlich ist.«

Hannah nickte düster. Das war die große Frage. War es der Mensch, dem das Haus gehörte? Oder ein wildes Tier, das schon längst wieder in die Tiefen des Waldes geflohen war? Sie wussten es nicht. Die Wälder waren ebenso gefährlich wie ein fremdes Haus, dessen Bewohner sie möglicherweise nicht willkommen hieß. Vielleicht, wenn sie –

Aufgeschreckt durch eine plötzliche Bewegung am Rande ihres Gesichtsfeldes fuhr Hannah herum.

Da stand ein Mann in verschlissenen Kleidern. Rabenschwarzes Haar hing ihm stumpf und strähnig bis auf die Schultern. Seine grauen Augen studierten sie und Frederick voll Interesse.

Hannah trat zögerlich einen Schritt zurück und griff Frederick am Arm. »Wer sind Sie?« Ängstlich musterte sie den Neuankömmling von oben bis unten. Er trug eine lange, schwarze Robe, die zwar abgetragen, aber zweifellos einmal teuer gewesen war. *Ein Priester?* Dann ging ihr auf, dass es sich genauso gut um den Besitzer des Hauses handeln konnte.

Oder ein Landstreicher, der sich an den Schränken bedient hat?

Hannah beäugte ihn kritisch, doch auf eine Antwort von ihm wartete sie vergebens.

Stattdessen trat der Mann einen Schritt auf sie zu, dann noch einen.

Schützend schob sich Frederick vor Hannah, obwohl der andere ihm an Größe und Stärke eindeutig überlegen war.

Wohlige Wärme breitete sich in ihr aus.

»Wer sind Sie? Gehört Ihnen dieses Haus?« Fredericks Stimme glich dem Knurren eines Wachhundes.

Der Fremde erwiderte ruhig seinen Blick und nickte stumm.

Hannahs Herz sank. »Oh. Wir dachten, dieses Haus wäre verlassen. Nur deswegen haben wir es betreten. Bitte verzeihen Sie unser Eindringen.«

Er neigte wohlwollend das Haupt.

Hannah stutzte. »Was ist mit Ihnen? Können Sie nicht sprechen?«

Er zuckte mit den Schultern. Dann deutete er mit dem Finger auf seine Lippen und schüttelte den Kopf. Dabei lag ein Ausdruck tiefen Bedauerns auf seinem Gesicht.

Hannah lächelte mitfühlend. »Ich verstehe. Mein Freund und ich haben uns von den Vorräten im Keller genommen. Wir wussten nicht, dass noch jemand hier ist. Wir wollten niemandem etwas stehlen. Das müssen Sie mir glauben.«

Frederick nickte. »Wir brauchten eine Bleibe. Hannah war verletzt und …«

Der Mann wandte sich dem Haupthaus zu und bedeutete mit einer Handgeste, ihm zu folgen. Dann drehte er sich wieder zu ihnen und wartete.

Hannah zögerte. Hoffnung und Zweifel fochten in ihr. Ratlos wandte sie sich Frederick zu. »Was meinst du? Sollen wir?«

»Ich weiß nicht so recht. Wir wissen nicht, was den Männern gestern passiert ist. Gleichzeitig wäre es dumm, in Zeiten wie diesen eine Einladung nach drinnen auszuschlagen.«

»Er hat uns schon zuvor hier wohnen lassen, oder nicht? Wir sind seit Tagen hier, haben seine Vorräte gegessen und in seinen Betten geschlafen. Und er ließ es zu. Vielleicht kann er uns auch jetzt helfen?«

Frederick rieb sich das Kinn. Schließlich nickte er und trat langsam auf ihren Gastgeber zu. »Danke, wir nehmen die Einladung gerne an. Das ist überaus freundlich von Ihnen. Hannah und ich sind wirklich sehr dankbar.«

Der Fremde schenkte ihr ein scheues Lächeln.

Hannah erwiderte es schüchtern.

Auch, wenn sie vor allem Erleichterung darüber verspürte, dass man sie nicht fortjagte, blieb ein mulmiges Gefühl in ihr zurück. Das Leben hatte sie gelehrt, dass es nur sehr selten etwas umsonst gab. Welchen Preis würden sie für die Gastfreundschaft des Fremden zahlen müssen?

Wir müssen vorsichtig sein. Beim leisesten Anzeichen von Gefahr nehmen wir die Beine in die Hand und suchen das Weite.

Der Fremde lief leicht gebückt und schlurfte mit den Füßen, als fehlte ihm die Kraft oder als trüge er eine schwere Last auf den Schultern. Seine Haut war blass und wächsern. Trotzdem wandte er sich immer wieder zu ihnen um und wartete, oder hielt ihnen die Türen auf, damit sie hindurchtreten konnten. Hannah lächelte ihm jedes Mal dankbar zu, auch wenn ihr Herz flatterte wie ein aufgebrachter Vogel. Wenn sie auf Dauer bleiben wollte, musste sie einen guten Eindruck machen.

Der Herr führte sie die Treppe hinauf. Im ersten Stock blieb er schließlich vor einer Tür aus Eichenholz stehen.

Hannah runzelte die Stirn. Diese Tür war ihr zuvor gar nicht aufgefallen. Als ihr Gastgeber sie aufstieß, stockte ihr der Atem. Der Raum war hell und freundlich. Drei bodentiefe Fenster boten einen herrlichen Ausblick auf die sich wiegenden Baumwipfel. Ehrfürchtig besah sie sich die mit Goldintarsien verzierten Möbel – allesamt intakt und wunderschön. Dazu ein Himmelbett mit dunkelblauen Vorhängen, kunstvoll bestickt mit goldenen Sternen. Der dicke Teppich vor dem Kamin war sauber. Es juckte ihr in den Fingern, ihn zu betasten oder noch besser, sich einfach darauf zusammenzurollen und die Augen zu schließen. Aber nein! Dies war zweifellos das Zimmer der Herrschaften.

»Was für ein schöner Raum. Das ist also Ihr Schlafgemach?«

Ihr Gastgeber deutete zwischen ihr und dem Zimmer hin und her. Dann machte er eine einladende Geste in Richtung des Raumes.

»Er will, dass du es nimmst«, erklärte Frederick mit gedämpfter Stimme.

»Das ist sehr großzügig, aber das kann ich nicht annehmen. Die kleine Kammer ist völlig ausreichend«, versicherte Hannah schnell.

»Dem stimme ich zu. Wir danken für die Gastfreundschaft, wollen Ihnen aber wirklich nicht zur Last fallen. Natürlich gehen wir im Haus zur Hand«, sagte Frederick ernst.

Der Hausherr musterte sie schweigend. Schließlich lief er ein Stück weiter den Gang hinab und zeigte auf eine andere Tür.

Hannah öffnete sie und fand dahinter ihr altes Zimmer. Es war viel sauberer, als sie es in Erinnerung hatte. Das Bett war frisch bezogen und um eine gehäkelte Tagesdecke ergänzt worden, das Verbandszeug verschwunden. Vor dem Bett lag ein kleiner, geknüpfter Läufer, der zuvor noch nicht dagewesen war, und auf dem Nachttisch stand eine Vase mit Blumen.

Verstohlen blickte sie zu Frederick hinüber. Er nickte ihr aufmunternd zu. Freude und Erleichterung breiteten sich in ihr aus.

»Das Zimmer ist perfekt, danke.« Sie knickste höflich. »Es ist so freundlich, dass sie uns hier wohnen lassen. Sie werden es nicht bereuen.«

Der Herr lächelte. Dann führte er sie zu einer weiteren Tür, die nur ein Stück weiter den Gang hinunter lag. Dieses Mal deutete er auf Frederick.

»Mein Zimmer, ja. Wenn möglich, würde ich es gern behalten«, sagte der und legte die Hand auf die Klinke.

Ihr Gastgeber nickte.

Frederick verbeugte sich vor ihm. »Sie sind sehr freundlich. Könnten Hannah und ich uns ein wenig zurückziehen? Die Nacht war lang und wir haben kaum geschlafen. Außerdem ist Hannah noch verletzt.«

Der Herr deutete auf die Tür, dann auf sie beide. Er zuckte die Schultern und wandte sich zum Gehen.

»Ich glaube, es macht ihm nichts aus«, flüsterte Frederick und berührte sie sanft am Arm. »Wenn du willst, begleite ich dich und sehe noch einmal nach deinem Verband.«

»Dafür ist später noch Zeit«, versicherte sie und gähnte. »Ich bin zum Umfallen müde und ich glaube, dir geht es genauso.«

Er zuckte mit den Schultern. »Wie du meinst. Dann schlaf gut. Aber wenn etwas ist, dann kommst du, verstanden?«

»Das Gleiche gilt für dich.«

Ernst blickten sie einander an.

»Wir sehen uns später.« Er wandte sich ab.

Von einem tiefen Glücksgefühl erfüllt, trat sie in ihr Zimmer. Sie hatten es geschafft und eine Zuflucht gefunden. Jetzt mussten sie nur noch alles daran setzen, dass dieser großzügige Fremde sie bleiben ließ, bis dieser schreckliche Krieg vorbei war.

Es war spät, als sich Syra auf den kleinen Balkon vor ihrem Zimmer zurückzog. In eine warme Decke gewickelt saß sie da und beobachtete die bunten Wipfel der Bäume, die sich unter ihr wiegten. Dabei kehrten ihre Gedanken immer wieder zu ihrem Gespräch mit Eric und den Dingen, die sie über ihre Urgroßmutter erfahren hatte, zurück. Sie konnte sich nicht vorstellen, wie es war, im Alter von sechzehn Jahren fliehen zu müssen. Hannah hatte den Krieg hautnah miterlebt. Er hatte sie ihrer kompletten Familie beraubt. Ihr Bruder war im Krieg gefallen, ihre kleine Schwester und ihre Mutter waren beim Überfall auf ihr Dorf getötet worden. Syras Herz zog sich vor Mitleid zusammen.

Sie verstand die Trauer und Verzweiflung, die Hannah gefühlt haben musste. Sie war ebenso allein, wie Hannah es damals gewesen war. Sie fühlte sich ihr auf eine traurige Weise verbunden. Hannah hatte ihren Weg gefunden. Sie, Syra, würde das auch.

Vorsichtig strich sie über den ledernen Einband des Fotoalbums. Da fiel ihr das kleine Schloss an der Seite auf. Es hielt das Album fest verschlossen.

Ich hab doch vorhin darin geblättert und mir die Fotos auf der ersten Seite angesehen! Da hatte das Ding ganz sicher kein Schloss. Ganz sicher!

Wäre sie doch nur nicht durch dieses seltsame Grollen unterbrochen worden! Hatte sie in der Aufregung vielleicht ein anderes Buch gegriffen?

Vielleicht hat jemand das Buch in einem unbeobachteten Moment ausgetauscht oder das Schloss angebracht. Aber ich und Eric sind allein hier im Haus. Und er war die ganze Zeit bei mir. Ich hätte doch bemerkt, wenn er sich davongemacht und das Buch ausgetauscht hätte, oder nicht? Und warum hätte er das tun sollen?

Es ergab keinen Sinn. Das Buch war wichtig, das ahnte sie. Sie fühlte, dass es ein weiterer Schritt auf ihrem Weg war, die Geheimnisse dieses Ortes und seiner Bewohner zu lüften. Wenn sie vielleicht mit einer großen Zange oder einer Säge …

Ihr Magen krampfte sich bei dem Gedanken zusammen. Sicher würde sie das Buch auf diese Weise beschädigen. Und das war das Letzte, was sie wollte. Immerhin war es eine Verbindung zu Hannah. Sie würde es keinem Risiko aussetzen, nur weil sie ungeduldig wurde.

Seufzend legte sie das Buch beiseite. Eric war der Schlüssel. Sie musste den Mann nur dazu bringen, ihr seine Geheimnisse anzuvertrauen. Dafür musste sie ihn zuerst besser kennenlernen. Dann würde sie endlich verstehen, was genau in diesem Haus vor sich ging. Syra hatte das untrügliche Gefühl, bisher nur an der Spitze eines riesigen Eisberges gekratzt zu haben. Die Frage war nur, welche Geheimnisse noch unter der Wasseroberfläche auf sie lauerten.

Gleichwohl Hannah und Frederick den Besitzer des Hauses in den ersten Tagen nie zu Gesicht bekommen hatten, wich er ihnen nun nicht mehr von der Seite. Wann immer Hannah sich außerhalb ihres Zimmers aufhielt, war ihr stummer Gastgeber in ihrer Nähe. Er war stets freundlich und teilte freimütig die Vorräte aus Keller und Speisekammer. Bei den Mahlzeiten saß er selbst meist nur da und beobachtete sie, während sein Teller unangetastet blieb.

Das größte Rätsel aber war Hannahs Wunde.

»Sie ist verheilt«, stellte Frederick fest, als er das nächste Mal ihren Verband erneuern wollte. »Schau!« Auf Hannahs bleicher Haut war nur noch eine schlanke, blasse Narbe zu sehen.

Unmöglich. Mit zitternden Fingern berührte sie das verheilte Gewebe. Es fühlte sich warm und glatt an, ein wenig empfindlich noch. Wenn ihr die letzten schmerzvollen Tage nicht eindringlich im Gedächtnis geblieben wären, hätte sie daran gezweifelt, dass man sie vor einer Woche angeschossen hatte. Diese Narbe wirkte Monate oder sogar Jahre alt.

»Wie ist das möglich?«, hauchte sie. Auf der Suche nach einer Antwort studierte sie Fredericks Gesicht.

Der schüttelte nur ratlos den Kopf. »Ich weiß es nicht. In der Kirche sprachen sie über Wunderheilungen, aber ...« Seine Stimme wurde leiser. »Ich habe nie daran geglaubt.«

Hannah nickte. »Meine Mutter war sehr gläubig. Jeden Sonntag ging sie mit uns zur Kirche. Ich liebte den Gesang dort, den Weihrauch, die Statuen und Gemälde. All das war für mich wie ein Fenster zum Himmel.« Sie lächelte traurig. Dann machte sie sich eilig daran, ihr Mieder zu schnüren.

Frederick setzte sich an den kleinen Tisch in ihrer Kammer und schaute aus dem Fenster. »Für mich bedeutete der Gottesdienst vor allem eine Pause nach einer harten Woche voller Arbeit. Wie oft bin ich bei der Predigt eingenickt.«

Hannah brummte verständnisvoll. Ein paar geübte Handgriffe später war sie vollständig gekleidet. Sie setzte sich zu Frederick an den Tisch. »Nach dem Angriff auf mein Dorf fällt es mir schwer, an einen gütigen Gott zu glauben. Ich habe so viel Leid gesehen. Meine Mutter …« Sie schluckte gegen den Kloß in ihrem Hals an. »Ich frage mich, ob sie noch lebt. Oder Anni.«

»Deine Schwester?«

»Sie ist gerade erst fünf. Ich hoffe, sie und Mutter sind entkommen.«

Frederick nahm ihre Hand und drückte sie. Die Berührung war wie ein Sonnenstrahl, der durch eine graue Wolkenfront brach. Sie vertrieb nicht ihre Angst und Trauer, doch schenkte sie ihr zumindest ein wenig Wärme.

»Vielleicht hätte ich sie retten können, wenn ich nicht panisch davongerannt wäre.«

»So darfst du nicht denken. Sie hätten gewollt, dass du in Sicherheit bist, meinst du nicht?«

»Vielleicht.« Sie blinzelte gegen die Tränen an, die in ihren Augen brannten. »Aber verstehst du, warum es mir schwerfällt, an ein Wunder zu glauben? Wenn es einen Gott gibt, dann hätte er doch auch helfen können, als diese Männer Mutter in die Scheune zerrten.«

»Diese Mistkerle. Glaub mir, es ist gut, dass du weggelaufen bist. Wenn ich mir vorstelle …« Entschieden schüttelte er den Kopf. »Lieber nicht.«

»Lieber nicht.« Einen Moment lang gestattete sie sich, an ihre Mutter und ihre Schwester zu denken. Dabei war Fredericks Hand in ihrer wie ein Rettungsring, der ihr half, nicht völlig in ihrer Trauer zu versinken.

»Wunder oder nicht, ich bin jedenfalls froh, dass es dir besser geht«, murmelte er und brachte sie zurück ins Hier und Jetzt.

»Ich auch. Es muss ein Wunder sein. Wie sonst kann ich mir das hier erklären? Wenn die Narbe nicht wäre, könnte man denken, wir hätten uns das nur eingebildet.«

»Wie die Soldaten und die Schreie.« Er entzog ihr die Hand und rieb sich müde das Gesicht. »Verlieren wir den Verstand?«

Hannah schüttelte den Kopf. »So fühlt es sich nicht an.« Seine Worte brachten sie jedoch auf eine Idee. »Was, wenn diese Männer in eine Art Wahn verfielen, der sie von hier vertrieb? Vielleicht ist ihnen nie etwas geschehen?«

»Das würde erklären, warum es keine Kampfspuren gibt. Man hört immer wieder von ganzen Dörfern, die plötzlich dem Wahnsinn verfielen. Sie schreien und tanzen, tun unaussprechliche Dinge. Und am nächsten Morgen erinnern sie sich an nichts.«

»Als hätte der Teufel Besitz von ihnen ergriffen«, hauchte Hannah.

Ob das auch in jener Nacht geschehen war? Aber hätte Satan meine Wunde geheilt und uns vom Wahn der Männer verschont? Wurden diese Soldaten für die Sünden, die sie im Krieg begangen hatten, bestraft?

»Was machen wir nun?«, fragte sie schließlich in die Stille des Raumes hinein.

Frederick starrte aus dem Fenster und umklammerte die Tischplatte so fest, dass seine Knöchel weiß hervortraten. Am liebsten hätte sie sich in seine Arme geschmiegt, wie in dieser schrecklichen Nacht.

Ging es ihm genauso?

Bevor sie wusste, was sie tat, stand sie auf und trat an seine Seite. Sie streckte die Hand nach seiner Schulter aus, nur um sie gleich darauf wieder sinken zu lassen. Schweigend stand sie da, lauschte seinem Atem und dem Rauschen der Blätter vor dem Fenster, das nur vom Klopfen ihres Herzens übertönt wurde.

»Ich werde mich dem Herrn von Breitenfels als Bursche anbieten. Wir können uns nicht dauerhaft auf seinen Großmut verlassen. Wenn wir ihm aber nützlich sind ...« Er sah zu ihr auf und ihre Blicke trafen sich.

Ihr Herz geriet ins Stottern. »Das ist ein guter Gedanke. Ich könnte als Magd aushelfen. Solange wir zu essen und ein Dach über dem Kopf haben, bin ich zufrieden.«

Frederick nickte. »Das ist mehr, als die meisten Menschen haben. Trotzdem weiß ich nicht, was ich von dem Herrn halten soll. Aber in unserer Situation können wir nicht wählerisch sein. Wir brauchen eine Bleibe und dieser Mann kann uns eine geben. Was stört es da, dass er nicht spricht?«

Die Stummheit des Herrn kümmerte Hannah weniger, wohl aber, dass sie immer noch nicht wusste, was in jener Nacht vor sich gegangen war.

Seltsame Dinge geschahen in diesem Haus. In ihrem Fall waren es gute Dinge gewesen. Es ließ sie hoffen, dass, wer auch immer hier seine Kräfte wirken ließ, auf ihrer Seite war.

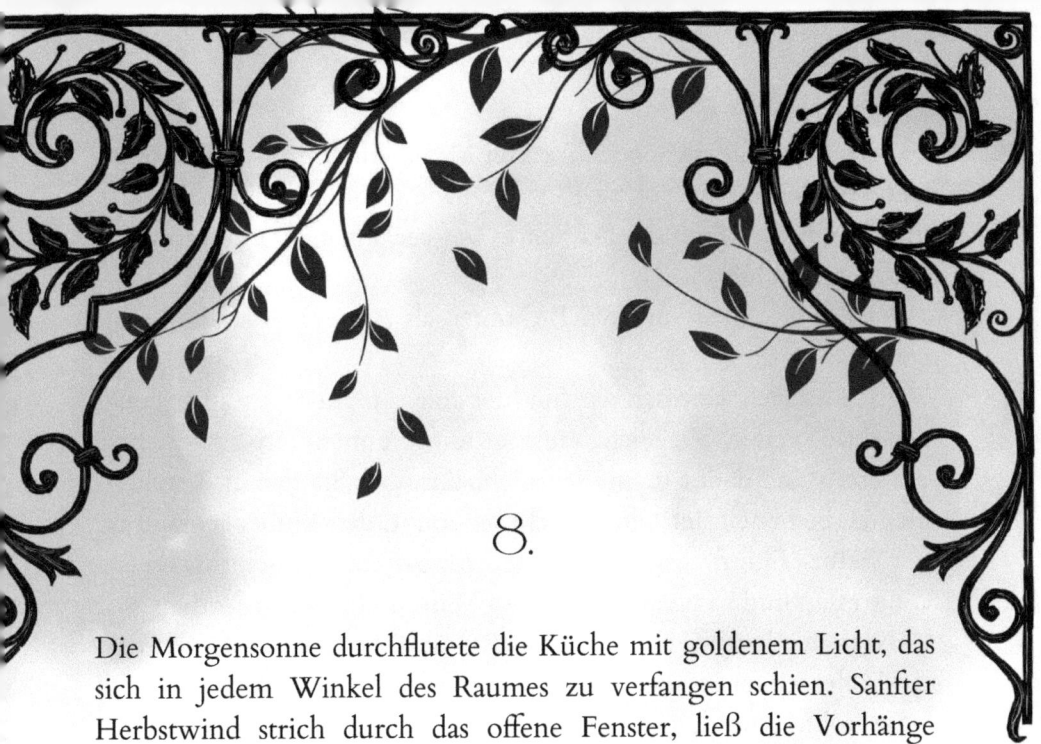

8.

Die Morgensonne durchflutete die Küche mit goldenem Licht, das sich in jedem Winkel des Raumes zu verfangen schien. Sanfter Herbstwind strich durch das offene Fenster, ließ die Vorhänge tanzen und trug den Duft frischer Erde und herbstlicher Blätter herein.

Sehnsüchtig schaute Syra hinaus. »Ich glaube, ich werde heute wieder einen kleinen Morgenspaziergang machen. Das Wetter ist herrlich und es gibt noch so viel zu entdecken.«

Eric brummte und rührte in seinem Tee. Getrunken hatte er davon noch keinen einzigen Schluck.

Syra konnte sich ein Schnauben nicht verkneifen. »Sie sind nicht gerade der Gesprächigste, was?«

»Wie meinst du das?«

»So, wie ich es sage. Meistens reden Sie nur, wenn ich Sie etwas frage. Und selbst dann lassen mich Ihre Antworten mit einem noch größeren Berg an Fragen zurück.«

Seine Augenbrauen wanderten in die Höhe. »Und das stört dich?«

»Schon, ja.« Sie zwang sich, einen Mundvoll von ihrem Müsli zu nehmen. »Ich meine, ich weiß so gut wie gar nichts über Sie. Wir sind füreinander Fremde. Da fällt es schwer, einander zu vertrauen. Finden Sie nicht?«

Wieder bekam sie nur ein Brummen als Antwort. Na, das lief ja ganz toll.

»Es fühlt sich komisch an, Sie hier mit mir im Haus zu haben«, redete sie weiter. Vielleicht taute er auf, wenn sie etwas von sich erzählte. »Und damit meine ich nicht nur, dass Sie darauf bestehen, mich zu bedienen. Ich bin es nicht gewohnt, dass immer jemand da ist. Meine Eltern waren viel unterwegs, auf Forschungsreisen, Kongressen und so weiter. Sie waren Wissenschaftler, wissen Sie?«

»Nein, ich hatte keine Ahnung.« Ruhig blickte er sie an, während sein Löffel weiter Kreise in der Tasse zog.

Sie rollte mit den Augen. »Wenn Sie den Tee noch länger umrühren, ist er kalt.«

Er blinzelte.

»Nun trinken Sie ihn schon.«

Zögern. Dann führte er die Tasse endlich an seine Lippen und trank sie in einem Schluck leer. »Zufrieden?«

»Vorerst.« Sie lächelte in ihr Müsli.

»Du lächelst. Das ist gut. Gefällt es dir hier?«

»Sehr. Dieses Haus ist etwas ganz Besonderes, das habe ich sofort gesehen. Diese wunderschönen, weiten Räume, die vielen Fenster, die Statuen und Säulen, ja sogar der alte, staubige Dachboden … Wie aus einem Buch. Ich verstehe, dass Sie an Geister glauben … oder an Magie. Wie es klingt, haben Sie fast Ihr gesamtes Leben hier verbracht. Dieser Ort hat etwas Magisches an sich. Genauso der Wald.« Verträumt schaute sie zum Fenster hinaus. Das Herbstlaub erstrahlte in den leuchtendsten Farben. »Wenn es Gnome,

Waldgeister und Nymphen gibt, dann hier.« Kichernd wandte sie sich wieder ihrem Frühstück zu, stutzte jedoch, als sie den seltsamen Blick bemerkte, den Eric ihr zuwarf. »Was ist?«

Er schüttelte den Kopf. »Nichts. Ich war nur verwundert, dich plötzlich von Nymphen und Waldgeistern sprechen zu hören. Haben dir deine Eltern Geschichten von diesen Wesen erzählt?«

Syra seufzte. Der Gedanke an ihre Eltern schmerzte noch immer. Sie vermisste sie schrecklich. »Sie hielten nicht viel von Fantasy. Aber ich lese gern. Fremde Welten und Geschöpfe haben es mir schon immer angetan. Meine Eltern wünschten sich immer, dass ich in ihre Fußstapfen trete. Meiner Entscheidung, stattdessen Germanistik zu studieren, konnten sie nicht viel abgewinnen.«

»Kinder schlagen oft andere Wege ein, als ihre Eltern es sich für sie wünschen«, antwortete Eric und lächelte sie an. »Nicht alle sind zu ihrem Besten.«

»War es bei meiner Mutter auch so?«

»Sich den Wünschen der Älteren zu widersetzen, scheint eine Eigenschaft deiner Familie zu sein. Mut und Leichtsinn liegen tief in eurem Wesen.«

Syra sah ihn fragend an, doch Eric ging nicht näher darauf ein. Stattdessen driftete sein Blick nach draußen. »Ist es vergeblich, dich zu bitten, vorsichtig zu sein, wenn du das Grundstück verlässt? Der Wald draußen ist voller Gefahren. Genauso wie die alte Mühle.«

»Ja, richtig, die Mühle! Wo ist sie?«

Eric nickte bedächtig. »Unten am Bach. Es ist eine alte Wassermühle, die schon seit vielen Jahren nicht mehr in Betrieb ist. Das Gebäude ist baufällig und steht kurz vor dem Einsturz«, warnte er.

Jedes seiner Worte machte den Ort nur noch sehenswerter für sie.

Eric hatte nicht übertrieben. Die Mühle wirkte schon von Weitem wie eine verfallene Ruine. Die aus groben Feldsteinen errichteten Mauern seufzten unter dem Gewicht der Jahre, der Mörtel bröckelte an vielen Stellen aus den Fugen. Erste Steine hatten sich bereits gelöst. Die scheibenlosen Fenster hatte man vernagelt. Hier und da fehlte ein Brett, sodass Syra einen Blick auf das Innere des Hauses erhaschen konnte. Dort herrschte Chaos – ein alter, dreibeiniger Stuhl, ein zersplittertes Holzrad und verbogene Metallgerüste. Ein Gefühl des Vergessenseins umhüllte diesen Ort, als ob die Zeit selbst ihn aus den Erinnerungen der Welt gelöscht hätte.

Syra trat enttäuscht vom Fenster zurück. In ihrer Vorstellung hatte die Wassermühle eine magische Anziehungskraft auf sie ausgeübt, doch stattdessen klammerte sich der Moder an jede Ecke. Wenn es hier einst Geheimnisse gegeben hatte, dann hatten die Jahre sie längst getilgt. Nicht einmal das Mühlrad war verschont geblieben. Es hatte sich aus seiner Verankerung gelöst, sodass es nun zerbrochen an der Hauswand lehnte. Dicke Algen wuchsen an den Stellen, die vom Bach umspült wurden. Der untere Teil war bereits im Schlamm versunken, als würde etwas Gewaltiges ihn in die Tiefe ziehen.

Syra griff nach ihrer Kamera. Der kümmerliche Baum auf dem Dach bot ein tristes, aber dennoch faszinierendes Motiv, ebenso wie der Bach mit dem Überbleibsel des Mühlrades. Ihr Herz pochte schneller bei dem Gedanken, dass im Inneren des Hauses noch mehr verborgen sein könnte. Wenn sie einen Weg hinein fand …

Die halb offene Tür führte einladend in die Dunkelheit. Kritisch beäugte Syra die Wände. Am Eingang sah es sicher aus. Wenn sie im vorderen Teil des Gebäudes blieb …

»Warum nicht?«, murmelte sie. Der Türknauf fehlte, nur eine rostige Klinke hing hinab. Die würde sie nicht aufhalten. Syra streckte ihre Hand danach aus.

Knack!

Sie fuhr zusammen. Erschrocken blickte sie über die Schulter. Aber da war nichts. Nur Bäume, eine weite Wiese und das Bächlein, das sich träge durch das angrenzende Wäldchen wand. Syra atmete auf und drehte sich wieder um.

Was zum …

Ein dickes Flechtwerk aus Ranken wuchs plötzlich auf der Tür. Es hatte jeden noch so kleinen Spalt versiegelt.

Verwirrt schüttelte sie den Kopf. Sie ging die letzten Bilder auf der Kamera durch. Ja, da. Auf den Fotos waren keine Ranken auf der Tür zu sehen. Wie konnte es sein, dass …

Knack!

Diesmal war das Geräusch lauter, näher. Kam es von der Tür? Oder aus dem Wald? Sie taumelte zurück. Das Herz schlug ihr bis zum Hals. Bloß weg von hier. Dieser Ort war ihr nicht geheuer.

Mit jedem Meter, den sie zwischen sich und die Mühle brachte, wurde ihr leichter ums Herz. Bald war sie wieder zu Hause. Bis zum Waldrand hatten sich ihre angespannten Nerven beruhigt und sie verlangsamte ihre Schritte.

Über der schmalsten Stelle des Baches bildeten zwei lose Granitplatten eine kleine Brücke ohne Geländer.

Sehr vertrauenerweckend.

Syra nahm ihren Mut zusammen und setzte einen Fuß vorsichtig auf den Stein.

Die Brücke hielt, wie sie es vermutlich schon seit über hundert Jahren tat. Langsam machte Syra noch einen Schritt, dann noch einen, bis sie mitten auf der Brücke stand. Unter ihr floss das Wasser von der Mühle gemächlich hindurch. Dahinter weitete sich der Bach zu einem Becken, das groß genug war, um darin zu schwimmen. Syra genoss den malerischen Anblick, der sich ihr bot. Die Bäume waren bis an den Bach herangewachsen, streckten ihre Äste aus wie in einem Versuch, einander über das Wasser hinweg zu berühren. Der Wind schüttelte sie, sodass sich ein wahrer Blätterregen auf das Wasser ergoss. Für einen kurzen Moment verweilte das Laub dort, dann sank es hinab und verschwand. Das Wasser schien an dieser Stelle tiefer zu sein. Wo es ein paar Meter zuvor noch klar genug gewesen war, um den Grund des Bächleins zu erkennen, war es im Becken zu ihren Füßen plötzlich pechschwarz – als würde es an dieser Stelle alles Licht um sich herum verschlingen. Es war so dunkel, dass Syra den Grund des Beckens nicht sehen konnte. Trotzdem ließ das Wasser keine Trübung erkennen.

Seltsam.

Mit gerunzelter Stirn betrachtete sie ihr Spiegelbild auf der glattschwarzen Oberfläche. Ein bleiches, sommersprossiges Gesicht mit braunen Augen schaute zurück. Nur verschwamm das Bild, sobald Bewegung ins Wasser kam. Hatte sie dort unten etwas schwimmen sehen? Es kam ihr so vor, als wäre da ein dunkler Schatten gewesen.

Sie beugte sich weiter nach vorn. Doch noch bevor sie etwas erkennen konnte, wurden die Wellen langsamer und kleiner, bis ihr Spiegelbild wieder erschien. Oder halt: Das wilde, rote Haar war noch dasselbe, doch ihr Gesicht … wie ein bösartiges Zerrbild ihrer selbst. Pechschwarze Augen voll Bosheit, ein breiter, grinsender Mund voll nadelspitzer Zähne.

Syra schwankte, stürzte beinahe rücklings vom anderen Ende der Brücke. Im letzten Moment fing sie sich, doch dabei fiel die Kamera ins Wasser. Einen Herzschlag später war sie verschwunden. Syra fluchte und sprang auf den schmalen Pfad an der anderen Uferseite. Sie ergriff die Flucht, eilte den Hügel hinauf zum Haus zurück. Hinter seinen dicken Mauern fühlte sie sich sicher. Und das hatte nichts mit Erics Anwesenheit oder seinem Versprechen, sie zu beschützen, zu tun. Oder doch?

Es war einer dieser heißen Spätsommertage. Die Sonne stand hoch am Himmel und brannte unerbittlich auf das Land und die Menschen herab. Hitze flirrte in der Luft. Blätter hingen reglos an den Bäumen. Wind suchte man dieser Tage vergeblich. Hannah sehnte sich danach, eine kühle Brise auf der Haut zu spüren.

Sie war gerade fertig damit, die Wäsche auf eine Leine im Garten zu hängen, als Frederick sie dort fand.

»Hast du Lust, dich mit mir ein wenig umzusehen? Du hast das Grundstück seit unserer Ankunft nicht verlassen. Ich dachte, jetzt, wo es dir besser geht ...« Verlegen lächelnd blickte er sie an.

»Was, wenn wir auf Soldaten treffen? Meinst du nicht, es ist da draußen zu gefährlich?«

Frederick zuckte mit den Schultern. »Im Wald? Die sind auf der Suche nach Vorräten in den Dörfern oder auf der Durchreise zur Front. Wälder interessieren sie nicht.«

Hannah traute sich nicht zu fragen, woher Frederick das wusste. Dabei ergaben seine Worte durchaus Sinn. Und das Letzte, was sie wollte, war, in seinen Augen als unwissend dazustehen.

»Also schön«, sagte sie. »Ich bin sowieso fertig. Schätze, es kann nicht schaden, sich ein wenig umzusehen. Was hattest du im Sinn?«

Frederick grinste zufrieden. »Lass uns runter zum Bach gehen. Selbst wenn wir keine Fische oder Beeren finden, können wir uns die Füße kühlen.«

Hannahs Herz hüpfte bei dem Gedanken. Heute war es wirklich unerträglich heiß. Eine Abkühlung kam ihr gerade recht.

Den Bach sah man bereits vom Haus aus. Er wand sich um den Fuß des Hügels, auf dem das Herrenhaus stand. Sie mussten nicht weit gehen, um ihn zu erreichen.

»Meinst du nicht, es macht einen schlechten Eindruck, wenn wir plötzlich verschwinden?«

»Der Herr hat uns bisher nicht eine einzige Aufgabe zugewiesen.«

»Was seltsam ist, findest du nicht? Am Haus ist so viel zu tun. Da sind drei Paar Hände noch zu wenig.«

Frederick brummte zustimmend. »Trotzdem sieht das Haus jeden Tag ein Stück besser aus. Sogar die geflügelte Statue im Treppenhaus hat er repariert. Ich frage mich, wie er das macht. Er sieht mir nicht wie ein Handwerker aus. So kann man sich täuschen.«

»Es ist wichtig, dass wir ihm zur Hand gehen – so gut wir eben können.«

»Aber nicht jetzt. Jetzt machen wir Pause.« Grinsend zupfte er am Ärmel ihrer Bluse. »Komm schon, Hannah.« Der Blick, den er ihr zuwarf, hätte selbst Stein zum Schmelzen gebracht. Mit ihr hatte er leichtes Spiel.

»Also gut. Ein kleiner Ausflug zum Bach kann nicht schaden. Wir müssen ja nicht zu lange bleiben.«

»So kurz oder so lang du willst. Komm.« Er bot ihr seine Hand an.

Unschlüssig starrte sie darauf. »Sollten wir dem Herrn nicht wenigstens Bescheid geben, wohin wir gehen? Was, wenn er uns sucht?«

»Wird er nicht. Bis zum Abendessen sind es noch ein paar Stunden und nachmittags verkriecht er sich irgendwo tief im Haus. Er merkt nicht, dass wir weg sind.«

»Wenn du meinst.« Ihre Hände passten genau ineinander – wie zwei Teile einer zerbrochenen Schüssel, die sich nahtlos aneinanderfügten und zusammen ein Ganzes ergaben.

Der kurze Weg über den unbeschatteten Hof war genug, um ihr den Schweiß aus den Poren zu treiben, doch mit jedem Schritt wuchs Hannahs Vorfreude.

Kaum hatten ihre Zehen das kühle Wasser berührt, seufzte sie genüsslich auf. Es war noch gar nicht lange her, da hatten sie und Anni zusammen im kleinen Weiher beim Haus gespielt.

»Hannah? Geht es dir gut?« Seine Hand noch in ihrer musterte Frederick sie, als könne er ihren Kummer erahnen. Vielleicht konnte er das auch.

Sie wich seinem Blick aus. »Ich musste gerade an Anni denken. Sie war doch noch so klein. Wäre ich doch nur ...« Mit einem tiefen Atemzug rang sie um Kraft. »Auf meiner Flucht kam ich durch Dörfer, die ebenfalls überfallen worden waren. Die Soldaten haben nur verbrannte Erde und Leichen hinterlassen. Auch die von Kindern.« Mit einem Schluchzen brach sie ab und schlug sich die Hand vor den Mund. Ihre Tränen hinterließen kühle Spuren auf ihrer Haut. Sie waren nur der Anfang, das wusste sie. Seit ihrer Flucht aus Siebenhain hatte sie sich nicht gestattet, zu trauern. Wenn sie einmal zuließ, dass die Trauer erste Risse in ihr Herz schlug, so würde es zerspringen und sie hilflos und gebrochen zurücklassen – wieder nur eine Last auf Fredericks Schultern. Das konnte sie nicht zulassen.

»Du hast das Richtige getan.« Bevor sie wusste, was geschah, zog Frederick sie in eine feste Umarmung.

Sie erstarrte. Die plötzliche Nähe floss in sie hinein wie eine wunderbare Medizin. Sie hieß sie willkommen, wie sie es auch in jener Nacht auf dem Dachboden getan hatte. Seine Umarmung gab ihr Halt und Sicherheit in ihrer Trauer.

Ihre Eltern, ihr Bruder und vielleicht auch ihre Schwester waren fort, doch sie, Hannah, war hier. Und sie war nicht allein.

Mit einem Schluchzen schmiegte sie sich an ihn und schlang die Arme Halt suchend um seine Schultern. Ihren Kopf bettete sie gegen seine Brust und genoss die wohltuende Nähe. Seine Arme schlossen sich noch fester um sie und sein Kinn kam vorsichtig auf ihrem Scheitel zum Ruhen. Was hätte sie nur ohne ihn gemacht? Sie hatte nicht gewusst, wie sehr sie ihn brauchte.

Hannah konnte nicht sagen, wie lange sie so dastanden, Arm in Arm, während das Bächlein sanft zu ihren Füßen plätscherte. Zeit hatte keine Bedeutung, flüchtige Gedanken keinen Raum. Ihre Trauer war zu mächtig. Ebenso die Zweifel, die ihr einflüsterten, dass sie hätte bleiben sollen, ihre Schwester womöglich hätte retten können.

Als hätte Frederick ihre Gedanken gelesen, schüttelte er sanft den Kopf und flüsterte: »Wenn du geblieben wärst, hättest du dasselbe Schicksal erlitten wie die anderen. Diese Soldaten kennen kein Mitleid. Sie sind wie Tiere. Oft haben sie keinen Funken Menschlichkeit mehr in sich. Ich bin froh, dass du diesem Schicksal entkommen bist und ...« Er zögerte, ließ seine Hand langsam von ihrem Hinterkopf zu ihrer Wange wandern. »... dass wir uns getroffen haben.«

Hannah blickte zu ihm auf. »Ich bin auch froh, dass wir uns getroffen haben«, gestand sie mit einem schwachen Lächeln. »Sehr froh. Ich verdanke dir so vieles.« Es war der Moment, in dem sich ihre Augen fanden, als Hannah ein seltsames Ziehen in ihrer Brust verspürte. Was war es, das sie drängte, ihn an sich zu drücken? Ihr Herz flatterte wie die Flügel eines Schmetterlings, der sich tanzend in den Himmel erhob. Die Trauer war noch da, tief in ihr drin – und doch hatte sie hier und jetzt keine Macht über sie. Wohl aber diese grünen Augen, die sie verzauberten wie eine sonnenbeschienene Lichtung im Wald.

Es ist, als würde der Wald selbst in ihm wohnen.

Hannah räusperte sich und trat einen Schritt von ihm zurück. »Wollen wir ein wenig den Bach entlanglaufen? Das Wasser ist herrlich, findest du nicht? Und ich … Mir geht es schon besser.«

Für einen Moment glaubte sie, so etwas wie Enttäuschung auf seinem Gesicht zu sehen. Doch dann hellte es sich auf wie die Sonne, die hinter einem Berg dunkler Wolken hervorbrach. »Ich bin da, wann immer du mich brauchst.« Er fuhr sich mit der Hand durchs Haar. »Also dann? Gehen wir?«

»Unbedingt.«

Seite an Seite stromerten sie den Bachlauf entlang. Hier, am Rand des Waldes, spendeten die Bäume gerade noch genug Schatten, dass man nicht fürchten musste, sich in der prallen Spätsommersonne zu verbrennen. Die Luft war angenehm und dennoch entfuhr Hannah ein erleichtertes Seufzen, als sie ihre nackten Füße wieder in das kühle Nass tauchte. Der Schlamm des Baches fühlte sich herrlich weich an. Er lud dazu ein, dem Gewässer ein Stück zu folgen, zu sehen, was hinter der nächsten Biegung war. Und warum nicht? Die Straße war weit weg. Ein Automobil oder eine Kutsche würden sie schon von Weitem hören.

»Komm, hier entlang. Da vorne ist etwas!« Flink lief Frederick voran, balancierte über große, rutschige Steine und hüpfte wieder ins Wasser, sodass die Tropfen nur so spritzten. Bei jedem Sprung juchzte er fröhlich.

Hannah schlenderte ihm nach und beobachtete ihn schmunzelnd. Weder der Krieg noch all das Elend und die Herausforderungen hatten seinem fröhlichen Gemüt etwas anhaben können. Er hatte nicht mit der Wimper gezuckt, als er sie gepflegt hatte, sich nicht beklagt, wenn er ihren Nachttopf leerte und sie wusch. Selbst jetzt betonte er, dass er für sie da war, wann immer sie ihn brauchte. Ein Teil von ihr hoffte, dass Frederick sie ebenfalls eines Tages brauchen würde. Dann würde sie für ihn tun, was er für sie getan hatte. Wenn er sie ließ.

»Hier ist es!« Fredericks Rufen riss Hannah aus ihren Gedanken.

Weiter vorn floss der Bach unter einer kleinen, geländerlosen Brücke hindurch. Dahinter verbreitete er sich zu einem malerischen, von Bäumen umsäumten Wasserbecken. Sonnenstrahlen tanzten auf der azurblauen Oberfläche, auf der sich das dichte Grün der Bäume spiegelte. In den Baumwipfeln zwitscherten Vögel. Libellen tanzten über die Wasseroberfläche, hinterließen sanfte Kreise im Wasser, wo immer sie es berührten. Das Wasser war kristallklar und vertiefte sich rasch, sobald der Bach unter der Brücke verschwand. Nach zwei Metern war das Wasser so tief, dass man den Grund nicht länger sehen konnte.

Frederick duckte sich mit einem freudigen Johlen unter der Brücke hindurch, um gleich dahinter mit einem Hechtsprung im Wasser zu verschwinden.

»Frederick!« Ungläubig blickte Hannah ihm nach, unschlüssig, was sie tun sollte. Es reizte sie, ebenfalls ein Bad zu nehmen, aber gleichzeitig wusste sie, dass sich das nicht schickte. *Er hat deinen*

Körper ohnehin schon gesehen, flüsterte das Teufelchen auf ihrer Schulter in ihr Ohr. Zähneknirschend gab sie ihm recht. Trotzdem war es unschicklich, zusammen zu baden, sie waren nicht Bruder und Schwester. Da konnte das Wasser noch so verführerisch glitzern.

Zögerlich tastete sie sich an der Brücke entlang. An einer flachen Stelle des Ufers verließ sie den Bach und kletterte auf die Brücke. Von dort aus konnte sie sehen, wie der Rotschopf bereits genüsslich auf dem Rücken liegend im Wasser paddelte. Dabei umspielte ein zufriedenes Lächeln sein Gesicht, das ihr Herz unweigerlich zum Hüpfen brachte.

»Alles gut da unten?« Vorsichtig setzte sie sich auf den Rand und ließ ihre Beine baumeln.

»Alles bestens! Komm doch rein! Das Wasser ist herrlich erfrischend!«

Das glaubte sie sofort. »Ich kann nicht.«

Verwirrt sah Frederick zu ihr hinauf. »Kannst du nicht schwimmen?«

»Doch, schon. Aber es schickt sich nicht.« Sie murmelte es so leise, dass er sie vermutlich gar nicht hörte. Eilig wich sie seinem Blick aus. Das Wasserbecken war tiefer, als sie es von Weitem vermutet hatte. Wer nicht schwimmen konnte, würde hier ertrinken. Vereinzelt machte sie kleine Fische im Wasser aus. Sie suchten hastig das Weite, sobald Frederick in ihre Nähe kam. Zuerst huschten sie in einen anderen Teil des Gewässers, bevor es ihnen schließlich zu viel wurde und sie stromaufwärts flohen. Hannah folgte ihnen mit den Blicken.

»Oh. Was ist das denn?« Unweit des Weihers stand ein Haus am Bach. Es war aus grauem Feldstein gemauert. Seitlich drehte sich gemächlich ein Mühlrad. »Eine Mühle?«

»Sieht ganz danach aus.« Unbekümmert zog Frederick einen Bogen in ihre Richtung.

Vielleicht sollten wir doch lieber gehen? Was, wenn jemand im Haus ist und uns hier entdeckt?

Etwas schloss sich um ihren Knöchel und zog sie mit einem Ruck nach unten. Sie schrie erschrocken auf, trat nach dem Angreifer. Sie verlor den Halt und fiel, einen panischen Herzschlag lang. Dann wurde sie vom Wasser verschluckt. Sie schlug mit den Armen, strampelte mit den Beinen. Die Kälte raubte ihr den Atem. Panik schoss durch ihren Körper. Da endlich brach sie durch die Oberfläche. Keuchend schnappte sie nach Luft, blickte sich um. Außer Frederick, der mit einem breiten Grinsen vor ihr im Wasser schwamm, war niemand zu sehen.

»Du!« Erbost blickte sie ihn an. »Du hast mich ins Wasser gezogen.«

»Von alleine wärst du ja nicht reingekommen«, antwortete er frech. »Dabei ist es so herrlich. Findest du nicht?«

»Selbst wenn. Wir wissen nicht einmal, wem das Gewässer gehört und ob wir hier schwimmen dürfen. Ich will nicht, dass wir Ärger bekommen!«

»Du denkst zu viel nach. Wir bekommen schon keinen Ärger. Wenn doch, machen wir uns aus dem Staub.« Er grinste. »Und jetzt fang mich.« Mit zwei schnellen Zügen schwamm Frederick von ihr fort.

Jetzt, wo ihre Sachen durchtränkt waren, war es um ihre Schicklichkeit geschehen. Frederick schien das nicht zu kümmern. Er war fröhlich und unbeschwert, wie ein kleiner Junge. Also gab sie sich einen Ruck und folgte ihm. Was sollte schon passieren?

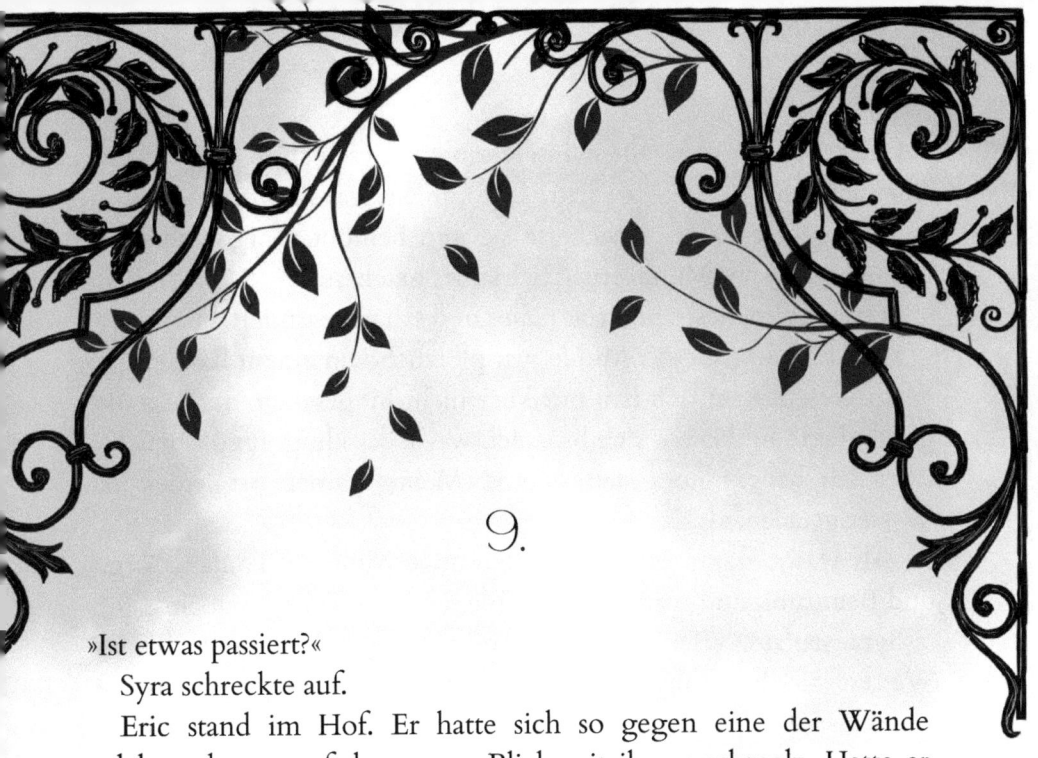

9.

»Ist etwas passiert?«

Syra schreckte auf.

Eric stand im Hof. Er hatte sich so gegen eine der Wände gelehnt, dass er auf den ersten Blick mit ihr verschmolz. Hatte er wieder auf sie gewartet?

»Eric! Ich habe Sie gar nicht gesehen! Was machen Sie hier draußen?«

»Entschuldige. Ich wollte dich nicht erschrecken.«

»Haben Sie aber.« Syra wusste selbst nicht, warum sie diesen pampigen Tonfall anschlug. Hier war der Mann, der ihre Fragen beantworten konnte. Aber wollte er es auch? Sie zögerte, dann fügte sie hinzu: »Oder vielleicht bin ich auch nur etwas schreckhaft wegen dem, das ich bei der alten Mühle gesehen habe.«

»Du warst dort?« Erics Miene verfinsterte sich. »Ich sagte doch, dass es dort gefährlich ist. Was ist geschehen? Geht es dir gut?«

Für einen Moment spürte Syra das schlechte Gewissen in sich aufkeimen. Sie hatte seine Warnung bewusst in den Wind geschlagen, auf der Suche nach einer interessanten Geschichte oder einem Abenteuer. Sie schätzte, sie hatte bekommen, was sie wollte.

»Mir geht es gut«, versicherte sie ihm bemüht ruhig. »Ich habe nur unten bei der Mühle etwas Seltsames gesehen.«

»Etwas Seltsames?« Eric trat näher und sah sie alarmiert an.

»Die Eingangstür zur Mühle war plötzlich von einem Rankengeflecht verschlossen. Ich hab nur kurz nicht hingesehen, und …« Sie gestikulierte hilflos vor sich hin. »Ich weiß, das klingt total verrückt. Aber ich habe Fotos. Hatte Fotos. Meine Kamera ist leider ins Wasser gefallen, als …«

»Als was?«, fragte Eric mit hörbar angespanntem Tonfall. Sorge und Beunruhigung waren ihm förmlich ins Gesicht gemeißelt.

Syra seufzte. »Bei der Mühle gibt es eine breitere Stelle im Wasser. Sie liegt an einer Brücke. Ich weiß nicht, ob Sie sie kennen.«

»Das tue ich«, antwortete Eric mit einem Grollen in der Stimme. »Was ist dort passiert, Syra?«

Sie zuckte mit den Schultern. »Wenn ich das wüsste. Es ist ein seltsamer Ort. Das Wasser ist dunkel und undurchsichtig, ohne wirklich schmutzig zu sein. So etwas habe ich noch nie zuvor gesehen.«

Eric nickte. »Es ist verdorben, ja. Das war nicht immer so. Einst war dies ein harmloser und friedlicher Ort. Jetzt hingegen …« Er verstummte und für einen Moment schweifte sein Blick in die Ferne. »Hannah liebte es, dort zu baden, zumindest bis …« Wieder brach er ab, schüttelte den Kopf.

Inzwischen kannte sie die Geste, wusste, dass Eric dabei war, sie mit noch mehr Fragen zurückzulassen, als er beantwortet hatte. Dieses Mal würde sie das nicht zulassen. Sie brauchte Antworten und er konnte sie ihr geben.

»Bis was? Was ist passiert?«

Langsam trat er noch einen Schritt auf sie zu, bis er direkt vor ihr stand und auf sie hinabsah. Die Art, wie er ihr Gesicht betrachtete, fühlte sich an, als schaute er ihr in die Seele.

Gebannt erwiderte sie den Blick seiner dunklen, onyxgrauen Augen. Der düstere, nachdenkliche Tonfall seiner Stimme ließ sie erschaudern.

»Hast du schon einmal vom Wassermann gehört?«

»Dem Wassermann?« Sie war verwirrt.

»Er ist Gegenstand vieler Sagen. Die Menschen fürchten ihn aus gutem Grund. Man sagt, er kann Fluten hervorrufen und Stürme entfachen. Er lockt Menschen ins Wasser und versucht, sie dort zu ertränken. Manche versuchen, sich vor seinem Einfluss zu schützen, indem sie sich vor dem Baden bekreuzigen oder Öl, eine Handvoll Erde oder geröstetes Brot ins Wasser werfen. Was für ein Unsinn …«

Syra blinzelte irritiert. »Sie glauben, dort unten bei der Mühle wohnt der Wassermann?«, fragte sie halb ungläubig, halb verärgert. »Ist das Ihr Ernst?«

Für eine Weile schaute ihr Gegenüber sie nur schweigend an, so als würde er versuchen, in ihrem Gesicht zu lesen.

Syra machte es ihm leicht, legte all ihre Enttäuschung und Ungläubigkeit in ihren Blick. »Eine Geistergeschichte ist das Letzte, was ich jetzt hören will. Ich will die Wahrheit!«

»Die Wahrheit liegt im Auge des Betrachters«, antwortete er ihr ruhig. »Lass drei Menschen eine heftige Überschwemmung im Frühjahr beobachten. Sagen wir: einen Wissenschaftler, einen Kirchenmann und einen Bauern. Alle drei werden dasselbe sehen. Doch ziehen sie auch dieselben Schlüsse?«

»Wohl nicht.«

Eric nickte. »Und würdest du daraus folgern, dass zwei der drei lügen? Oder vielleicht sogar alle?«

Syra schüttelte den Kopf. »Jeder würde das Gesehene nach dem Wissen beurteilen, das er besitzt. Sagen wurden früher oft von den Menschen genutzt, um sich verschiedene Vorkommnisse in der Natur zu erklären. Der Bauer hätte eine Überschwemmung vielleicht tatsächlich dem Wassermann zugeschrieben. Nur, wie gesagt, meine Eltern waren Wissenschaftler.«

»Dann sag du mir, was du an der Mühle gesehen hast und wie du es dir erklärst«, forderte Eric sie ruhig auf. Seine ernste Miene gab ihr das Gefühl, sich gerade einer mündlichen Prüfung zu unterziehen.

»Das Wasser war dunkel«, begann sie zögerlich. »Trotzdem hätte ich schwören können, dass etwas im Wasser war. Etwas Großes. Da waren Bewegungen unter der Wasseroberfläche. Wahrscheinlich nur ein Fisch.«

Eric zuckte nicht mit der Wimper. »Wenn es ein Fisch war, warum warst du dann bei deiner Ankunft hier so aufgewühlt?«

Sofort fühlte sie sich ertappt. »Weil ich noch etwas im Wasser gesehen habe – mein Spiegelbild. Oder eine verzerrte Version davon.« Sie hatte keine Ahnung, wie sie das erklären sollte. »Es war, als würde ein dunkler Zwilling aus der Tiefe zu mir nach oben starren und mich angrinsen.« Sofort sah sie wieder die weißen, nadelspitzen Zähne vor sich und erschauderte.

»Aber nicht der Wassermann?«, fragte Eric.

Syra stöhnte frustriert auf. »Ich weiß nicht, was das da unten war. Oder ob ich mir das alles nur eingebildet habe. Meine Eltern sagten oft, dass meine Fantasie gerne mal mit mir durchgeht.«

Diese Worte brachten ihr ein trauriges Lächeln und ein Seufzen ein. »Ich schreibe dir nicht vor, was du zu glauben oder zu denken hast, Syra. Ich kann dir nur meine Wahrheit erzählen, auch wenn sie in deinen Augen die Wahrheit eines Bauern ist.«

Sie nickte. Dennoch war da immer noch dieses seltsame Gefühl. Sie hatte sich schon wieder von ihrer eigentlichen Frage abbringen lassen.

»Sie sagten, Hannah wäre gerne unten bei der Mühle baden gegangen, bis etwas geschehen ist. Was haben Sie damit gemeint?« Dieses Mal würde sie Eric nicht so einfach davonkommen lassen. Sie blickte ihm fest in die Augen. Das schien die gewünschte Wirkung zu haben, denn schon nach einem kurzen Moment sah sie, wie sich etwas darin bewegte.

»Deine Urgroßmutter ist so lange gern in diesem Wasserbecken baden gegangen, bis sie jemanden darin ertrinken sah. Ist es das, was du hören wolltest?«

Syra lief ein kalter Schauer über den Rücken. »Es ist jemand ertrunken? Unten an der Mühle? Wer?«

Eric schüttelte den Kopf. »Das ist eine lange und traurige Geschichte. Es ist nicht an mir, sie zu erzählen. Tut mir leid.«

»Na warte, du!«

Frederick war ein guter Schwimmer und kannte keine Zurückhaltung. Er lachte und tauchte und jagte Hannah durchs Wasser. Sie kreischte und schwamm hastig davon. Ein Katz-und-Maus-Spiel begann. Ihre Mutter hätte sicher so einiges zu ihrem zügellosen Verhalten zu sagen gehabt. »Du kriegst mich nicht!« Flink tauchte der Rotschopf unter. Im nächsten Moment war er nirgendwo mehr zu sehen. Das Wasserbecken hatte ihn verschluckt und dachte nicht daran, ihn wieder herauszugeben.

»Frederick? Frederick!« Oh, dieser törichte, leichtsinnige Esel!
Platsch!

Als sie sich umwandte, war er direkt vor ihr und grinste sie an. Seine sommersprossige Haut glänzte im Licht der Sonne, während zwei vorwitzige Wassertropfen in seinen Wimpern hingen und darauf warteten, von ihm weggeblinzelt zu werden.

»Hast du mich gesucht?«

Sie bekam lediglich ein Nicken zustande. Ihr Kopf war voll mit Watte. Und auch wenn ihr Herz klopfte wie wild, lag es nicht an dem Schreck, den Frederick ihr eingejagt hatte.

»Sag nicht, du hast dir Sorgen um mich gemacht.« Schmunzelnd strich er ihr eine nasse Strähne von der Stirn.

Hitze stieg ihr ins Gesicht. »Ja«, krächzte sie.

»Das ist süß, aber unnötig. Ich schwimme wie ein Fisch. Schau!« Lachend tauchte er wieder unter und dieses Mal folgte ihm Hannah mit den Blicken. Sie genoss den Anblick. Wie geschmeidig er sich im Wasser bewegte! Sein rotes Haar schlängelte sich durch das klare Wasser wie flackerndes Feuer. Sie wollte die Hand nach ihm ausstrecken, ihn berühren.

»He! Ihr da! Was macht ihr hier in meinem Teich?« Am Ufer stand ein rotgesichtiger Mann mit weißer Schürze. »Werdet ihr wohl nicht meine Fische stehlen! Macht sofort, dass ihr rauskommt!«

Etwas platschte neben Hannah ins Wasser. Es dauerte einen Moment, bis sie begriff, dass es ein Stein war. Ungläubig starrte sie den Mann an. Der bückte sich schon, um den nächsten Brocken aufzuheben. Sie keuchte, schwamm panisch ein Stück zurück. Wie weit war es bis zum Ufer? Und wo war Frederick?

Da holte der Fremde aus.

»Halt, nein!« Schützend riss sie die Hände nach oben. »Wir stehlen nicht! Wir wollten hier nur baden. Es war heiß und – Au!« Ihre Schulter flammte vor Schmerzen auf.

»Ich sag's nur noch einmal. Seht zu, dass ihr fortkommt!« Der bärtige Alte knurrte und hob drohend den nächsten Stein.

Im nächsten Moment schob sich Frederick zwischen sie und den Fremden, hob beschwichtigend die Arme. »Wir gehen schon«, rief er. »Uns war nicht klar, dass dieser Teil des Baches jemandem gehört. Komm, Hannah.« Er schwamm schnell zum Rand des Wasserbeckens.

Hastig folgte sie ihm zum Ufer. Sie biss sich auf die Lippe, um nicht laut aufzujammern. Ihre Schulter schmerzte bei jeder Bewegung. Hinter ihr platschte ein weiterer Stein ins Wasser. Ängstlich zog sie den Kopf ein.

»Schneller!«, herrschte der Fremde sie an.

Hannah kämpfte sich vorwärts. Ihre Muskeln brannten, doch sie kam kaum vom Fleck. Verflixte Strömung. Japsend rang sie nach Luft, atmete dabei einen Schwall Wasser ein. Sie hustete und spuckte.

»Wird's bald?«

Platsch! Etwas schlug dicht neben ihr im Wasser auf.

Mit letzter Kraft kämpfte sie sich zum Ufer. Erleichtert ergriff sie Fredericks Hand und zog sich aus dem Wasser.

»Und kommt ja nie wieder hierher. Dämliche Gören!«

»Werden wir nicht, Mann. Und nun lass uns gehen. Wir haben deine Botschaft verstanden«, rief Frederick dem Alten zu. Dann legte er seinen Arm um Hannah und zog sie fort.

»Das will ich auch hoffen. Wenn ihr meiner Mühle das nächste Mal zu nah kommt, hole ich die Flinte!« Drohend hob der Alte die Faust.

So schnell die Beine sie trugen, rannten sie den schmalen Waldweg hinunter. Doch selbst als sie die schützenden Bäume des Waldes erreichten, spürte Hannah noch den argwöhnischen Blick des Mannes auf sich, der sich in ihren Hinterkopf bohrte.

Erst, nachdem das schmiedeeiserne Tor des Anwesens hinter ihnen ins Schloss fiel, blieb sie stehen. Mit dem guten Arm hielt sie ihre stechenden Seiten, rang japsend nach Luft.

»Was für ein Scheusal. Geht es dir gut? Hat er dich erwischt?« Fredericks sorgenvolle Miene genügte, um Hannah das zweite Mal an diesem Tag die Tränen in die Augen zu treiben.

Sie machte sich nicht die Mühe, sie vor ihm zu verbergen. »Ja. An der Schulter.«

Frederick fluchte. »Dieser Sohn einer …« Kopfschüttelnd brach er ab. »Komm ins Haus. Wir suchen uns erst einmal trockene Kleider. Dann sehe ich mir deine Schulter an.«

Hannah war zu müde, um ihm zu widersprechen. Ein Treffer an der Schläfe hätte ihr oder Fredericks Ende bedeuten können. Sie zweifelte nicht daran, dass der Alte seine Drohung beim nächsten Mal wahrmachen und das Gewehr holen würde. Sie fröstelte. Wie in Trance folgte sie Frederick nach drinnen, die Treppe hinauf.

Nur aus dem Augenwinkel nahm sie den Herrn wahr. Nun war sie verletzt und erneut auf seinen Großmut angewiesen.

»Brauchst du meine Hilfe? Beim Ausziehen meine ich.« Frederick sah sie unsicher vom Türrahmen aus an. Nur die leichte Röte auf seinen Wangen verriet, dass ihm seine Worte peinlich waren.

Hannah hatte die Scham schon längst die Hitze ins Gesicht getrieben. Sie konnte nicht verleugnen, dass der Anblick von Frederick in tropfnasser Kleidung eine gewisse Anziehungskraft auf sie verübte. Die obersten Knöpfe seines Hemdes waren aufgesprungen und es war seitlich aus seiner Hose gerutscht, sodass es seine cremeweiße Haut entblößte. Hannah erwischte sich dabei, wie sie auf seinem Halsausschnitt nach Sommersprossen Ausschau hielt und sich fragte, ob sie auch seine Brust bedeckten. Seine Bauchmuskeln zeichneten sich gegen den feuchten Stoff seines Hemdes deutlich ab.

Sie schluckte, leckte sich die Lippen. »Es geht mir gut. Ich brauche keine Hilfe.« Sie zwang sich, die Augen von ihm abzuwenden. »Du solltest dir selbst trockene Kleider anziehen. Sollte ich einen Verband benötigen, komme ich dich suchen.«

Sie atmete erleichtert auf, als er ohne Widerspruch das Zimmer verließ und die Tür hinter sich schloss. Nachdem sich draußen nichts mehr regte, zog sie sich rasch die nasse Kleidung aus. Auf ihrer Schulter prangte ein roter Fleck. Zu ihrer Erleichterung war kein Blut zu sehen.

Das gibt einen ordentlichen Bluterguss.

Schließlich stand sie nackt vor dem langen Spiegel und betrachtete ihren mageren Körper. Sie besaß kaum weibliche Rundungen. Überdeutlich zeichneten sich die Rippen unter den viel zu kleinen Brüsten ab. Wenigstens war von der Schusswunde an ihrer Seite nur noch eine blasse Narbe zu sehen.

Hannah seufzte. Sie war weit entfernt davon, eine Schönheit zu sein. Bisher hatte sie das nie gestört. Ihr buschiges, erdbraunes Haar, ihre leicht nach oben gebogene Nase, ihre braunen Augen hatten sie nicht gekümmert. Bis jetzt. Plötzlich empfand sie Enttäuschung und Unzufriedenheit. Ihr Körper war so reizlos wie der eines Kindes. Nun war sie auch noch durch eine Narbe entstellt. Nicht genug, um wie eine Heldin auszusehen oder sich wie eine zu fühlen. Sie hatte diese Wunde nicht im Kampf davongetragen, sondern als sie feige davongerannt war. Damals im Dorf, dann im Wald vor den Soldaten und heute wieder. Weglaufen war alles, was sie konnte. Sie war nichts Besonderes, weder mutig noch hübsch noch übermäßig intelligent. Wie sollte Frederick jemals an ihr Gefallen finden? Er hatte ihre Feigheit und all die anderen Makel gesehen.

»Hannah? Geht es dir gut?«

Sie dankte den Sternen, dass Frederick geistesgegenwärtig genug war, anzuklopfen.

»Alles bestens. Es ist nur ein Kratzer. Geh schon mal nach unten«, rief sie durch die Tür. »Ich komme gleich nach, wenn ich mich fertig angezogen habe. Dann kümmere ich mich um das Abendessen.«

»Wie du willst.«

Sie hörte, wie er sich von ihrem Zimmer entfernte und die Treppe nach unten stieg. Mit einem erleichterten Seufzer machte sie sich daran, frische Kleider anzulegen. Eine der Mägde, die der Familie Breitenstein zuvor gedient hatte, hatte in etwa ihre Größe gehabt. Hannah war dankbar, dass ihr dies die Möglichkeit gab, ihre verschlissenen Kleider gegen neue auszutauschen. Geschickt flocht sie ihr nasses Haar zu zwei festen Zöpfen. Wenn sie schon in jeder Hinsicht unzulänglich war, dann wollte sie sich wenigstens im bestmöglichen Zustand präsentieren. Nicht, dass sie sich davon etwas erhoffte. Frederick sah in ihr wahrscheinlich nicht mehr als eine kleine Schwester. Aber der Herr würde einer gepflegten Magd hoffentlich mit mehr Wohlwollen entgegenblicken, vor allem, wenn diese ständig in Schwierigkeiten geriet, so wie sie.

An diesem Abend gab es ein einfaches Mahl aus gekochten Kartoffeln und Karotten. Hannahs Magen knurrte, doch unter den wachsamen Augen der Männer verspürte sie nur wenig Antrieb zu essen. Die ständig währende Hitze trug das Übrige zu ihrer Appetitlosigkeit bei. Lustlos schob sie das Gemüse mit der Gabel auf dem Teller hin und her.

Es war nur eine Frage der Zeit, bis Frederick sich nach ihr erkundigte.

»Geht es dir wirklich gut?« Das schlechte Gewissen drang ihm aus allen Poren. Ihre Schweigsamkeit trug sicher nicht gerade dazu bei, ihn zu beruhigen.

»Mit meiner Schulter ist alles in Ordnung«, versicherte sie ihm ruhig. »Ein roter Fleck, der vermutlich blau wird, nichts weiter. Ich hatte Glück im Unglück, schätze ich.«

»Dieser verdammte Müller«, knurrte Frederick verärgert. »Wir hätten seinen blöden Teich auch verlassen, ohne dass er mit Steinen nach uns wirft.«

Ein verärgertes Grollen ließ Hannah aufschrecken. Es klang, als wäre das Geräusch von den Wänden des Hauses selbst gekommen. Ein Blick auf ihren Gastgeber zeigte jedoch, dass sie sich geirrt haben musste: Die Wut auf seinem Gesicht war nur schwer zu übersehen. Die Frage in seinen Augen musste er nicht aussprechen.

Was ist passiert?

Hannah nahm einen tiefen Atemzug. »Frederick und ich waren am Bach. Dort gibt es eine Mühle und einen kleinen Teich. Wir sind darin geschwommen, bis uns der Müller mit Beschimpfungen und Steinen davongejagt hat.« Beschämt senkte sie den Blick.

Frederick grummelte. »Er sagt, beim nächsten Mal holt er die Flinte. Dabei wollten wir seine Fische gar nicht. Uns war einfach nur heiß und einen Teich gibt es hier auf dem Grundstück nicht.«

Hannah nickte beklommen. »Zum Glück ist nichts weiter geschehen. Wir sollten uns aber in Zukunft von diesem Ort fernhalten. Ich zweifle nicht daran, dass dieser Mann seine Drohungen wahrmacht, sollte er die Gelegenheit dazu bekommen.«

Ihre Worte schienen den Herrn ein Stück weit zu beruhigen. Er starrte düster aus dem Fenster. Würde er später zur Mühle gehen und dem Mann seine Meinung kundtun? Wollte sie, dass er es tat? Nein, wenn der Müller so leicht bereit war, auf zwei Kinder zu schießen, dann würde er sicher auch gegenüber einem Erwachsenen nicht zögern. Ihr stummer, schlanker Herr wäre einem Angriff dieses Mannes kaum gewachsen. Der Müller war eiskalt und gefährlich, daran hatte sie keinen Zweifel. Menschen wie ihm ging man am besten aus dem Weg.

Syra war fest entschlossen, dem Geheimnis des Hauses auf die Spur zu kommen, wenn nötig allein. Dieser verwunschene Ort fachte ihren Entdeckergeist an und sie gab dem nur allzu gerne nach. Dass die Trauer über den Tod ihrer Eltern in immer weitere Ferne rückte, fiel ihr erst auf, nachdem sie den dritten Tag in Folge ohne zu weinen eingeschlafen war. Sie wertete es als gutes Zeichen und stürzte sich noch tiefer in ihre Ermittlungen. Zuerst schrieb sie systematisch all ihre Fragen auf. Inzwischen füllte sie damit fast zwei Seiten ihres Notizbuches. Sie hatte keine Ahnung, wo sie anfangen sollte. Und so zog sie an einem sonnigen Morgen nach dem Frühstück los, um das Haus zu erforschen.

Ihr erster Weg führte sie zum Dachboden. Das Fotoalbum schien ihr für den Anfang die am einfachsten lösbare ihrer Fragen zu sein. Wenn Eric es wirklich ausgetauscht hatte, dann würde sie das Original dort oben finden. Doch am Ende des oberen Flurs angelangt musste sie feststellen, dass die Tür zum Speicher verschwunden war.

Fassungslos starrte sie auf die nackte, weiße Wand.

Ich bin mir sicher, dass sie hier war! In Gedanken nahm sie den Weg zurück. War sie im Treppenhaus falsch abgebogen? Doch so sehr sie auch suchte, die Tür zum Dachboden blieb verschwunden.

Das gibt's doch nicht! Wütend schlug sie mit der Hand gegen die Wand. Dann machte sie kehrt und begab sich auf die Suche nach Eric. War er vielleicht in der Küche? Nein. Dort wartete nur das Geschirr in der Spüle darauf, weggeräumt zu werden. Ratlos kehrte sie in die Eingangshalle zurück.

»Eric?«

Nichts. Na gut. Dann eben auf eigene Faust. Sie musste es einfach systematisch angehen. Also kehrte sie in den ersten Stock zurück, schaute hinter jede Tür. Hinter den meisten waren kleine, schlichte Schlafzimmer versteckt oder Lagerräume, in denen Bettzeug, Decken, leere Flaschen oder anderes, wertloses Zeug aufbewahrt wurde. In den anderen Stockwerken erging es ihr nicht anders. Sie fand saubere Zimmer und sogar zwei Statuen, die ihr zuvor noch nie aufgefallen waren. Aber die Tür zum Dachboden blieb verschwunden. Man konnte meinen, es hätte sie nie gegeben.

Sie brauchte frische Luft. Drinnen hatte sie das Gefühl, zu ersticken. Verlor sie langsam den Verstand? Nein. Den Besuch auf dem Dachboden hatte sie sich nicht eingebildet. Sie war da etwas auf der Spur. Da war sie sich ganz sicher.

Nur was jetzt? Zu ihrer Rechten entdeckte sie einen Pfad, der durch eine Lücke zwischen Haus und Grundstücksmauer führte. Dahinter schlängelte sich der Weg zwischen dichten Büschen und alten Bäumen hindurch. Sie standen zum Teil so dicht, dass der Pfad zwischen ihnen komplett verschwand. Es wirkte, als wäre dieser Teil des Grundstücks schon lange nicht mehr betreten worden. Die Luft war erfüllt vom Hauch des Unbekannten. Perfekt! Von neuer Entschlossenheit gepackt, machte sie sich auf den Weg. Der Boden war von Moos und herabgefallenen Blättern bedeckt, und sie musste sich vorsichtig ihren Weg durch das dichte Gestrüpp bahnen. Der Pfad führte sie an die Rückseite des Hauses, in einen alten Garten. Er war längst von der Natur zurückerobert worden. Alte Rosenbüsche blühten zaghaft zwischen kniehohem Unkraut und wilden Blumen. Sie erfüllten die Luft mit einem betörenden Duft und boten Nahrung für unzählige Hummeln und Bienen, die sich zwischen ihnen tummelten. Ein knorriger Apfelbaum beschattete eine Bank, die von wildem Wein überwuchert war. Da fiel Syra ein alter Brunnen am Rande des Gartens auf. Seine steinerne Umrandung war verwittert und mit Moos und Flechten überzogen. Mörtel bröckelte aus den Fugen. Die Kette, die einst den Schöpfeimer gehalten hatte, gab es nicht mehr.

Er sah schon damals alt und verwunschen aus.

Die Erwachsenen unterhielten sich im Salon – nein, sie stritten! Mutter war aufgebracht. Ihre Stimme bebte und ihre Hände zitterten. Hannah redete bittend auf sie ein. Syra zupfte an Mutters Ärmel. Sie wollte weg, sie hatte das Gefühl, im Haus zu ersticken. Doch Mutter beachtete sie nicht. Also machte sie sich klammheimlich davon. Die Treppe hinunter, zur Tür hinaus über den Hof und schließlich den überwucherten Pfad entlang zum Brunnen.

Auch heute starrte sie wie damals ins dunkle Wasser hinab. Die Oberfläche kräuselte sich.

Wovon? Wind konnte es dort unten nicht geben. *Strömung?* Mit gerunzelter Stirn beugte sie sich weiter über die Kante. Doch so sehr sie sich anstrengte, sie konnte nichts erkennen. Es war einfach zu dunkel da unten.

Wenn sie doch nur –

Da spürte sie plötzlich ein warnendes Kribbeln im Nacken.

Der Garten lag still und verlassen da. Hinter den Fenstern des Anwesens regte sich nichts. Sie lauschte angestrengt. Die Stille wurde nur vom sanften Rascheln der Blätter und dem Zwitschern der Vögel durchbrochen. Doch das unangenehme Gefühl, beobachtet zu werden, ließ sie nicht los.

Sie wandte sich zum Brunnen um und erstarrte. Auf dem Rand lag etwas Kleines, Glitzerndes, das vorher noch nicht dort gewesen war.

Das ist doch …

Mit zitternden Fingern nahm sie das Armband vom Brunnenrand. Ungläubig drehte und wendete sie es in der Hand. Das Silber war nach all den Jahren angelaufen, doch ansonsten war es noch völlig intakt.

Das ist mein Armband. Wie kommt es hierher? Es ist mir vor Jahren in den Brunnen gefallen!

Außer ihr wusste nur einer davon. Und dieser Jemand war ihr verdammt noch mal eine Erklärung schuldig.

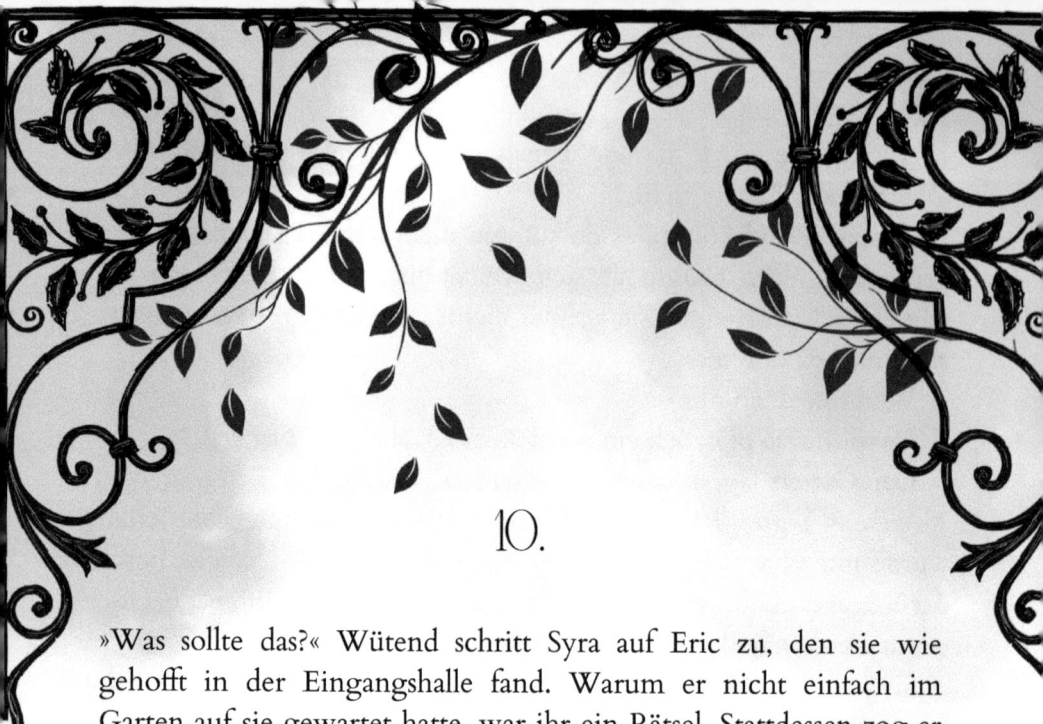

10.

»Was sollte das?« Wütend schritt Syra auf Eric zu, den sie wie gehofft in der Eingangshalle fand. Warum er nicht einfach im Garten auf sie gewartet hatte, war ihr ein Rätsel. Stattdessen zog er diese gruselige Schnitzeljagd mit ihr ab! »Warum haben Sie das gemacht?«

»Was gemacht?« Mit zusammengezogenen Augenbrauen kam er auf sie zu.

Seine gespielte Ahnungslosigkeit machte Syra nur noch wütender. In zwei Schritten war sie bei ihm und hielt ihm das verschollene Armband unter die Nase. »Jetzt tun Sie doch nicht so! Hier.«

Er blinzelte, schaute verwirrt auf das Armband in ihren Händen. Dann flackerten eine ganze Reihe von Emotionen über sein Gesicht: Überraschung, Entschlossenheit, Furcht. »Woher hast du das?«

»Als ob Sie das nicht wüssten.«

»Tue ich nicht. Also?«

Sie nahm einen tiefen Atemzug. »Vom alten Brunnen hinten auf dem Grundstück. Es lag plötzlich auf dem Rand.«

Fluchend gab Eric ihr das Armband zurück und wandte sich zur Tür. Ohne ein weiteres Wort stürmte er hinaus.

Es war offensichtlich, wohin er wollte. Wie betäubt folgte sie ihm. Ihre Wut war verraucht. Ein Blick genügte, um zu erkennen, wie beunruhigt er war. Etwas stimmte hier nicht.

»Warten Sie!« Sie musste rennen, um mit ihm Schritt zu halten.

Er dachte gar nicht daran, stehen zu bleiben.

Syra war außer Atem, als sie endlich am Brunnen ankamen. Dort untersuchte Eric aufmerksam die Umgebung. Seine Augen waren schmal, sein Kiefer angespannt. Offensichtlich kämpfte er innerlich mit etwas, das er nicht preisgeben wollte.

»Eric, Sie müssen mir die Wahrheit sagen. Was geht hier vor sich? Sie verbergen doch was, das kann ich sehen. Ich habe ein Recht darauf, zu wissen, was es ist. Das ist mein Haus und ich bin kein kleines Mädchen mehr.« Schwer atmend schaute sie ihn an.

Eric zögerte, und für einen Moment sah Syra die Kämpfe in seinem Inneren. Schließlich ließ er sich mit einem resignierten Seufzen auf den Rand des Brunnens sinken. »Es tut mir leid, Syra. Ich tue mein Bestes, das musst du mir glauben. Aber wenn dein Armband eines zeigt, dann, dass das Haus nicht sicher ist. Jemand hat ohne mein Wissen die Grenze des Grundstücks überwunden. Das sollte unmöglich sein. Doch meine Kräfte schwinden. Ohne Hannah …« Er brach ab, vergrub das Gesicht in den Händen.

Ratlos stand sie da und betrachtete den verzweifelten Mann. Er fühlte sich schuldig. Wofür, wusste sie nicht. Seine Worte ergaben keinen Sinn. »Ich verstehe nicht.« Nervös trat sie hin und her. »Welche Kräfte? Und was hat Hannah damit zu tun?«

»Hannah war die Hüterin dieses Ortes. Sie war auf eine Weise mit ihm verbunden, die ich dir nur schwer erklären kann. Vor allem, da du dich der Idee von Magie verschließt.«

Syra knabberte an ihrer Unterlippe. »Was, wenn ich den Gedanken zuließe? Was würden Sie mir sagen?«, fragte sie, unfähig, das Zittern in ihrer Stimme zu unterdrücken.

»Dass sie eine Hüterin war. Sie hielt die Natur im Gleichgewicht.«

Die Ernsthaftigkeit, mit der Eric sprach, ließ keinen Zweifel daran, dass er an Magie glaubte.

»Und was ist mit meinem Armband?«

»Der Zauber, der dieses Haus schützt, wird von Tag zu Tag schwächer. Das bereitet mir Sorgen. Heute ist jemand auf das Grundstück eingedrungen, um das Armband zu platzieren. Man wollte, dass du es findest.«

»Warum? Wer könnte das Armband all die Jahre für mich aufbewahrt haben? Und wie konnte er es auf den Rand des Brunnens legen, ohne dass ich etwas bemerkt habe? Ich habe nichts gehört, nichts gesehen.«

Eric zuckte brummend mit den Schultern. »Das weiß ich nicht. Vielleicht ist es ein Geschenk … oder eine Warnung.«

Unheilvoll wie schwarzer Rauch hingen die Worte zwischen ihnen in der Luft.

»Eine Warnung? Wovor?« Syra schüttelte den Kopf. »Das ergibt doch alles keinen Sinn. Wer auch immer das Armband geschickt hat, kennt mich. Er muss hier gewesen sein, als ich es verloren habe. Also: Wer war damals noch im Haus?«

»Außer Hannah, deinen Eltern, dir und mir? Niemand.«

»Sind Sie ganz sicher?«

»Niemand betritt das Grundstück ohne mein Wissen. Dass es heute doch jemandem gelang, ist beunruhigend. Sehr beunruhigend.«

Warum musste Eric nur alles in so finsteres Licht rücken? War die Welt in seinen Augen wirklich so verdorben und gefährlich? Was dachte er, was dort draußen lauerte und heimlich zu ihnen aufs Grundstück kroch?

»Du glaubst mir nicht«, stellte Eric nüchtern fest. »Das hatte ich auch nicht erwartet.«

»Und trotzdem bleiben Sie bei dieser Geschichte?«, fragte Syra herausfordernd.

Eric nickte. »Jemand ist ohne mein Wissen aufs Grundstück gekommen, so weit kannst du mir hoffentlich glauben. Ob dieser Jemand etwas Gutes im Schilde führt, wissen wir nicht. Kann ich dich daher zumindest bitten, vorsichtig zu sein?«

Die Tatsache, dass jemand unbemerkt auf das Grundstück gelangt war, beunruhigte Syra. Noch dazu hatte sich dieser Jemand angeschlichen, anstatt sich zu zeigen. Sie hatte es nicht bemerkt. Was, wenn er ihr etwas hätte antun wollen?

»Ich werde vorsichtig sein«, versprach sie. »Trotzdem suche ich weiterhin nach Antworten. Ich muss wissen, was hier los ist und wie all das mit meiner Familie zusammenhängt.«

Eric blickte sie nachdenklich an und schließlich nickte er erneut. »Ich habe nichts anderes von dir erwartet. Aber versprich mir, dass du auf mich hörst, wenn ich dir sage, dass du dich von gewissen Dingen oder Orten fernhalten solltest.«

»Orten wie dem Dachboden?«, fragte sie herausfordernd.

»Und der Mühle, ja.«

Syra sah den Ernst in Erics Augen. »Ich verspreche es, wenn du mir versprichst, ehrlich zu mir zu sein.«

»Ich habe dich noch nie belogen«, erwiderte er traurig. »Du magst meine Worte nicht glauben, aber sie sind die Wahrheit, die ich kenne.«

»Priester, Bauer und Wissenschaftler, ich weiß. Du erklärst dir die Welt einfach anders als ich. Ich brauche Fakten, Beweise. Und ich bin fest entschlossen, sie zu finden.«

Erics Mundwinkel zuckte. »Natürlich bist du das. Du und Hannah, ihr seid euch sehr ähnlich, weißt du das? Wenn sie sich einer Sache verschrieben hatte, ließ sie sich durch nichts davon abbringen – auch nicht durch mich.«

Syra lächelte. Es war seltsam, ihn so von ihrer Uroma sprechen zu hören. Hannah war für sie eine Fremde. Eric hingegen hatte sie gut gekannt, und in Momenten wie diesem beschlich sie der Verdacht, dass die beiden viel mehr gewesen waren als eine Hausherrin und ihr Diener.

Nun, da es Hannah besser ging, sah sie Frederick nur noch selten. Oft blieb er stundenlang weg, säuberte die Ställe, besserte Türen und Fenster aus. Manchmal ging er auch in den Wald und kehrte mit Beeren oder anderen Schätzen zurück. Heute wollte er den Garten nach vergessenem Gemüse absuchen.

»Meinst du, da findet sich noch was?« Zweifelnd blickte Hannah von ihrer Handarbeit auf.

Frederick zuckte mit den Schultern. »Versuchen werde ich es. Der Herbst steht vor der Tür und der Winter wird lang.«

Hannah nickte grimmig. Es würde immer schwerer werden, an Essen zu kommen, je länger dieser gottlose Krieg andauerte. Da war es eine gute Idee zu sehen, welche Schätze der Garten noch für sie bereithielt, bevor ein anderer auf die gleiche Idee kam. Diese Soldaten waren sicher nicht die letzten gewesen, die probieren würden, das Gut nach Brauchbarem zu durchsuchen. Nachdenklich beobachtete sie, wie Eric und der Herr das erste Mal gemeinsam im Garten verschwanden.

Wir sollten versuchen, den Zaun und das Tor zu reparieren. Sie schob das unwohle Gefühl beiseite, das sich in ihrem Magen ausbreiten wollte. Je mehr Zeit sie mit dem Herrn verbrachte, desto weniger konnte sie glauben, dass diese Männer vor ihm geflüchtet waren. Seine Augen waren gütig. Er war ihnen gegenüber stets großmütig und freundlich.

Sie schrubbte die Küche und die Böden im Erdgeschoss. Dann machte sie sich ans Kochen. Gestern hatte Frederick ein Kaninchen gebracht, das er mithilfe einer Falle gefangen hatte. Es war das erste Mal seit Monaten, dass Hannah Fleisch zu essen bekam. Den beiden Männern ging es vermutlich genauso.

Während sie im großen Topf auf dem Herd rührte, kehrten ihre Gedanken immer wieder zum Herrn zurück. Sie konnte ihn noch immer schwer einschätzen, nicht zuletzt, weil er nicht sprach. Anfangs hatte sie immerzu nervös über ihre Schulter geschaut, wenn er in der Nähe war. Er jedoch hatte jedes Mal gelächelt, wenn sich ihre Blicke trafen. Nach und nach entspannte sie sich in seiner Gegenwart. Er war nicht da, um sie zu kontrollieren oder herumzukommandieren, begriff sie. Inzwischen freute sie sich sogar, wenn er ihr bei der Arbeit Gesellschaft leistete. Bei Frederick war sie sich dessen nicht so sicher. In der Gegenwart des Herrn wirkte er stets ernst und nachdenklich. Er beschwerte sich nie, lachte jedoch nur, wenn sie unter sich waren. Wenn es einen Grund dafür gab, behielt er ihn für sich. Hannah drängte ihn nicht.

»Ich habe Eintopf gekocht.« Hannah trat hinaus in den weiten, verwilderten Garten und strahlte die beiden Männer an.

»Lecker, Eintopf!« Frederick richtete sich auf und wischte sich den Schweiß von der Stirn.

»Dann kommt doch herein! Es ist alles fertig.«

Der Boden war umgegraben und neben den Beeten waren in sauberen Häufchen Kartoffeln, Steckrüben und Möhren aufgeschichtet. *Es wird ein besserer Winter als der letzte.*

Bald schon saßen die drei gemeinsam am Tisch, doch während Hannah und Frederick den Eintopf genossen, saß ihr Gastgeber nur schweigend vor seinem vollen Teller. Er machte keinerlei Anstalten zu essen, sondern beobachtete sie mit wachen Augen.

Hannah seufzte. »Wollen Sie nicht wenigstens probieren? Der Eintopf ist wirklich gut!«

Ein stummes Kopfschütteln war die Antwort.

»Haben Sie keinen Hunger?« Sie konnte ihre Enttäuschung nur schwer verbergen.

Wieder verneinte der Herr stumm, doch dann: »Keinen H…hunger.«

Erstaunt blickte sie auf. Er hatte gesprochen. Leise zwar und mit rauer Stimme, doch die Worte waren eindeutig gewesen. Wie war das möglich?

Frederick schien ebenso erstaunt. Mit offenem Mund ließ er den Löffel sinken und sagte: »Wir dachten, Sie wären stumm, doch … Sie *haben* eine Stimme. Das ist wunderbar, Herr.«

Der schüttelte den Kopf. Wieder öffnete er den Mund und Hannah konnte deutlich die Anstrengung in seinem Gesicht ablesen, als er erneut zu sprechen versuchte. Es dauerte eine Weile, denn es brauchte mehrere krächzende und hustende Anläufe, bis er antwortete: »Freund ... nicht Herr.«

Hannah blinzelte verwirrt. »Freund?«, wiederholte sie vorsichtig. »Sie meinen, Sie sind nicht der Herr dieses Hauses?«

Wieder ein Kopfschütteln, dem ein Räuspern folgte. »Ich herrsche nicht ... über euch«, erklärte er mit schleppender Stimme. Es war, als müsste seine Zunge erst lernen, die Laute zu formen. Vielleicht hatte er seine Stimme für zu lange Zeit nicht mehr benutzt. »Ich ... teile ... mein Haus mit euch. Ihr seid ... Freunde«, erklärte er. Dann griff er ganz vorsichtig nach ihrer Hand und drückte sie.

»Freunde«, wiederholte sie, nickte und sah ihn mit einem schüchternen Lächeln an. »Das klingt schön.« Zaghaft erwiderte sie seinen Händedruck.

Frederick saß wie versteinert da. Mit nachdenklicher Miene betrachtete er sie beide, bevor er fragte: »Wie heißt du?«

Es war eine Frage, die Hannah selbst schon lange unter den Nägeln brannte. Wenn sie jedoch auf eine Antwort gehofft hatte, so wurde sie enttäuscht. Stattdessen blickte ihr Gastgeber verwirrt zwischen ihr und Frederick hin und her. Hatte er die Frage nicht verstanden? Oder war er sich nicht sicher, was er antworten sollte?

Hannah runzelte die Stirn. »Was ist?«, fragte sie ihn. »Erinnerst du dich nicht an deinen Namen?«

»Ich ... habe keinen«, antwortete er leise.

»Keinen Namen?«

Frederick schnaubte. »Unsinn. Jeder hat einen Namen.«

Ihr Gegenüber schüttelte stumm den Kopf. Hannah kam nicht umhin zu glauben, dass es ihm einmal mehr die Sprache verschlagen hatte. Sie hatte Mitleid mit ihm.

»Was, wenn er sich nicht an seinen Namen erinnert?«, fragte sie an Frederick gewandt. »Wir wissen nicht, was mit ihm und dem Rest der Familie passiert ist«, gab sie zu bedenken. Dann wandte sie sich wieder ihrem Gastgeber zu. »Wir könnten einen Namen für dich aussuchen. Oder du wählst selbst einen aus, wenn dir das lieber ist.«

Ihr neuer Freund nickte und rieb sich nachdenklich das Kinn. »Ich bin Er…«, begann er, brach jedoch mit einem Kopfschütteln ab.

Er…was? Was versuchte er ihnen zu sagen? »Vielleicht Erwin? Erich? Oder halt … Eric!«, rief sie aus und klatschte in die Hände. »Was hältst du davon?«, fragte sie den Herren, kam sich aber gleichzeitig ein wenig voreilig vor.

»Eric?« Frederick hob die Augenbrauen, während ihr Gastgeber sanft Hannahs Hand drückte.

»Er…ic«, bestätigte er. »Ein … guter Name.«

»Wirklich?«, fragte sie. Sie testete den Klang des Namens auf ihrer Zunge. »Eric.«

Sie wusste im Nachhinein selbst nicht, wie sie auf den Namen gekommen war. Vielleicht hatte sie ein wenig zu sehr an ihren anderen Freund gedacht: Frederick, Eric … Da ließ sich eine gewisse Ähnlichkeit nicht verleugnen. Doch das schien Eric nicht zu kümmern.

Zweifellos hatte auch Frederick die Ähnlichkeit bemerkt. Er starrte jedoch nur mit missmutiger Miene auf den Tisch und ihre verschränkten Hände.

Mit einem Anflug von Schuld zog Hannah ihre Hand zurück und wandte sich hastig wieder ihrer Suppe zu. Frederick tat es ihr nach und selbst Eric griff nach seinem Löffel und probierte. Aufmunternd lächelte sie ihm zu.

Er aß, auch wenn er dabei keine Miene verzog.

Hannah schmeckte es so gut wie lange nicht mehr.

Das Zwitschern der Vögel und das Rauschen der Blätter gehörten für Syra bald schon so zu ihrem Leben wie der tägliche Morgenspaziergang durch den Wald. Sie genoss den Geruch des feuchten Waldbodens, das Rascheln des Herbstlaubes unter ihren Füßen. Es erinnerte sie an ihre Kindheit, an die langen Spaziergänge im Stadtwald, die sie mit ihren Eltern unternommen hatte. An sie zu denken, erfüllte Syra mit Wehmut, doch die vielen neuen Eindrücke und das Leben im Wald wirkten wie Balsam für ihre geschundene Seele. Ihre Trauer würde für immer ein Bestandteil ihres Lebens sein und das war auch gut so. Sie würde sie an ihre Eltern erinnern, daran, was sie ihr bedeutet hatten. Doch immer seltener gelang es dem grauen Schleier, der seit dem Tod ihrer Eltern ihr Leben überzogen hatte, den leuchtenden Farben des Herbstes ihre Strahlkraft zu nehmen und somit auch nicht Syras Freude an ihnen.

Ihr Leben ging weiter, hier, auf Breitenfels. Und mit jedem Tag, den sie durch die Wälder und entlang des kleinen Baches streifte, war sie ein bisschen froher, hierhergekommen zu sein.

Zuerst ging Syra nach draußen, um ihre neue Heimat zu erkunden. Vielleicht auch, um Erics Blicken zu entkommen. Er schien nie weit weg von ihr zu sein. Es war seltsam, ständig jemanden um sich zu haben, der sie beobachtete, in der Hoffnung, ihr jeden Wunsch von den Augen abzulesen. Sie konnte selbst für sich sorgen, hatte es schon seit Jahren getan. Sicher, es war angenehm, wenn sie sich einmal um nichts kümmern musste. Doch mit jeder Mahlzeit, die Eric gekonnt für sie zubereitete, geriet sie noch tiefer in seine Schuld – eine Schuld, von der sie nicht wusste, wie sie sie begleichen sollte.

Nachdenklich wanderte Syra den verschlungenen Waldpfad entlang. Die Blätter rieselten stetig von den Bäumen, tanzten um sie herum, als wollten sie, dass sie sie fing. Ein paar Mal versuchte sie es, doch jedes Mal pustete ein Windhauch das Blatt davon, bevor sie es zu fassen bekam. Das Laub lag inzwischen knöchelhoch auf den Wegen und sie machte sich einen Spaß daraus, möglichst laut darin zu rascheln. Dabei spähte sie links und rechts in den Wald hinein, blieb jedoch stets auf den Wegen. Erics Warnungen klangen nur zu deutlich in ihr nach. Manchmal glaubte sie, eine Bewegung in der Ferne zu sehen. Doch meistens war es nur ein Vogel oder ein anderes kleines Tier. Falls der Fuchs in der Nähe war, so traute er sich nicht an sie heran. Kein Wunder, bei dem Lärm, den sie machte.

Als sie eine Stunde später zum Haus zurückkehrte, hatte sie einen Strauß bunter Blätter gesammelt und jede Menge Fotos mit dem Handy geknipst. Viel zu viele davon hatte sie zusammen mit ein paar Sprachnachrichten an Vero geschickt. Nun war sie erschöpft und durchgefroren, aber bester Laune.

»Syra, du bist zurück. Geht es dir gut?«

Wieder wartete Eric in der Eingangshalle. Nicht zum ersten Mal fragte sie sich, ob er in ihrer Abwesenheit hier ausharrte, oder nach ihr Ausschau hielt, während er seinen Pflichten nachkam.

»Mir geht es jeden Tag besser«, gab sie zu und streifte sich ihre warme Jacke ab.

Eric war sofort zur Stelle um sie ihr abzunehmen und für einen trotzigen Moment überlegte Syra, sie einfach bei sich zu behalten. Ein langer Blick seiner dunklen Augen genügte jedoch, um ihren Widerstand in Wohlgefallen aufzulösen. »So langsam verliebe ich mich in diesen Ort, diese alten Gemäuer und die scheinbar endlosen Wälder, die sie umgeben.«

Eric blinzelte. Kurz hatte sie den Eindruck, dass sich etwas hinter seinen Augen regte. Vielleicht nur die Sehnsucht eines Mannes, der zu viele Jahre allein in einem Haus verbracht hatte. »Ist das der Grund, weshalb du stundenlang durch die Wälder streifst?«, fragte er, bevor er ihre Jacke sorgsam aufhängte. Bildete sie es sich ein, oder war da ein seltsamer Unterton in seiner Stimme?

»Vielleicht. Ich liebe den Herbst. Das war schon als kleines Mädchen so. All die bunten Farben und der würzige Duft; ich will es genießen, solange ich kann. Der Winter kommt immer viel zu schnell.« Syra zwang sich zu einem sorglosen Lächeln. »Ich hatte auch gehofft, diesen Fuchs wiederzusehen. Ich würde ihn gerne noch mal in Ruhe beobachten.«

Seufzend wandte Eric sich zu ihr um. »Du wirst ihn wiedersehen, da bin ich sicher. Es ist nur eine Frage der Zeit, bis er dir wieder neugierig um die Füße streicht. Es gibt also keinen Grund, sich deswegen unnötig in Gefahr zu bringen.«

»Ich begebe mich nicht in Gefahr. Ich gehe spazieren. Bisher habe ich nicht eine Menschenseele getroffen, von dem Schatten im Wasser einmal abgesehen. Aber der könnte genauso gut Einbildung gewesen sein. Wenn Sie mir nicht sagen können, worin genau die Gefahr besteht, vor der ich mich in Acht nehmen soll, dann sehe ich keinen Grund, mich hier in diesem Haus einzusperren. Es reicht, wenn einer von uns beiden das tut.« Sie hob herausfordernd das Kinn und sah ihm in die Augen. »Vielleicht sollten Sie auch mal wieder vor die Tür gehen. Dann würde Ihnen auffallen, wie friedlich und so gar nicht bedrohlich die Welt da draußen ist. Sie könnten mich morgen auf einen Spaziergang begleiten.«

»Ich kann nicht.«

»Es ist nur ein Wald. Wovor genau fürchten Sie sich?« Für einen Moment schien die Zeit stillzustehen. Selbst das Zwitschern der Vögel verstummte, als ihre Blicke ein stummes Duell ausfochten. Zum ersten Mal bemerkte Syra den goldenen Schimmer in Erics schwarzen Onyxaugen. Goldene Rauchschwaden wirbelten in ihnen umher wie ein Sturm, der sich am Himmel zusammenbraute. So etwas hatte sie noch nie zuvor gesehen. Spiegelten Erics Augen seine Gefühle wider? Tobte ein Sturm in seinem Inneren?

»Ich kann nicht.« Kaum merklich schüttelte er den Kopf. »Du hast keine Ahnung, wie gern ich das Grundstück verlassen würde. Immer nur aus dem Fenster zu starren, oder durch den Garten zu streifen, darauf wartend, dass …« Er brach ab und senkte den Blick. »Es spielt keine Rolle.«

Syra wollte sich vor Frust die Haare raufen. »Wie kann das keine Rolle spielen? Du sperrst dich selbst hier ein, verpasst so viele Dinge da draußen!«

»Ich weiß.«

Die Ruhe, mit der er ihr antwortete, machte Syra erst bewusst, wie laut sie ihm gegenüber geworden war. Sie wusste selbst nicht, warum sie sich so aufregte, doch je länger sie Eric kannte, desto widersprüchlicher erschien ihr sein Verhalten. »Entschuldige. Ich wollte nicht schreien. Du wirkst nur nicht wie jemand, der sich vor der Welt da draußen fürchtet.«

Erics Mundwinkel zuckte. »Wie wirke ich dann?«

»Du …« Syra bemerkte ihren Fehler und brach ab. »Ich meine Sie …« Sie runzelte die Stirn. »Stört es Sie, wenn ich Sie duze? Wir kennen uns nun schon eine Weile und …«

Die Worte entlockten Eric ein seltenes Lächeln. »Ich würde mich freuen, wenn du mich duzt. Immerhin bedeutet das, dass wir uns langsam näherkommen.«

Sie räusperte sich, als ihr die Zweideutigkeit seiner Worte bewusst wurde. »Ja, genau.« Unweigerlich blieb ihr Blick an seinem Gesicht hängen. Die kleinen Lachfältchen in seinen Augenwinkeln waren ihr zuvor noch nie aufgefallen, genauso wenig die langen schwarzen Wimpern oder seine weißen, ebenmäßigen Zähne. Eric war wirklich attraktiv, das wurde ihr einmal mehr bewusst.

»Komm mit. Ich will dir etwas zeigen.« Eric streckte ihr seine Hand entgegen.

Einen Moment lang starrte Syra sie einfach nur an, unschlüssig, was sie tun sollte. Ihr Ärger war verraucht, hatte sich in Mitleid für diesen ernsten Mann mit den traurigen Augen verwandelt. Eric war einsam, das erkannte sie nun ganz klar.

Zögerlich ergriff sie seine Hand und staunte, wie kühl sich seine Finger in den ihren anfühlten. *Vielleicht ist er ja ein Vampir?* Sie schob den Gedanken beiseite. *Vampire gibt es nicht. Außerdem habe ich ihn schon draußen auf der Terrasse gesehen. Und da hat ihm die Sonne nichts ausgemacht.*

Schweigend folgte sie Eric über den Hof und einen schmalen Weg entlang, der sie zwischen den alten Ställen in den Garten dahinter führte. Sie hatte diesen Teil des Grundstücks vorher schon einmal erkundet, doch Eric führte sie zwischen mehreren, dicht gepflanzten Büschen hindurch. Den Teil des Gartens, der sich dahinter versteckte, hatte Syra noch nie gesehen. Mit offenem Mund schaute sie sich um. Anstatt kunstvoll gedrechselter Hecken oder gepflegter Blumenbeete lag vor ihr ein Stück ungezähmte Wildnis. Ein kleiner Pfad schlängelte sich vorbei an bunten Herbstbäumen und Büschen, von denen Efeu und Flechten wie lange Vorhänge hingen. Dazwischen standen hier und da steinerne Skulpturen, von denen sie manche nur sah, nachdem Eric mit dem

Finger auf sie deutete. Es schien, als würden die Statuen sich zwischen den Bäumen vor ihren neugierigen Blicken verstecken.

Einige waren aus weißem Marmor gefertigt, andere aus Sandstein: weinende Engelsfiguren mit riesigen Schwingen oder Wesen, halb Mensch, halb Tier. Sie entdeckte die Figur eines finster dreinschauenden Wassermannes. Seine Hände wiesen Schwimmhäute und scharfe Klauen auf. Gleich daneben stand die Statue einer wunderschönen Meerjungfrau, deren langes Haar mit Seerosen geschmückt war. Doch es gab viele mehr: Waldgeister, eine gekrönte Schlange und allerlei andere, fantastische Gestalten. Syra bestaunte sie mit offenem Mund. Einige waren mit Moos, Flechten und Efeu überwachsen – eins mit der Natur und dem Garten um sie herum. Andere wirkten neu und gepflegt und hätten gut und gerne aus einem Museum stammen können.

»Die sind wunderschön!«, hauchte sie. Eric führte sie gemächlich durch den Garten. »Ich dachte mir schon, dass meine Urgroßmutter eine Liebhaberin solcher Skulpturen war. Immerhin gibt es ein paar davon ja auch im Haus.«

»War sie nicht«, gab Eric zurück. Als Syra sich ihm zuwandte, sah sie das zarte Lächeln, das seine Mundwinkel umspielte. »Diese Skulpturen gehören mir. Ich habe sie erschaffen.«

»Du hast die gemacht? Alle? Auch die im Haus?«

Er nickte.

»Sie sind wundervoll, echte Kunstwerke. Du hast sicher lange geübt, um so gut zu werden. Sag mal … wie alt bist du eigentlich genau?«

Eric zögerte. »Das willst du nicht wissen.«

»Natürlich will ich das! Hätte ich sonst gefragt?«

Er seufzte schwer. »Sagen wir einfach, ich bin älter, als ich aussehe. Viel älter.«

Seltsamerweise überraschte diese Antwort sie kein bisschen. »Hat das wieder etwas mit Magie zu tun?« Es fiel ihr schwer, diese Frage zu stellen, sie kam sich lächerlich dabei vor. Andererseits waren in letzter Zeit viele unerklärliche Dinge geschehen, für die ihr keine wissenschaftliche Erklärung einfiel.

»Sozusagen. Ich altere nicht, wie andere Menschen. Macht dir das Angst?«

»Nur, wenn du mir sagst, dass du ein Vampir bist.«

Eric lachte auf. »Ein Vampir? Interessante Theorie. Aber leider falsch. Du musst dir also keine Sorgen machen.«

»Na dann …« Zweifel und Euphorie fochten in ihr. Sie wollte ihm so gern glauben. »Hast du jemals versucht, die Skulpturen zu verkaufen?«

»Nein. Warum sollte ich so etwas tun?«

»Na ja. Es gibt Leute, die würden ein Vermögen hierfür zahlen, Sammler oder ein Museum vielleicht.«

Eric schüttelte den Kopf. »Ich brauche kein Vermögen und ich behalte meine Werke lieber hier, wo ich sie sehen kann. Sie sind ein Teil von mir, genauso wie sie Teil dieses Gartens sind. Sie gehören hierher. Und ich ebenso.«

In Gedanken versunken streckte Syra die Hand nach einer der Skulpturen aus. Was genau sie darstellen sollte, konnte sie nicht sagen. Es war ein Mann mit nacktem, muskulösem Oberkörper. Er kniete, die Hände auf dem Boden, und schaute nach vorn. Dabei trug er auf seinem Rücken ein kleines Stück Wald. Mehrere Bäume und Büsche vergruben ihre Wurzeln tief in seinem Rücken. Eric hatte sie genau ausgearbeitet, sogar die Rinde und die Blätter. Syra erwartete fast, dass sie sich im Wind bewegten, so lebensecht wirkten sie. Staunend berührte sie das Gesicht des steinernen Mannes. Wie glatt und kühl es sich unter ihren Fingerspitzen anfühlte! Die

Gesichtszüge waren stoisch, trotz der Last, die der arme Kerl trug. *Wie ein sanfter Riese.*

Die Skulptur berührte Syra auf eine Weise, die sie nicht verstand. Sie zeichnete die steinernen Lippen mit den Fingern nach. »Wer ist das?«, fragte sie leise. Erst als sich Eric räusperte, hielt sie inne.

»Der Erdgeist«, erklärte er, den Blick auf ihre Hand geheftet. »Oder zumindest eine seiner Gestalten. Er trägt Bäume und Tiere auf seinem Rücken, nährt sie aus seinem Inneren. Dennoch reißen die Menschen tiefe Wunden in seinen Leib, vergiften und plündern seinen Körper, um ihre Habgier zu befriedigen. Nur selten verschwendet man ein Wort des Dankes an ihn, auch wenn selbst die Häuser aus seinen Knochen gebaut sind.«

Hastig zog Syra die Hand zurück, betroffen von seinen Worten. Häuser, die aus den Knochen eines sanften Erdriesen gebaut waren, waren ein zutiefst verstörender Gedanke.

Sie wandte sich der nächsten Skulptur zu. »Und der hier?« Sie betrachtete die riesige, gekrönte Schlange.

Eric lächelte. »Der Schlangenkönig. Hast du schon einmal von ihm gehört?«

Sie schüttelte den Kopf. »Nein. Ist das eine Sagengestalt?« Die Skulptur war so groß, dass sie zu ihr aufsehen musste, die Krone auf ihrem Haupt reich verziert, die Augen beängstigend lebendig. Syra verspürte den Drang, einen Schritt von ihr zurückzuweichen, was albern war, wenn man bedachte, dass es sich nur um ein moosbewachsenes Stück Stein handelte.

»Früher wurde die Gegend hier von vielen Schlangen heimgesucht«, begann Eric seine Geschichte. »Auch der Schlangenkönig lebte hier. Die Menschen heuerten einen Musiker an, der die Schlangen mithilfe seiner Flöte in eine Grube lockte. Eine der

Schlangen riss den Mann mit in die Tiefe. Anstatt ihm zu helfen, begruben die Leute ihn und die Schlangen hastig unter der Erde.«

Syra erschauderte bei der Vorstellung des Mannes, der lebendig und umringt von wütenden Schlangen begraben wurde. »Was wurde aus ihm? Dem Mann, meine ich.«

Eric zuckte mit den Schultern. »Das wurde nicht überliefert. Für die Menschen war die Sache erledigt. Der Feind war bezwungen und der Musiker wurde als Held verehrt. Was will man mehr?« Sein zynischer Unterton war nur schwer zu überhören.

Syra ließ sich nicht beirren. »Was, glaubst du, wurde aus ihm?«

»Viele denken, er ist gestorben«, antwortete Eric ruhig. Dann wandte er sich mit einem Kopfschütteln ab. »Andere nehmen an, dass er durch das Schlangengift selbst zum Schlangenkönig wurde. Ein König, der nun seine Untertanen fernhält von der Grausamkeit der Menschen. Vielleicht ist sein Geist auch mit dem Erdreich verschmolzen, sodass er selbst zu einem Erdgeist wurde. Ein weiteres Rädchen in einem mächtigen Getriebe.«

Wieder einmal war sie von seinen Worten überfordert. Nachdenklich folgte sie Eric weiter durch den Garten, bestaunte seine Skulpturen eine nach der anderen. An ihm war ein wahrer Meister verloren gegangen, da war sie sicher.

Wenn ich ihn doch nur überzeugen könnte, rauszugehen und sein Talent mit der Welt zu teilen.

Eric erklärte ihr die einzelnen Motive. Die Geschichten klangen nicht nach Sagen aus einer längst vergangenen Zeit. Für ihn waren sie lebendig.

Später ließen sie sich auf einer Bank unter einer riesigen Trauerweide nieder. Der Baum hatte die Blätter abgeworfen, doch Syra sah sich bereits im Frühjahr hierher zurückkehren und auf den kleinen Teich blicken.

»Du hast wirklich Talent«, sagte sie. »All diese Figuren. Man kann ihre Geschichten erahnen, allein indem man sie ansieht.«

Eric nickte bedächtig. Er saß nur da, das bleiche Gesicht der Sonne zugewandt, die Augen geschlossen.

Syra konnte nicht anders, als ihn zu studieren, seine langen, dunklen Wimpern und seinen kantigen Kiefer, der ihn ungewöhnlich streng wirken ließ. *Verfügt er tatsächlich über Magie?* Das Sonnenlicht zeichnete helle Flecken auf sein bleiches Gesicht. Ihre Finger kribbelten. Sie wollte ihn berühren, wie sie es bei den Figuren im Garten getan hatte. Würde seine Haut sich ebenso kühl und glatt anfühlen?

Heute hatte sie einen kurzen Blick auf den Mann hinter der Fassade des Hausdieners erhascht und sie glaubte, ihn nun ein wenig besser zu verstehen. Vor ihrem inneren Auge sah sie ihn hier im Garten stehen, Hammer und Meißel in der Hand, den harten Stein nach seinem Willen formend. Es war ein Gedanke, der ihr gefiel. Sie hoffte, ihn eines Tages bei der Arbeit beobachten zu dürfen, ein Buch in der Hand, während sie das Zwitschern der Vögel und die Wärme der Sonne genoss. *Was für ein friedlicher Moment das wäre.* Sie konnte nur schwer das Sehnen ignorieren, das sie bei diesem Gedanken verspürte.

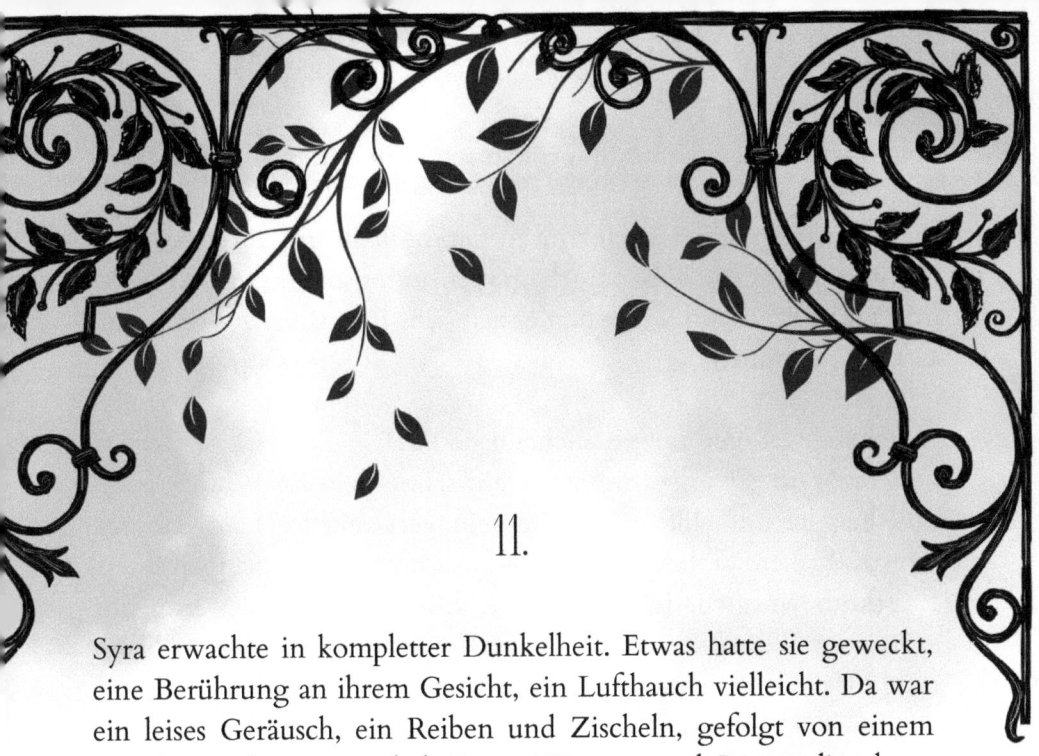

11.

Syra erwachte in kompletter Dunkelheit. Etwas hatte sie geweckt, eine Berührung an ihrem Gesicht, ein Lufthauch vielleicht. Da war ein leises Geräusch, ein Reiben und Zischeln, gefolgt von einem Kitzeln an ihrem Knöchel. Etwas Warmes und Raues glitt daran entlang, wie Schuppen, die …

Sie versuchte, ihr Bein zurückzuziehen, doch sie konnte sich nicht bewegen. Vollkommen gelähmt lag sie da. Panik packte sie wie eine eiserne Faust. Sie öffnete den Mund zu einem Schrei. Sogleich rieselte etwas hinein, nahm ihr die Luft zum Atmen und füllte ihren Mund mit dem Geschmack von Erde. Schlagartig wurde sie sich des modrigen, feuchten Geruches um sie herum bewusst, des Gewichtes auf ihrer Brust, das sie niederdrückte.

Sssssss.

Wieder ein Zischeln, dieses Mal direkt an ihrem Ohr, dann ein Kitzeln, wie das von einer winzigen Zunge, die an ihrer Ohrmuschel leckte. *Schlangen!* Schon im nächsten Moment spürte sie sie: Eine Masse geschuppter Leiber wand sich um ihren Körper. Sie schlangen sich um ihre Brust, den Bauch, den Hals. Wie Schlingen zogen sie sich fester und fester. Panisch rang Syra nach Luft. Versuchte, zu schreien, die Arme zu bewegen in der Hoffnung, diesem unbegreiflichen Horror zu entkommen. Es war zwecklos. Sie war gefangen. Lebendig begraben unter Zentnern von Erde und Hunderten von wütenden Schlangen. Ihre Brust zog sich vor Grauen zusammen.

»Syra!«

Jemand war hier, rief sie, suchte nach ihr.

»Hier! Hier bin ich!« In ihrem Geist schrie Syra die Worte, flehte und bettelte um Hilfe. Doch nur ein verzweifelter Laut entrann ihrer Kehle, ein Stöhnen, nicht mehr, während die Schlangen ihren Brustkorb würgten. Jeden Moment würde die Last der Erde sie erdrücken. Sie würde vergehen, ihr Körper nichts weiter als Nahrung für das Erdreich und seine Bewohner.

»Syra!« Wieder rief die Stimme nach ihr, lauter und dringlicher dieses Mal. *»Wach auf.«*

Mit einem Keuchen fuhr sie hoch. Endlich konnte sie sich bewegen. Doch etwas hielt sie fest. Syra kämpfte dagegen an, versuchte, es abzuschütteln.

»Syra. Beruhige dich. Ich bin es.«

Eric. Er war hier, hatte sie geweckt. Und er hielt sie im Arm.

Erleichtert atmete sie auf, genoss die kühle Luft, die mit jedem Atemzug in ihre Lunge strömte. Es war noch dunkel, doch Syra erkannte ihr Zimmer und das Bett, auf dem sie saß.

Eric hatte sich zu ihr auf die Matratze gesetzt. »Du hast geträumt. Alles ist gut. Hier kann dir nichts geschehen«, murmelte er und beugte sich über sie. Waren das seine Lippen auf ihrem Haaransatz?

»Ein Traum«, wiederholte sie, unfähig, das Beben in ihrer Stimme zu unterdrücken. Alles hatte sich so echt angefühlt, das Zischen der Schlangen, das Kribbeln, das die schuppige Haut der

Tiere auf der ihren hinterließ. Es war, als könne sie es selbst jetzt noch spüren, den modrigen Geschmack der Erde auf ihrer Zunge schmecken. »Ich dachte, ich wäre dort, in der Grube. All die Schlangen …« Sie schauderte. »Es fühlte sich echt an.«

»Es war nur ein Traum«, wiederholte Eric sanft. Seine Finger glitten durch ihr Haar, strichen es von ihrer feuchten Stirn. »Du hast das Bett nicht verlassen. Ich habe dich schreien hören.«

Natürlich hatte er das. Sie *hatte* geschrien, im Traum, überzeugt, dass niemand sie hören würde. Sie hatte sich getäuscht.

»Ich dachte, ich ersticke. Die Erde … sie war überall. Und dann die Schlangen …« Sie schüttelte den Kopf. »Diese Geschichte um den Schlangenkönig ist mir wohl ein wenig zu nahe gegangen. Danke, dass du gekommen bist.«

»Du hast nach mir gerufen«, erklärte er ruhig.

»Und das hast du gehört? Durchs ganze Haus?« Sie schluckte. Plötzlich war ihr das Ganze peinlich. »Tut mir leid, dass ich dich geweckt habe.«

»Das muss es nicht. Es ist meine Aufgabe, dich zu beschützen. Sei es vor Träumen, Schlangen, der Grausamkeit der Menschen oder bösen Geistern.« Sanft zog er sich zurück, gerade so weit, dass er ihr in die Augen sehen konnte. Im Dunkel des Zimmers waren seine Augen nur zwei schwarze Punkte in der weißen Maske seines Gesichtes. »Solange du hier bei mir bist, bist du sicher. Das schwöre ich.«

»Und außerhalb dieser Mauern?« Sie kannte die Antwort bereits, wusste, dass Eric das Grundstück nicht verlassen würde.

Sein trauriger Blick bestätigte das nur. »Außerhalb musst du auf dich selbst Acht geben.«

»Das werde ich«, versprach sie leise. Es war mitten in der Nacht, und nach einem Traum wie diesem waren ihre Emotionen zu roh, um mit ihm zu diskutieren. Sie verspürte den Drang, sich noch einmal in seine Arme zu werfen, und sei es nur, um zu verhindern, dass er ging. Sie wollte nicht schon wieder allein sein, wusste, dass sie nur in der Dunkelheit liegen würde, unfähig, die Augen zu schließen. Aber hatte sie deswegen das Recht, Eric um seinen wohlverdienten Schlaf zu bringen?

»Danke, dass du mich geweckt hast«, flüsterte sie in die Dunkelheit.

Sie ahnte sein Lächeln.

»Jederzeit. Ich komme, wann immer du mich brauchst«, sagte er, bevor er sich leise von ihrem Bett erhob.

Ihr Herz zog sich protestierend zusammen, als er sich abwandte. Einen tiefen Atemzug nehmend schloss sie die Augen. »Eric?«, fragte sie leise. »Was, wenn ich dich jetzt brauche? Hier, meine ich. Würdest du bleiben?«

Für einen langen Moment stand sein Schatten einfach nur da. Er hatte die Hand bereits zur Türklinke ausgestreckt.

Er wird ablehnen, ganz sicher.

Seine Hand in ihrer, der gemeinsame Nachmittag im Garten, die Skulpturen …

»Wenn du das wünschst.« Es lag etwas Raues in seiner Stimme, das ihr einen wohligen Schauer über den Rücken jagte. »Was brauchst du? Was soll ich tun?«

»Vielleicht könntest du dich ein wenig zu mir setzen«, begann sie, bevor sie sich eines Besseren besann. Es war mitten in der Nacht und sie hatte ihn mit ihrem Albtraum aus dem Schlaf gerissen. »Oder warte. Das Bett hier ist groß genug für uns beide. Wenn es dir nichts ausmacht, könntest du dich zu mir legen«, flüsterte sie in die Dunkelheit. »Das ist keine Einladung zu irgendetwas«, fügte sie hastig hinzu. »Ich will nur nicht alleine sein.«

»Natürlich.« Zuerst bewegte er sich nicht, doch schließlich wandte er sich um und kehrte mit langsamen Schritten zum Bett zurück. Für einen Moment schaute er mit seinen Onyxaugen auf sie herunter und setzte sich dann auf die Bettkante.

Lächelnd beobachtete Syra, wie er sich neben sie legte und die riesige Bettdecke über sich zog. Wenn sie sich darauf konzentrierte, spürte sie ihn neben sich, den leichten Abfall der Matratze, seine Wärme. »Danke.«

»Jederzeit.« Das dunkle Timbre seiner Stimme brachte ihr Herz zum Flattern. »Ich bin für dich da«, wiederholte er. Zuerst streiften seine Fingerkuppen nur über ihren Handrücken, suchend, fragend.

Sie verschränkte ihre Finger mit den seinen. Es war, als gehörte er hierher, an ihre Seite, in ihr Leben. Sie wollte ihn nicht mehr missen, selbst wenn er nur als Freund an ihrer Seite blieb.

Hannah fand Frederick im Garten, wo er mit der Hacke auf ein Stück Erde einschlug, obwohl es bereits umgegraben worden war. Sein Mund war zu einem schmalen Spalt zusammengekniffen, die Stirn in tiefe Falten gelegt. Hannahs Herz wurde schwer. »Frederick? Was ist los?«

Beim Klang ihrer Worte zuckte er zusammen und ließ die Hacke fallen. Dann fuhr er zu ihr herum und musterte sie mit strenger Miene. »Was machst du hier draußen?«

»Ich wollte mit dir reden.« Für einen Moment fürchtete sie, er würde sich einfach von ihr abwenden, so wie er es den ganzen Tag lang getan hatte.

Doch Frederick blieb, wo er war. Er bewegte keinen Muskel. »Reden? Warum jetzt? Hat dein neuer Freund keine Zeit?« Seine Augen durchbohrten sie förmlich.

»Eric? Was hat er damit zu tun?«

»Was er damit zu tun hat?« Mit einem frustrierten Laut raufte er sich die Haare. »Einfach alles!«

»Wie meinst du das? Was hat er dir getan? Mir gegenüber ist er stets freundlich und zuvorkommend.«

Verärgert stöhnte er auf, schüttelte den Kopf und fuhr sich erneut mit den schmutzigen Fingern durch das Haar. Anstatt ihr zu antworten, lief er auf und ab und wirkte dabei so rastlos wie ein Hund im Zwinger.

Schließlich blieb er stehen. »Das ist es doch gerade«, sagte er. »Zu dir ist er freundlich, hält deine Hand, während ich Luft für ihn bin. Mensch Hannah, siehst du denn nicht, was er da macht?«

Ungläubig schüttelte sie den Kopf. »Es stört dich, dass er meine Hand gehalten hat? Das machst du doch auch und es ist überhaupt nichts dabei. Wir sind Freunde, genauso wie Eric unser Freund sein möchte. *Unser* Freund, nicht nur meiner.«

»Eric ist ein ausgewachsener Mann, Hannah. Ich sehe, wie er dich ansieht.«

»Wie sieht er mich denn an?«

Ein paar Herzschläge lang musterte er sie mit gewitterumwölkter Stirn. Dann nahm er einen tiefen Atemzug und sagte: »Er sieht dich an, wie ein Mann eine Frau ansieht. Zufrieden?«

Die Gedanken in ihrem Kopf überschlugen sich. Hatte er recht? »Aber … im Vergleich zu ihm bin ich doch fast noch ein Kind.«

»Ich weiß.« Endlich schien das Eis in Fredericks Augen zu tauen.

Hannah seufzte erleichtert. »Ich meine, an mir ist nichts, was ihn reizen könnte. Schau mich an!«

»Das tue ich«, sagte Frederick sanft. Langsam trat er auf sie zu, hielt sie mit seinen grünen Augen gefangen. Selbst, wenn sie gewollt hätte, hätte sie den Blick nicht von ihm abwenden können. Die Flut an Gedanken in ihrem Kopf versiegte. Denn plötzlich ergaben seine Worte einen Sinn.

»Und was siehst du?«

»Ich sehe, dass du keine Ahnung von Männern hast.« Er lächelte ihr traurig zu.

Wie ein Eimer kaltes Wasser, den man ihr über den Kopf geschüttet hatte, ließen sie Fredericks Worte mit einem Gefühl der Ernüchterung zurück.

Was hatte sie erwartet? Frederick war wie ein Bruder für sie, nicht mehr und nicht weniger.

»Vielleicht nicht.« Sie blinzelte gegen die aufsteigenden Tränen an. Die Sehnsucht packte sie wie eine eiserne Faust und fühlte sich ganz und gar nicht kindlich an. »Ich glaube, ich sollte zurück ins Haus.« Sie konnte es nicht mehr ertragen, ihn anzusehen.

»Hannah.« Seine Stimme klang ganz sanft. »Es tut mir leid, wenn ich zu forsch war. Ich wollte nur … Versprich mir einfach, dass du vorsichtig bist. Eric gegenüber, meine ich. Wir wissen fast nichts über ihn, nicht einmal seinen richtigen Namen.«

»Ich weiß«, antwortete sie. »Und ich nehme mich in Acht. Ich verspreche es.«

»Gut.« Er wandte sich ab und schnappte sich die Hacke. Wie es schien, war ihre Unterhaltung beendet.

Selbst wenn sie für ihn noch keine Frau war, so sah sie ihn definitiv als Mann. Nur zu gut erinnerte sie sich an das Gefühl seiner Muskeln unter ihren Fingern, an seinen Geruch. Hatte sie damals im Mühlteich schon diese Gefühle für ihn gehegt? Oder waren es diese vielen kleinen Dinge, die ihre Zuneigung hatten wachsen lassen?

12.

Es war noch nicht lange her, da hatte Syra es gehasst, morgens aufzuwachen, unfähig, die Trauer zu schultern. Doch heute Morgen
spürte sie nichts dergleichen. Eine tiefe Zufriedenheit erfüllte sie.
Sonnenstrahlen wärmten ihre Haut. Sie kitzelten ihre Nase und
blendeten sie durch die geschlossenen Lider. Sie drehte sich zur
Seite und zog sich die Decke über den Kopf. Nun, da die Sonne sie
geweckt hatte, nahm Syra auch die Geräusche des Waldes wahr, die
durch das geöffnete Fenster zu ihr hereinwehten. Die Vögel gaben
in den Baumwipfeln ihr Morgenkonzert. Das stete Rascheln der
Blätter grüßte sie wie ein alter Freund.

»Guten Morgen.« Erics Stimme brachte die Erinnerungen an
letzte Nacht zurück.

»Guten Morgen.« Lächelnd wandte sie sich zu ihm um.

Er lag auf der Seite, den Kopf auf seine Hand gestützt, und
beobachtete sie mit undeutbarer Miene.

Ein Blick in seine Augen und ihr Herz schlug schneller.

»Ich hoffe, du konntest wieder einschlafen, nachdem ich dich
letzte Nacht mit meinem Geschrei geweckt habe.«

»Du hast mich nicht geweckt«, versicherte er ihr ruhig.

»Nicht? Gut.« Erleichtert atmete sie auf. »Dann hatte wenigstens nur ich eine karierte Nacht. Du schläfst nicht viel, oder?«

»Nein.«

»Und isst nicht viel«, fügte sie vorsichtig hinzu.

»So ist es.«

Syra seufzte. »Was ist los? Bist du krank oder so?«

Eric sah sie an, ohne zu blinzeln. »Krank?«

»Du isst und schläfst kaum, verlässt das Haus nicht. Ich … ich mache mir Sorgen, dass es dir nicht gut geht«, gestand sie leise.

»Das musst du nicht. Mir fehlt nichts.«

»Bist du sicher?« Prüfend schaute sie ihn an. Plötzlich hatte sie den Drang, die Hand nach seinem Gesicht auszustrecken. Und sei es nur, um ihre Sorge zu unterstreichen. »Wenn es etwas gibt oder du Hilfe brauchst … Ich weiß, wir sind nicht immer einer Meinung. Der heißt aber nicht, dass –«

Er schüttelte den Kopf. »Es geht mir gut. Wirklich. Hast du Hunger?«, fragte er und richtete sich auf.

»Ein wenig.« Sie rieb sich den Schlaf aus den Augen.

»Ich könnte dir Frühstück ans Bett bringen«, schlug er mit einem Lächeln vor. Wenn ihn ihre Fragen aus der Fassung gebracht hatten, so ließ er es sich nicht anmerken.

»Frühstück ans Bett?«, fragte Syra ungläubig. Sie hatte noch nie im Bett gefrühstückt. Der Gedanke daran erschien ihr unerhört dekadent. Und verlockend. »Das wäre … du musst nicht …«

»Und wenn ich möchte? Ich will, dass du dich hier wohlfühlst. Und wenn ein Frühstück im Bett dabei helfen würde …«

Wieso hatte sie das Gefühl, bestochen zu werden?

Sie lachte. »Ich könnte auch einfach meinen faulen Hintern in die Küche bewegen und mir selbst Frühstück machen«, sagte sie und richtete sich auf. Erics Hand auf ihrer Schulter hielt sie zurück.

»Oder du könntest hier liegen bleiben und ich bringe dir Tee, Obst und frisch aufgebackene Brötchen. Wie klingt das?«

»Gut.« Es war zu gut, um wahr zu sein.

Unweigerlich musste sie an Veros Worte denken: »*Wenn etwas zu gut klingt, um wahr zu sein, dann musst du vorsichtig sein. Nur weil etwas gut klingt, heißt das nicht, dass es auch gut ist.*«

Dieser Mann hatte die Nacht in ihrem Bett geschlafen, ohne auch nur den Versuch zu wagen, sie auf irgendeine Weise zu verführen. Er hätte es vermutlich nicht einmal schwer gehabt. Die Anziehung, die er auf sie ausübte, konnte sie nur schwer verleugnen.

»Dann ist es entschieden«, verkündete Eric und drückte sie sanft zurück auf die Matratze. »Ich gehe in die Küche und du machst es dir hier gemütlich. Bis gleich.«

Sein Daumen strich langsam ihr Schlüsselbein entlang – eine Berührung, die ein wohliges Kribbeln ihren Rücken hinunterjagte. Bevor sie jedoch darauf reagieren konnte, zog er die Hand wieder zurück und erhob sich vom Bett. Erst jetzt fiel ihr auf, dass er noch immer sein weißes Hemd und die üblichen schwarzen Hosen trug. Obwohl er in ihnen geschlafen hatte, wiesen sie nicht eine einzige Falte auf.

»Bis gleich«, krächzte sie und sah ihm dabei zu, wie er den Raum verließ. Seufzend ließ sie sich zurück in die Kissen sinken. Sie war noch nie einem Mann begegnet, der so viele Geheimnisse hatte wie er. Er interessierte und verwirrte sie auf eine Weise, die ihr völlig neu war und die sie anzog. Was würde geschehen, wenn sie dieser Anziehung nachgab? Würde sie verbrennen?

»Komm schon, hier entlang!« Hannah zog ungeduldig an Fredericks Hand.

»He, mach langsam«, mahnte er. Doch sein Lachen verriet, dass ihm ihr Übermut gefiel. Er trug ein breites Grinsen auf dem Gesicht und seine Augen strahlten im Grün frischer Frühlingsblätter.

Hannahs Herz schlug schneller bei diesem Anblick. Es war, als hätte ihre letzte Unterhaltung im Garten eine Tür aufgestoßen, die nun nicht mehr geschlossen werden wollte; und hinter dieser Tür war Frederick. Wann immer sie eine freie Minute fand, drifteten ihre Gedanken in seine Richtung. Und wenn er bei ihr war, fiel es ihr schwer, die Augen von ihm zu lassen.

»Die ersten Buchen kommen gleich dort vorne!« Er deutete auf eine kleine Baumgruppe am Wegesrand unweit des Hauses. »Wenn du Bucheckern sammeln willst, finden wir sie gleich dort.«

Hannahs Herz sank. Sie hatte gehofft, noch ein wenig weiter in den Wald hineingehen zu können, und sei es nur, um die Gegend besser kennenzulernen. Für die nächsten Monate würde sie ihr Zuhause sein. Die Natur hier war wunderschön, die Bäume und Büsche, die den Weg zum Teil versperrten, von wilder, ungezähmter Schönheit. Und dort vorn lockte das kleine Bächlein mit seinem Plätschern.

»Tiefer im Wald gibt es vielleicht schon Pilze. Die könnten wir sammeln und für den Winter trocknen«, schlug sie vor. »Was hältst du davon?«

Fasziniert beobachtete sie die Falte, die sich zwischen Fredericks Brauen bildete – ein kleines Tal, das sie verlockte, es mit ihrer Fingerkuppe nachzufahren. Der Gedanke ließ sie erröten. Sie musste mit diesen Albernheiten aufhören. Solche Gefühle führten eine Frau geradewegs in die Hölle. Was trieb sie dazu, immer wieder diesen verbotenen Sehnsüchten nachzuhängen?

»Du weißt, wie sehr ich den Wald liebe. Das Wetter ist herrlich. Und ein paar Pilze zu sammeln ist sicher keine schlechte Idee«, gab Frederick zu und schenkte Hannah ein Lächeln. Sie würde es heute Abend vor dem Einschlafen vor ihrem inneren Auge abspielen. »Die Buchen sind so nah, dass wir zum Sammeln jederzeit wiederkommen können.« Er zuckte mit den Schultern. »Na los, komm.«

Hannah konnte ihr Glück kaum fassen. Beschwingt folgte sie Frederick tiefer in den Wald. Kaum hatte er die ersten Bäume passiert, atmete er auf. Sie beobachtete ihn, wie er beim Vorbeigehen Blätter und Zweige mit den Fingern streifte. Der Anblick erzeugte ein warmes Gefühl in ihrer Brust. Er schien seine Sorgen zu vergessen, wirkte wie ausgetauscht. Eine fast kindliche Neugier und Fröhlichkeit gingen von ihm aus und schwappten auf Hannah über, sodass sie bald federnden Schrittes voranging.

Das Laub raschelte unter ihren Füßen. Hier war die Welt noch in Ordnung. Unberührt von Chaos und Leid.

Sanft packte Frederick sie am Arm. »Da, schau. Ein Steinpilz!«

»Tatsächlich!« Sie eilte hin und sammelte den Pilz in den Korb. »Der alleine macht nicht satt. Aber es ist ein Anfang.«

»Komm, wir schauen uns um. Wo einer wächst, gibt es oft noch mehr.«

Hand in Hand liefen sie weiter. Frederick hatte recht. Jedes Mal, wenn er einen Pilz entdeckte, drückte er sanft ihre Hand, um sie darauf aufmerksam zu machen. Dann wartete er geduldig, bis sie den Pilz selbst gefunden hatte. Stolz und eine tiefe Zufriedenheit überkamen sie, wenn es ihr gelang. Es war wie eine Schatzsuche im Wald. Schenkte Frederick ihr dann noch ein Lächeln, fühlte sie sich, als liefe sie auf Wolken. Das hier war perfekt. Viel besser, als im Garten Kartoffeln zu hacken, bis die Hände voller Schwielen waren. Lieber streifte sie mit Frederick durch den sich färbenden Herbstwald und hielt Ausschau nach den Früchten der Natur. Sie schwor sich, dass sie beide nicht zum letzten Mal hier draußen gewesen waren.

»Ich glaube, wir haben genug.«

Hannah wusste nicht, wie viel Zeit vergangen war, bis Frederick sie am Arm zurückhielt. Ihr Korb war bereits bis zum Rand mit den verschiedensten Pilzen gefüllt, doch sie wollte nicht umkehren. Noch nicht. Ein Blick in Fredericks Augen ließ sie vermuten, dass es ihm genauso ging. Sehnsucht und Wehmut spiegelten sich in ihnen, wann immer Frederick in die Baumwipfel sah.

»Können wir nicht noch ein bisschen bleiben? Schau, dort vorne ist ein schöner Platz. Da könnten wir uns ausruhen.«

Eine kleine Lichtung erstreckte sich vor ihnen. Grünes Moos lud sie wie ein riesiges Kissen dazu ein, sich niederzulassen.

»Dann lass uns hier Rast machen.« Fredericks Hand, die sie wie beiläufig streifte, ließ die Schmetterlinge in ihrem Bauch Purzelbäume schlagen. »Ich bin nicht erpicht darauf, schon nach Hause zurückzukehren.«

»Gefällt es dir nicht auf dem Anwesen? Oder …« Sie wusste selbst nicht, wie sie diesen Satz beenden sollte.

Frederick ließ sich rücklings zurück ins Moos sinken. Mit hinter dem Kopf verschränkten Armen sah er zum Himmel hinauf. Doch anstatt es ihm gleichzutun, hatte Hannah nur Augen für ihn, als er sprach: »Dieses Haus übertrifft selbst meine wildesten Träume. Ein eigenes Bett mit Matratze, ja sogar ein eigenes Zimmer. Ein gefüllter Keller. Uns fehlt es an nichts. Aber ich werde das Gefühl nicht los, das etwas an diesem Ort nicht stimmt. Ich weiß, das klingt undankbar oder sogar verrückt.«

Hannah schüttelte den Kopf. »Tut es nicht. Manchmal denke ich dasselbe. Ich habe das Gefühl, beobachtet zu werden, auch wenn niemand im Raum ist. Damals, in der Nacht, als wir uns vor den Soldaten versteckten, hatte ich dasselbe Gefühl, nur stärker.«

»Wir wissen immer noch nicht, was die Männer damals so verschreckt hat. Wenn es ein Tier war, dann hat es sich danach aus dem Staub gemacht.« Frederick seufzte. »Und dann ist da noch Eric.«

»Ich habe getan, worum du mich gebeten hast, und war vorsichtig ihm gegenüber. Nicht, dass er mir je zu nahegekommen wäre oder etwas Unangemessenes gesagt hätte. Er ist stets höflich und zuvorkommend. Zu uns beiden, würde ich meinen.«

Frederick stimmte ihr mit einem Nicken zu. »Ich weiß. Es gibt nichts an seinem Verhalten auszusetzen, was an sich schon eigenartig ist. Er verlangt nichts von uns, teilt seinen Besitz, ohne eine Gegenleistung zu erwarten. Wir arbeiten, weil wir es wollen. Er hat uns nicht ein einziges Mal aufgefordert, etwas zu tun oder ihm zur Hand zu gehen. Warum nicht? Er hätte jedes Recht dazu.«

Hannah überlegte. »Er scheint kein typischer Herr zu sein. Vielleicht verlor er in seiner Jugend seine Familie, sodass er nie gelernt hat, wie man ein solches Anwesen leitet. Oder er ist froh über unsere Gesellschaft. Wir sind für ihn Freunde, keine Angestellten.«

»Aber warum? Er ist sicher zehn Jahre älter als wir, vielleicht sogar mehr. Im Vergleich zu ihm sind wir Kinder.«

Fasziniert studierte sie die Falte seiner Oberlippe und die rötlichen Barthaare, die darüber sprossen. Wie es sich wohl anfühlen würde, mit den Fingern darüberzustreichen? Sie schluckte und wandte sich hastig ab. »Vielleicht sucht er eine Familie«, murmelte sie.

»Möglich. Ich hoffe, dass das der Grund für seine Freundlichkeit ist. Aber etwas sagt mir, dass da noch etwas anderes ist, und das macht mir Sorgen. Ich will nicht, dass dir etwas geschieht.« Ganz unerwartet griff er nach ihrer Hand und verschränkte seine Finger mit ihren. Sanft glitt sein Daumen über ihren Handrücken.

Hannah spürte die Berührung bis in die Haarspitzen.

»Aber was ist mit dir?«, fragte sie leise, während ihre Augen die seinen suchten. Ihre Blicke hatten sich kaum getroffen, da versank Hannah bereits in seinen grünen Iriden, unfähig, ihrer Anziehung zu widerstehen.

»Ich passe schon auf mich auf. Das habe ich immer. Aber ich würde mir nie verzeihen, wenn dir etwas geschieht. Du bist mir wichtig.«

Sie kam nicht umhin zu bemerken, wie rau und verletzlich seine Stimme klang. War das derselbe Mann, der ohne zurückzuschrecken ihre Wunde versorgt und sie gepflegt hatte? Damals hatte er so unerschütterlich gewirkt. Jünger und gleichzeitig härter.

»Du bist mir auch wichtig. Sehr wichtig sogar.« Allein das zu sagen fühlte sich unerhört an.

Für eine Weile sahen sie einander nur an, ohne dass ein einziges Wort über ihre Lippen kam. Ihre Augen führten eine eigene stumme Unterhaltung, genau wie ihre Finger, die sich langsam gegeneinander bewegten: fragend, antwortend, streichelnd.

»Wir sollten gehen.« Unvermittelt rissen Fredericks Worte Hannah aus ihrer Traumblase und brachten sie ins Hier und Jetzt zurück. Ihr Herz zog sich protestierend zusammen. »Es wird bald dunkel.« Sanft entzog er ihr seine Hand und richtete sich auf, bis er direkt vor ihr saß. Schon jetzt vermisste sie seine Berührung, so unschuldig sie auch gewesen war. »Die Wälder sind tief, es wäre leicht, sich zu verlaufen. Komm.«

Langsam stand er auf und nach einem Moment des Zögerns tat sie es ihm gleich. Frederick hatte recht. Sie mussten den Weg zurück zum Haus finden, bevor es dunkel wurde. Wie sie Eric kannte, wartete er bereits auf sie.

Den Laptop gegen die Brust gedrückt stapfte Syra den gepflegten Gartenweg entlang. Es war nun über eine Woche her, dass sie sich zuletzt bei Vero gemeldet hatte. So viel war passiert, und nichts davon hatte sie ihr erzählt. Doch was hätte sie ihr auch schreiben sollen? Von der verschwundenen Bodentür oder dem plötzlich aufgetauchten Armband? Und was war mit den Beobachtungen bei der alten Wassermühle?

Die letzten Blüten auf den Rosenbüschen wiegten sich träge im Herbstwind. Der Gedanke an das baldige Ende des Herbstes erfüllte sie mit Wehmut.

Etwas Schwarzes auf der Wiese ließ sie innehalten. Sie brauchte einen Moment, um zu erkennen, dass es Eric war. Mit ihr zugewandtem Rücken saß er im Gras und starrte in den Himmel. Neugierig trat sie näher.

»Hey, ist alles in Ordnung?«, murmelte sie und betrachtete sein Gesicht. Es war erfüllt von Melancholie und Sehnsucht. Die Augen fest auf den roten Abendhimmel gerichtet saß er da und wirkte dabei schrecklich verloren.

»Manchmal, wenn die Sonne untergeht, sieht es aus, als würde der Himmel in Flammen stehen«, sagte er leise. »Einmal, vor vielen Jahren, tat er es wirklich.«

Syra schluckte und setzte sich vorsichtig neben ihn ins Gras. Riesige Wolkenberge türmten sich am Himmel auf und glühten orangerot im Licht der untergehenden Sonne. »Was ist passiert?«

»Menschen, was sonst? Kurz nachdem Hannah starb, gab es einen Brand in einer Fabrikanlage nicht weit von hier. Die Flammen schlugen so hoch, dass ich sie von hier aus gesehen habe. Es war furchterregend und gleichzeitig …« Er schüttelte traurig den Kopf. »Viele sind damals gestorben – Menschen, Tiere, Pflanzen. Der Brand konnte erst Tage später gelöscht werden.«

»Wie schrecklich.«

»Die Gegend brauchte ewig, um sich zu erholen. Der Boden war verseucht, ebenso das Wasser.«

Syras Herz wurde schwer bei den Bildern, welche seine Worte in ihrem Kopf heraufbeschworen. »Was ist dann passiert?«

»Das Gift machte die Menschen krank, mich ebenso. Wochenlang litt ich schreckliche Qual. Ich war nicht ich selbst. Ich halluzinierte, ich wütete, kämpfte …« Er rieb sich die Handgelenke.

»Das tut mir so leid.«

»Es war nicht deine Schuld. Wenn Hannah noch dagewesen wäre …« Kopfschüttelnd brach er ab. »Irgendwann war es vorbei. Ich erholte mich.«

Sie atmete auf. »Ein Glück.«

»Doch wann immer der Himmel sich rot färbt, muss ich an diese langen Tage und Nächte denken. Die Flammen, das Chaos. Seither hat sich so viel verändert. Auch ich habe mich verändert.«

»Das hat Leid so an sich«, murmelte Syra. »Mir geht es so mit dem Tod meiner Eltern. In der Zeit danach war ich verloren, haltlos. Alles erschien mir sinnlos.« Sie lehnte den Kopf gegen seinen Arm. Sein Kutschermantel fühlte sich auf ihrer Haut an wie eine sanfte Liebkosung. »Und dann kam ich hierher.«

Eric seufzte. »In deinem Fall mag die Veränderung letztendlich zum Guten gewesen sein. Das Leid hat dich stark gemacht. Mich nicht. Seit Hannahs Tod schwinde ich langsam dahin, werde weniger und weniger. Heute bin ich nur noch ein Schatten meiner selbst.«

»Sag das nicht.« Vorsichtig griff Syra nach seiner Hand. Lang und kühl legten sich seine Finger gegen ihre Handfläche und schickten ein sanftes Kribbeln ihren Arm hinauf. »Du musst versuchen, über ihren Tod hinwegzukommen. Das ist fünfzehn Jahre her. Ich weiß ja, dass sie dir viel bedeutet hat. Aber vielleicht wird es Zeit, nach vorne zu schauen und deinem Leben einen neuen Sinn zu geben.«

Seine Wange kam an ihrem Scheitel zum Ruhen. »Das versuche ich bereits. Aber Veränderungen erfordern Mut und Kraft. Beides suche ich an manchen Tagen vergeblich. Dann scheint mir meine Lage aussichtslos.«

Syra schluckte gegen den Kloß in ihrem Hals an. Es war nicht lange her, da hatte sie sich genauso gefühlt. »Das wäre sie vielleicht, wenn du allein wärst. Aber das bist du nicht. Jetzt bin ich hier und wenn du mich brauchst, dann bin ich für dich da. Hörst du?« Sie blickte zu ihm auf. Seine Onyxaugen betrachteten sie mit der Verzweiflung eines Ertrinkenden. Wie hatte sie diese verletzliche Seite an ihm bisher nur übersehen können? »Ich bin deine Freundin. Wenn es also etwas gibt, das ich tun kann, dann lass es mich wissen, ja?«

Er nickte so schwach, dass sie es beinahe übersah. »Da gibt es vielleicht tatsächlich etwas.«

»Ja? Was ist es? Was kann ich tun?«

»Durch den starken Regen letzte Nacht gab es einen Erdrutsch, gleich dort vorn, siehst du?« Er deutete zur hohen Hecke, die ein Stück hinter dem Gartenteich begann. »Das Schlimmste habe ich schon beseitigt. Aber mir fehlt die Kraft, alles allein wieder in Ordnung zu bringen. Wenn du mir helfen könntest, die Erde und die Pflanzen wegzuschaffen und die Hecke neu zu pflanzen …«

Syra nickte entschlossen. »Natürlich, jederzeit!«, rief sie, überrascht, wie euphorisch sie der Gedanke an ein bisschen Gartenarbeit stimmte. »Gemeinsam schaffen wir das, du wirst sehen.«

»Danke. Das bedeutet mir viel.« Das schwache Lächeln, das er ihr daraufhin schenkte, bescherte ihr ein aufgeregtes Flattern in der Brust.

Sie redete sich ein, dass es daher rührte, dass sie sich endlich einmal nützlich machen und bei Eric revanchieren konnte. Doch insgeheim wusste sie es besser.

13.

Wann immer das Wetter es zuließ, ging Syra hinaus in den Skulpturengarten. Die Bank unter der Trauerweide wurde schnell zu einem ihrer Lieblingsplätze. Wenn sie dort saß, ihren Laptop auf dem Schoß, wurde ihr bewusst, wie sehr sich dieses Leben von ihrem alten unterschied. Sie hatte Stress und Beton gegen Natur und Ruhe eingetauscht. Sie konnte sich nicht mehr vorstellen, ohne das Rauschen der Bäume und den Geruch des Waldes glücklich zu sein. Hier auf Gut Breitenfels konnte ihre Seele endlich wieder atmen.

Da war auch noch Eric, der sich nach und nach in ihre Tagträume schlich. Immer häufiger ertappte sie sich dabei, dass sie seine Gesellschaft als selbstverständlich ansah. Sie hatte sich an sie gewöhnt und genoss sie sogar. Wenn sie morgens von ihrem Waldspaziergang zurückkehrte, wusste sie, dass er in der Eingangshalle auf sie wartete. Tat er es einmal nicht, spürte sie einen Stich der Enttäuschung in ihrem Herzen.

Seufzend las sie den letzten Absatz, den sie geschrieben hatte.

Ich hoffe, ich schreibe nicht zu viel über Eric. In letzter Zeit kreisen meine Gedanken ständig um ihn. Jetzt, wo ich diese melancholische Seite an ihm entdeckt habe, sehe ich sie überall. Beim Frühstück, wenn er mit wehmütigem Blick aus dem Fenster starrt. Tagsüber, wenn seine Finger die Säulen im Haus streicheln, als wären sie seine Geliebten. Und dann die Art, wie er mich ansieht, wenn er glaubt, ich beobachte ihn nicht. Er hat etwas in mir in Bewegung gesetzt, das ich nicht benennen kann. Verliebe ich mich in ihn? Ist es das?

Ein Rascheln im Gebüsch schreckte sie auf. Der Garten lag ruhig da, nur die Äste der Trauerweide wiegten sich sanft im Wind. Auch hinten bei den neu angepflanzten Büschen war alles so wie immer. Aber was war das? Etwas Oranges huschte am Rande ihres Sichtfeldes entlang. Schnell drehte sie den Kopf und blickte in die Augen eines Fuchses. Er stand keine zwei Meter von ihr entfernt und studierte sie, den Kopf auf neugierige Weise schief gelegt. Ihr Herz machte einen aufgeregten Hüpfer.

»Oh, hallo«, grüßte sie fröhlich. »Ich hab leider nichts für dich. Schau: kein Futter. Wenn ich gewusst hätte, dass du kommst, hätte ich dir was aus der Küche mitgebracht.«

Ich rede gerade mit einem Fuchs. Hoffentlich beobachtet mich keiner.

Das Geschöpf blinzelte.

Sie nahm einen tiefen Atemzug und wartete.

Das Tier schien keine Eile zu haben, von ihr fortzukommen. Es starrte sie einfach nur an.

Sie blinzelte.

Der Fuchs blinzelte zurück. Dann machte er einen langsamen Schritt auf sie zu und wartete. Es schien, als hätte er Angst, sie in die Flucht zu schlagen.

Tatsächlich fühlte Syra, wie ihr Herz vor Aufregung schneller schlug. *Was passiert, wenn er mich beißt?* Sie scheuchte den Gedanken beiseite. Einen so zutraulichen Fuchs vor sich zu haben, hatte etwas Magisches an sich. Sie wollte sich den Moment nicht durch Angst verderben. Dieser Fuchs hatte ihre Urgroßmutter gekannt, behauptete Eric. War das überhaupt möglich? Sie hatte keine Ahnung, wie alt diese Tiere werden konnten.

»Ich bin Syra«, erklärte sie. »Hannahs Urenkelin. Man sagt, ihr beide wart Freunde.«

Wieder ein Blinzeln, gefolgt von einem weiteren Schritt in ihre Richtung.

Jetzt nur nicht die Nerven verlieren. Sie leckte sich über die Lippen. »Ich versuche, ein wenig mehr über sie herauszufinden, weißt du«, plapperte sie weiter. Wahrscheinlich verstand das Tier kein Wort von dem, was sie sagte. »Meine Eltern haben leider kaum über Hannah gesprochen, oder über dieses Haus. Ich wüsste gern, warum.«

Ein Peitschen seines buschigen Schwanzes war die Antwort. Dann ging alles ganz schnell. Ohne Vorwarnung machte der Fuchs einen Satz. Syra quiekte und zuckte zusammen, sodass ihr beinahe der Laptop vom Schoß geglitten wäre.

Das Tier landete neben ihr auf der Bank.

Es ließ sich nicht beirren, stand nur da, die grünen Augen auf sie gerichtet. Die schwarze, ledrige Nasenspitze zuckte leicht, als würde es schnuppern. Das weiße Brustfell sah weich aus und flauschig, ebenso das an der Innenseite seiner Ohren. Was würde passieren, wenn sie ihre Hand danach ausstreckte?

Wartet er ab, ob ich davonlaufe? Sie zwang sich, ruhig zu bleiben. *Ich werde mich nicht von diesem dreisten Kerl in die Flucht schlagen lassen.*

»Du bist ein kleiner Draufgänger, was? Hast du gar keine Angst vor mir?« Hatte der Fuchs gerade ganz leicht den Kopf geschüttelt?

Unmöglich. »Dann versuche ich jetzt mal, keine Angst vor dir zu haben. Du beißt mich doch nicht, oder?« Durch die leicht geöffnete Schnauze ragte ein Stück seiner Zunge heraus. Nervös registrierte Syra die spitzen Zähne, die links und rechts davon aufblitzten.

Dann setzte sich der Fuchs hin. Er schaute erst zu ihr, dann auf den Laptop. Unter dem angefangenen Brief an Vero hatte sie nur einige Stichpunkte zu Hannahs Leben notiert. ‚*Hat ihre Familie im Krieg verloren*‘ und ‚*Ist während eines Angriffs aus ihrem Dorf geflohen*‘, stand da. Dann: *Urgroßvater?*

»Über meine Großeltern und Urgroßeltern weiß ich leider so gut wie nichts. Meine Eltern haben nie etwas über sie erzählt. Und außer Eric gibt es niemanden, den ich fragen könnte. Ich glaube, meine Eltern und Hannah hatten kein gutes Verhältnis zueinander. Wenn ich nur wüsste, warum.«

Der Fuchs stieß ein leises Jaulen aus. Dann blickte er mit schief gelegtem Kopf zu ihr auf. Es kostete sie all ihre Selbstbeherrschung, nicht die Hand nach seinem weichen Fell auszustrecken.

»Über meinen Urgroßvater weiß ich überhaupt nichts. Mama meinte, dass Hannah nie über ihn gesprochen hat. Sie war gerade mal siebzehn, als sie Oma zur Welt brachte. Möglich, dass sie nicht freiwillig schwanger geworden ist. Immerhin war damals Krieg und …«

Der Fuchs knurrte leise. Ängstlich rückte sie ein Stück von ihm ab.

Da knackte es plötzlich hinter ihr im Gebüsch. Der Fuchs richtete die Ohren auf und spähte in den Wald. Sekunden verrannen in lauernder Stille. Syra sah und hörte nichts, doch er sprang plötzlich von der Bank und eilte davon.

Verwundert schaute sie ihm nach, bis sich das herbstliche Rot seines Fells im Dickicht verlor. *Was für ein seltsames Tier. Man könnte meinen, er versteht mich. Ob er noch mal zurückkommt?* Es wäre nicht die erste seltsame Sache, die ihr hier passierte.

Hannah schnitt die Pilze zum Trocknen auf. Es war eine Arbeit, an die sie sich gewöhnen könnte: der erdige Geruch, das weiche, samtige Gefühl unter ihren Fingern und nicht zuletzt Erics Gesellschaft. Sie genoss die leichte Arbeit.

Eric räusperte sich. »Ihr wart eine ganze Weile weg.«

»Stimmt. Ich fand es schön, mal rauszukommen. Selbst wenn es nur für ein paar Stunden war.«

»Gefällt es dir hier nicht?«

Hannah kam nicht umhin, den seltsamen Unterton in seiner Stimme zu bemerken. Verwundert blickte sie auf. Da war eine tiefe Furche zwischen seinen Brauen. Seine beinahe schwarzen Augen musterten sie mit einer Intensität, die ein ungutes Kribbeln über ihre Haut jagte. Entschieden schüttelte sie den Kopf. »Nein! Das Haus ist wunderbar. Ich ... *wir* fühlen uns hier sehr wohl. Es ist nur ... ich will die letzten Sonnenstrahlen nutzen, bevor uns der Winter nach drinnen treibt.«

Langsam nickte Eric. »Ich verstehe. Du sehnst dich nach Sonne und frischer Luft. Das ist nur natürlich, schätze ich.«

»Außerdem müssen wir Vorräte anlegen. Wir wollen deine Großzügigkeit nicht ausnutzen und den Keller plündern, ohne etwas zurückzugeben. Der Wald ist voll mit den Schätzen der Natur.« Hannah deutete auf den reichlich gefüllten Tisch. »Draußen gibt es noch viel mehr, das wir über den Winter einlagern können. Morgen gehen wir Bucheckern sammeln. Aus dem Mehl backe ich leckeres Brot. Das schmeckt dir sicher.«

Eric brummte auf eine Weise, die weder zustimmend noch ablehnend klang.

Sie lächelte ihm zu, bevor sie sich wieder an die Arbeit machte. Eine Weile saßen sie so da, einvernehmlich schweigend, das Schaben des Messers und das Knistern des Feuers im Herd die einzigen Geräusche in der Küche. Gut gelaunt wippte Hannah mit dem Fuß, driftete in Gedanken zurück zu den friedvollen Momenten im Wald, die sie mit Frederick geteilt hatte.

»Der Wald ist ein gefährlicher Ort«, nahm Eric das Gespräch wieder auf. »Du musst vorsichtig sein, wann immer du das Grundstück verlässt.«

Hannah nickte. »Wegen der Soldaten, meinst du?«

»Soldaten, gesetzloses Gesindel und Schlimmeres.«

Seine Worte jagten einen kalten Schauer über ihren Rücken. Was konnte es Schlimmeres geben als Gesetzlose? »Ich werde vorsichtig sein«, versprach sie rasch. »Und Frederick ist ja bei mir.«

»Frederick …« Eric wiederholte den Namen mit nachdenklicher Miene. »Du magst ihn, nicht wahr?«

Hannah hatte das Gefühl, dass er die Antwort auf diese Frage bereits kannte. »Er half mir, als mich die Soldaten angeschossen haben. Er trug mich hierher, pflegte mich. Ohne ihn wäre ich tot.« Es war die Wahrheit, zumindest ein Teil davon. »Ich weiß nicht, ob du damals im Haus warst. Wenn dem so war, haben wir dich nicht gesehen. Wir waren tagelang hier, bevor wir uns draußen auf dem Hof begegnet sind. Daher weiß ich nicht … Warst du hier, im Haus?«

Eric blickte sie eine Weile lang schweigend an, die Stirn umwölkt, während zwei seiner Finger leise auf den Tisch trommelten. »Ich … habe euch beobachtet«, gab er schließlich zu. »Zuerst war ich nicht sicher, ob ich euch trauen kann. Es ist noch nicht lange her, da drangen Räuber hier ein und …« Betreten schüttelte er den Kopf. »Alle sind tot, getötet von diesen Monstern. Ich musste sichergehen, dass ihr … anders seid, bevor ich mich euch zeige.«

»Hattest du Angst, wir würden … dir ein Leid antun?« Der Gedanke ließ sie erschaudern.

»Das hatte ich. Selbst jetzt …« Er nahm einen tiefen Atemzug, als würde er seine Kräfte sammeln. »Es fällt mir schwer, anderen zu vertrauen. Dir … traue ich. Aber bei deinem Freund …« Seufzend schüttelte er den Kopf. »Ich kann seine Feindseligkeit mir gegenüber spüren.«

»Er steht dir genauso argwöhnisch gegenüber wie du ihm«, gab Hannah schließlich zu. »Nimm es ihm nicht übel. Wie wir alle hat er womöglich schlechte Erfahrungen gemacht. Der Krieg ist eine scheußliche Sache.« Sie schüttelte traurig den Kopf. »Aber weder er noch ich wollen dir etwas Böses. Das musst du mir glauben.«

»Das tue ich«, sagte Eric ernst. »Ich sehe, wie viel Arbeit und Zeit ihr investiert. Ihr seid keine Banditen oder Plünderer. Ihr nehmt nicht nur, ihr gebt in gleichem Maße.« Lächelnd deutete er auf die Pilze. »Und das weiß ich zu schätzen. Sehr.«

»Wir sind dir außerordentlich dankbar dafür, dass du uns ein Zuhause gibst«, erwiderte Hannah. Sanft legte sie ihre Hand auf seine, drückte sie sanft. Es waren harte Zeiten. Zeiten, in denen man zusammenhalten musste. Gegenseitiges Misstrauen führte zu nichts.

Und was geschah mit den Soldaten? Frag ihn doch, was mit den Soldaten geschah.

Das würde sie, beschloss Hannah und nahm die Arbeit wieder auf. Irgendwann.

Mit einem zufriedenen Summen ließ sich Syra ins warme Badewasser gleiten. Sie gönnte sich nur selten den Luxus, ein Bad zu nehmen, doch heute hatte sie das Gefühl, es sich verdient zu haben. Endlich hatte sie im Internet eine vielversprechende Stellenanzeige gesehen und kurz entschlossen darauf reagiert. Auch die E-Mail an Vero hatte sie beendet und abgeschickt. Jetzt hieß es warten und sich entspannen.

Von wohliger Wärme umgeben glitten ihre Gedanken unweigerlich zu Eric und ihrer gemeinsamen Nacht zurück. Es war seltsam gewesen, neben ihm aufzuwachen. Doch wenn sie ehrlich mit sich selbst war, hatte sie es genossen. Ihre letzte Beziehung war Jahre her und auch, wenn sie und Henry sehr glücklich miteinander gewesen waren, hatten sie nur selten beieinander übernachtet.

Heute war sie älter und reifer. *Und schon sehr lange Single.* Kein Wunder, dass ihr Herz vor Aufregung klopfte. Ein Teil von ihr hoffte, sie hätten mehr getan als nur nebeneinander zu schlafen. Wie hätte es sich wohl angefühlt, wenn sie an diesem Morgen ihrem Sehnen gefolgt wäre und ihre Lippen auf die seinen gedrückt hätte?

Ein Grollen riss Syra aus ihren Gedanken. Sie setzte sich auf und sah sich verwundert um. Aus dem Augenwinkel vernahm sie das Zucken eines Blitzes, gefolgt von einem Donnerschlag. Es dauerte nur einen Moment, da klopften die ersten Regentropfen gegen das Badfenster an der gegenüberliegenden Wand. Schon als Kind hatte sie das Geräusch von Regen gemocht.

Doch heute war etwas anders. Zuerst konnte sie sich nicht erklären, was es war. Je länger der Regen anhielt, desto unruhiger wurde sie. Es war ihr unmöglich, das Prasseln des Regens auszublenden oder sich dabei zu entspannen. Es nagte an ihren Nerven, wie das Surren eines Insektenschwarms oder das unaufhörliche Quietschen eines rostigen Türscharniers. Immer wieder ertappte sie sich dabei, wie ihr Blick zum Fenster glitt. Beinahe erwartete sie, etwas anderes zu sehen als das zuckende Licht der Blitze und die Tropfen, die an der Scheibe nach unten wanderten. Aber halt! Der Regen lief gar nicht am Fenster hinunter. Stattdessen kroch er langsam am Glas nach oben, hin zu dem schmalen Spalt, der zwischen Rahmen und Mauer noch blieb. Wie war das möglich? Oder spielten ihr ihre Augen nur einen Streich?

Sie stieg aus der Wanne und schlich, ohne sich abzutrocknen, zum Fenster hinüber, Schritt für Schritt. In der plötzlichen Kühle des Raumes begann sie zu frösteln. Die Regentropfen trotzten der Schwerkraft und krochen wie durchsichtige Würmer über das Glas, als würden sie einen Weg nach drinnen suchen.

»Was zum Teufel?«

Sie legte die Fingerkuppen an die Scheibe. Da änderten die Tropfen plötzlich die Richtung. Sie flossen auf sie zu, hin zu der Stelle, an der sie die glatte Oberfläche berührte. Syra hielt den Atem an und wartete. Doch bevor das Wasser sie erreichte, wurde sie von einem gurgelnden Geräusch aufgeschreckt. Als sie sich danach umwandte, sah sie, dass ein Schwall schmutzigen Wassers aus dem Überlaufschutz der Wanne quoll. Eine braune Brühe vermengte sich mit dem Badewasser. Es schwappte bereits über den Rand auf den Boden. Dort formte es sich zu großen Tropfen und setzte sich langsam in Bewegung – auf sie zu. Keuchend taumelte sie zurück.

»Syra, mach auf!«

Erics Stimme gefolgt von dringlichem Klopfen lenkte ihre Aufmerksamkeit zur Tür. Ohne darüber nachzudenken, stürzte sie auf sie zu und drehte den Schlüssel. Erst jetzt wurde ihr bewusst, dass sie nicht einen Fetzen Kleidung am Leib trug. Hastig griff sie nach einem Handtuch und presste es vor die Brust.

Eric blickte jedoch nicht einmal in ihre Richtung. »Geh raus«, rief er und eilte auf die Badewanne zu.

Das musste er ihr nicht zweimal sagen. In drei Schritten war sie zum Bad hinaus, schmiss die Tür hinter sich ins Schloss und eilte mit klopfendem Herzen den Gang hinunter in ihr Zimmer.

Trotz des flauschigen Einteilers, den sie sich angezogen hatte, zitterte Syra noch am ganzen Leib. Sie warf sich die bereitgelegte Wolldecke über den Körper, schmiegte die Wange gegen die hohe Lehne des Sofas und schloss für einen Moment die Augen. *Was für ein Tag!*

In der Tür stand Eric, mit zwei dampfenden Tassen in der Hand. Er sah müde aus. Sein Gesicht war noch blasser als sonst und es lag ein grimmiger Zug um seinen Mund, der ihr nicht gefiel.

»Was war das da gerade?«, fragte sie, kaum dass er die Tassen abgestellt und sich in einen der beiden Sessel hatte fallen lassen.

Schweigend starrte er ins prasselnde Kaminfeuer. Seine Kiefer mahlten und seine Finger gruben sich tief in die Polster der Armlehnen.

»Eric?«

Endlich wandte er sich ihr zu. »Was glaubst du denn, was geschehen ist?«

Sie zuckte hilflos mit den Schultern. »Ich weiß nicht.«

»Du musst dir keine Sorgen mehr machen. Wir müssen jedoch damit rechnen, dass so etwas wieder geschieht. Gerade wenn es so viel regnet wie jetzt, hat das Haus dem Wasser wenig entgegenzusetzen. Und der Herbst hat gerade erst begonnen.«

Syra nickte und angelte sich eine Teetasse vom Tisch. »Ich schätze, so alt wie dieses Haus ist, ist es normal, dass es die eine oder andere Schwachstelle hat. Trotzdem hatte ich gehofft ...« Kopfschüttelnd brach sie ab.

»Was hattest du gehofft?«

Sie seufzte. »Dass sich die ersten Reparaturen Zeit lassen, bis ich ein wenig Geld zur Seite gelegt habe. Was, wenn die Wasserleitungen erst der Anfang sind?«

»Das Haus ist in gutem Zustand.« Müde rieb er sich die Augen.

Syra runzelte die Stirn. Sie verkniff es sich, seine Worte in Frage zu stellen. »Wenn du das sagst.«

Ein Blick auf Erics ausdruckslose Miene sagte ihr, dass sie heute nichts von ihm erfahren würde. So müde und erschöpft wie jetzt hatte sie ihn noch nie gesehen. Noch nie waren die Schatten unter seinen Augen so dunkel gewesen, seine Haut so bleich. Syra war sicher, es würde nicht lange dauern, bis er an Ort und Stelle einschlief.

14.

Syra ließ die kühle Morgenluft in ihre Lunge strömen und zog den Mantel enger um sich. Es war kälter geworden, feuchter. Der Wald hatte sein Herbstkleid fast vollständig abgelegt. Nur einzelne braune Blättchen hingen noch an den Zweigen, klammerten sich an sie, bis der Wind sie schließlich fortreißen würde.

In den Wochen vor ihrer Ankunft hatte sie sich gefühlt wie diese Blätter.

Der Wind hatte sie fortgeweht, fort vom Stamm, ihrem alten Leben in der Stadt. Nach dem Tod ihrer Eltern war sie durchs Leben getaumelt, bis das Schicksal sie hierhergebracht hatte, in ihr neues Zuhause. Sie konnte nicht sagen, was aus ihr geworden wäre, hätte sie dieses Haus nicht geerbt.

Kopfschüttelnd scheuchte sie den Gedanken beiseite. *Das führt zu nichts.* Sie straffte ihre Schritte.

Etwas Rotes huschte durch den Rand ihres Sichtfeldes und kam einen Moment später aus dem Gebüsch gelaufen.

»Du schon wieder!« Lächelnd musterte sie den Fuchs. Sie blickte ihm in die Augen. »Na? Hast du mich vermisst?«

Ohne zu blinzeln, starrte er zurück.

»Oder hattest du gehofft, etwas abzustauben? Jetzt, wo es kälter wird, ist es nicht so leicht, Futter zu finden, was? Leider hab ich wieder nichts dabei. Ich wollte nur einen kleinen Spaziergang durch den Wald machen, weißt du?«

Ohne auf eine Antwort zu warten, setzte sie sich wieder in Bewegung. Es war lächerlich zu glauben, dass das Tier sie verstand. Und sie würde sich von dem frechen kleinen Kerl sicher nicht um ihren Morgenspaziergang bringen lassen. Wenn sie sich nicht bewegte, würde die Kälte bald durch ihren dicken Mantel dringen und sie zum Umkehren zwingen.

Der Fuchs schlich ihr auf leisen Pfoten nach, den Kopf geduckt, als rechnete er damit, fortgejagt zu werden.

Ungläubig blinzelte Syra ihn an. »Willst du mich etwa begleiten?«

Er hielt inne, zuckte mit den Tasthaaren und schaute sie mit großen, bettelnden Augen an. Es war absurd, einfach undenkbar. Und doch schien er genau das vorzuhaben.

»Also gut. Wenn du willst, kannst du mitkommen.« Unweigerlich musste sie grinsen. Als hätte der Fuchs sie verstanden, peitschte er mit dem Schwanz und setzte sich dann in Bewegung. Syra tat es ihm gleich. Sie folgte dem schmalen, gewundenen Pfad tiefer in den Wald, sog die frische Luft und die Sonnenstrahlen ein wie ein trockener Schwamm das Wasser. Noch vor wenigen Wochen hätte sie dieses Leben für unmöglich gehalten: friedliche Morgenspaziergänge an der frischen Luft, einen geheimnisvollen Mann, der ihr diente, ohne einen Cent dafür zu verlangen, und einen aufdringlichen Fuchs, der ihr wie ein Hund auf ihrem Spaziergang durch den Wald folgte.

Vero wird mich für verrückt erklären, wenn ich ihr davon erzähle.

Wie der Fuchs so neben ihr lief, reichte er ihr bis übers Knie. Kaum sah sie auf ihn hinab, schaute er zu ihr herauf. Und sie hätte schwören können, dass er dabei lächelte.

Den nächsten Tag verbrachten Hannah und Frederick wieder damit, im Wald Bucheckern und Pilze zu sammeln. Sie machten reiche Beute, die ihnen ein wunderbares Abendessen bescherte. Alle aßen mit Appetit.

Doch dann ließ Eric plötzlich den Löffel sinken, schaute Frederick an und sagte: »Hannah sagte, du vertraust mir nicht.«

Frederick warf zuerst ihr und dann Eric einen langen Blick zu.

Hannah wurde heiß und kalt.

»Das stimmt«, sagte Frederick. »Vertrauen fällt mir schwer, besonders wenn ich so wenig über jemanden weiß. Wie alt bist du? Wo wurdest du geboren? Wie heißt du?«

Eric nahm einen tiefen Atemzug. »All dies sind Dinge, die ich genauso wenig über euch weiß. Dennoch wohnt ihr unter meinem Dach.«

»Wofür wir sehr dankbar sind«, entgegnete Hannah rasch.

Frederick neigte zustimmend den Kopf. »Mein voller Name ist Frederick Martin Wetzlich. Ich werde am zwanzigsten Juni siebzehn Jahre alt und wurde in Rabenheim geboren.«

Seine Stimme klang kühl, als er dies sagte. Dennoch saugte Hannah die ihr dargebotenen Informationen auf. *Rabenheim* – von diesem Ort hatte sie noch nie gehört.

Nervös krallte sie unter dem Tisch die Hände ineinander und leckte sich über die Lippen. »Ich bin Hannah, Hannah Schwedler. Ich stamme aus einem Dorf viele Tagesmärsche von hier entfernt –

Siebenhain. Ich bin sechzehn. Mein Geburtstag ist der achte Oktober.«

Eric nickte, während Frederick weiterhin abwartend in seine Richtung sah. Hannah hatte sich von Frederick ein Lächeln erhofft, einen Blick, irgendetwas, doch sie konnte nicht einmal sagen, ob er ihre Worte überhaupt gehört hatte.

»Nun?« Fredericks Frage stand im Raum wie ein Tiger: bedrohlich und nur schwer zu ignorieren.

»Worte«, sagte Eric. »Nichts weiter. Ihr vertraut mir nicht und daran wird sich nichts ändern, selbst wenn ich euch die Antworten auf eure Fragen gebe.« Er seufzte. »Ihr seid jung, habt nur wenig zu verlieren. Ich hingegen …« Er verlor sich im Anblick der langsam wogenden Äste. »Ich lebe schon sehr lange hier. Bin tief mit diesem Haus verwurzelt. Ich würde alles tun, um es zu beschützen. Oder seine Bewohner.« Als er sie ansah, stockte Hannah der Atem. Seine Augen erschienen ihr wie zwei schwarze Brunnen, deren Tiefe sie nur erahnen konnte. Was wohl in ihnen verborgen lag? »Es gibt keinen Grund, sich vor mir zu fürchten. Ich will euch kein Leid antun, im Gegenteil. Es ist eine Freude, Hannahs Lachen in den Gängen zu hören oder zu sehen, wie ihr den Garten bestellt. Dieses Haus war tot, jetzt lebt es wieder. Das ist euer Verdienst. Ihr sollt euch hier zu Hause fühlen, denn für mich seid ihr bereits wie meine Familie. Dieser Ort könnte mehr für euch sein als eine Zuflucht: ein Zuhause. Ihr müsst es nur zulassen.«

Hannahs Herz floss über bei seinen Worten, während Frederick mit regungsloser Miene dasaß. »Ich bleibe gern, bis der Krieg vorbei ist. Ich bin bereit, für Essen und Unterkunft zu arbeiten, wenn du das willst. Aber ich habe schon eine Familie«, sagte er und schaute Eric durchdringend an. »Ich habe eine Mutter, die mich braucht und zu der ich zurückkehren werde, wenn dieser Wahnsinn ein Ende hat.«

Hannah schluckte. Natürlich wollte Frederick zurück, zu seiner Familie. Früher oder später würde er sie verlassen und …

»Und du?« Eric wandte sich ihr zu. »Kannst du diesen Ort zu deinem Zuhause machen? Er könnte dein sein, wenn du es willst.«

»Dieses Haus?« Nach und nach drangen seine Worte in ihr Bewusstsein. »Aber ich habe gar keinen Anspruch darauf. Wir sind nicht verwandt und …« Dann dämmerte es ihr: Es gab nur einen Weg, sie zu einer Breitenfels zu machen. Fassungslos wanderte ihr Blick zu Eric, der ihn ruhig erwiderte.

Ihr wurde übel. Ihr Brustkorb verengte sich, sie bekam keine Luft. Frederick hatte recht gehabt. »Das geht nicht. Ich kann nicht.« Die Worte entrannen ihrem Mund wie ein Keuchen.

»Du kannst nicht? Warum nicht? Ich dachte, dir gefällt es hier.« Verständnislos schüttelte Eric den Kopf.

»Das tut es auch. Wirklich. Dieses Haus ist wundervoll, aber …« Hilflos suchte sie nach Worten. Sie wollte Eric nicht verletzen. Doch wie hätte sie ahnen können, welche Hoffnungen er hegte?

»Aber was? Dir würde es an nichts mangeln, Hannah. Das schwöre ich. Ich würde für dich sorgen, mich um dich kümmern.« Seine Worte sorgten nur dafür, dass ihr Herz noch schneller schlug.

»Das glaube ich dir und ich weiß dieses Angebot zu schätzen.« Hannah flehte mit ihren Blicken um Verständnis. »Aber verglichen mit dir bin ich fast noch ein Kind und wir kennen uns erst seit wenigen Wochen.«

»Das ist wahr. Trotzdem habe ich dich bereits ins Herz geschlossen. Aber ich will dich nicht drängen, diese Entscheidung hat Zeit, bis du dich bereit fühlst.« Sein gütiges Lächeln war zu viel für sie.

Frederick saß auf seinem Platz wie zur Salzsäule erstarrt, die Augen fest auf Eric gerichtet. Es war unmöglich, aus seiner Miene abzulesen, was er dachte.

Hannah schluckte. »Ich mag dich auch, das musst du mir glauben. Aber ich kann dich nicht heiraten, denn –«

»Mich heiraten?« Eric runzelte die Stirn. »Warum solltest du …? Allein der Gedanke ist absurd.«

Wenn überhaupt, schien das Frederick noch wütender zu machen. Er sprang auf und beugte sich zu Eric hinüber. »Wenn du damit andeuten willst, dass du Hannah zu deiner Geliebten machen willst …«

Keiner von ihnen rührte einen Muskel. Sie durchbohrten einander nur mit ihren Blicken.

Dann endlich schüttelte Eric schnaubend den Kopf. »Ich glaube, wir haben uns missverstanden. Ich habe kein solches Interesse an Hannah. Vielmehr meinte ich einen Vertrag, eine Adoption … Es gibt viele Möglichkeiten. Nichts, was man sofort entscheiden müsste. Gerade wollte ich euch beweisen, dass ihr mir vertrauen könnt.«

Fredericks Brummen klang wenig überzeugt.

Hannah wusste nicht, was sie denken sollte. »Dann war das kein Antrag?«

»Nicht in dieser Art, nein«, versicherte Eric ihr. »Aber mir ist wichtig, dass ihr wisst, dass ich es ernst meine und ihr dieses Haus zu eurem machen könnt. Ich erwarte keine Gegenleistung, weder jetzt noch später. Ob ihr dieses Angebot annehmen wollt«, er warf Frederick einen vielsagenden Blick zu, »liegt ganz bei euch.«

Müde ließ sich Syra in den weichen Ohrensessel sinken und schloss die Augen. Es war ein harter Tag gewesen, der erste, den sie außerhalb von Gut Breitenfels verbracht hatte. Noch gestern hatte sie ihren neuen Job für einen Wink des Schicksals gehalten, eine glückliche Fügung. Nun war sie sich nicht mehr so sicher. Ein naiver Teil von ihr hatte geglaubt, dass es ein Kinderspiel wäre, Schülern Nachhilfe zu geben. Das mochte stimmen, wenn derjenige selbst um Hilfe bat, nicht aber, wenn ein vierzehnjähriger Rotzbengel von seiner Mutter zur Nachhilfestunde genötigt wurde. Ein Tag war noch nie so langsam vergangen.

Morgen wird es sicher besser. Sie lehnte die Wange ans weiche Polster. Der Samt schmeichelte ihrer Haut. Wenn sie ihre Gedanken treiben ließ, konnte sie sich vorstellen, es sei die Hand ihres Geliebten – eines Mannes, der bisher nur in ihren Träumen existierte. Dunkles Haar, onyxfarbene Augen … Wem machte sie hier etwas vor? Der Mann ihrer Träume hatte schon längst ein Gesicht, *sein* Gesicht. Nur hatte ihr Eric seit der Nacht ihres Albtraumes nicht den geringsten Anlass zur Hoffnung gegeben. Er war hilfsbereit und aufmerksam wie immer. Mehr aber auch nicht.

Da vernahm sie auch schon das Klicken einer Tür. Sie musste nicht einmal die Augen öffnen, um zu wissen, dass er auf dem Weg zu ihr war. Das teppichgedämpfte Geräusch langsamer Schritte, der Geruch nach frischem Holz, der mit ihm den Raum zu erfüllen schien, und nicht zuletzt die Härchen auf ihren Armen, die sich erwartungsvoll aufstellten. All das verriet ihr mehr, als ihre Augen es je konnten. Dennoch sprangen ihre Lider auf, ungeduldig, einen Blick auf ihn zu erhaschen.

Da stand er, ein freudiges Lächeln auf den Lippen, als ihre Augen die seinen fanden. »Harter Tag?«

Nie zuvor hatte sie die Stimme eines anderen Menschen anziehend gefunden, doch hier war sie nun, ihr Herz in Aufregung versetzt von diesen zwei Worten. Seine Stimme klang wie flüssige Seide.

»Das kann man wohl sagen. Ich hasse den Job jetzt schon. Aber was bleibt mir anderes übrig? Von etwas muss ich ja leben.«

Er nickte bedächtig. »Wolltest du nicht ein Buch schreiben?« Langsam ließ er sich in den Sessel neben ihr sinken.

Ihr Seufzen kam aus tiefstem Herzen. »Es würde Monate dauern, bis ich fertig bin. Und wer weiß, ob es sich überhaupt verkaufen würde. Wen außer mich interessiert schon die Geschichte meiner Familie? Außerdem habe ich höchstens wenige Wochen, bevor mein Konto in die roten Zahlen rutscht. Daher werde ich mich wohl oder übel mit Nachhilfestunden über Wasser halten müssen, auch wenn mir das keinen Spaß macht. Das Leben ist kein Ponyhof und so.«

»Warum sollte das Leben ein Ponyhof sein?« Eric schaute sie verständnislos an.

»Das sagt man nur so.« Syra konnte nicht anders, als über ihn die Augen zu rollen. Manchmal war er so weltfremd.

»Aha.« Eric schüttelte den Kopf. »Wenn du meinst.«

Dann saßen sie einfach nur da und schauten einander an. Heute sah er besser aus. Die dunklen Augenringe waren verschwunden, das Lächeln auf seine Lippen zurückgekehrt. Wie es wohl wäre, ihn zu küssen?

Unruhe mischte sich in seinen Blick. Seine Pupillen begannen sich zu weiten, sein Atem wurde schneller. Dann sprang er plötzlich auf und trat auf sie zu.

Einem Impuls folgend stand Syra auf, sodass sie vor ihm stand, ihre Körper kaum zwei Handbreit voneinander entfernt.

Sie musste ihren Kopf in den Nacken legen, um zu ihm aufzusehen. Es gab ihr das Gefühl, regelrecht von ihm überragt zu werden, und auf eine seltsame Art und Weise gefiel ihr das. Sie schluckte.

»Ich möchte dir etwas schenken.«

»Etwas schenken?« Sie wiederholte seine Worte mit rauer Stimme. »Aber du musst nicht ...«

Erics Finger an ihren Lippen brachte sie zum Schweigen. »Ich möchte. Bitte.«

Wie in Zeitlupe hob er die andere Hand und öffnete sie. Darin lag eine filigrane, goldene Kette mit einem Anhänger aus rotem Kristall. Kunstvoll wurde er von goldenen Fäden umschlungen. Als Syra näher hinsah, erkannte sie, dass es kleine Ranken aus Efeublättern waren. Ihr stockte der Atem.

»Das ist ... Oh, mein Gott!« Mit offenem Mund studierte sie die Kette vor sich. »Ist das wirklich für mich? Es ist ... wunderschön«, hauchte sie atemlos.

»So wie du.« Ein Blick in Erics graue Augen verriet ihr, dass er jedes Wort so meinte.

Ihr Kopf war wie leer gefegt. »Ich ...« Zaghaft strich sie mit den Fingerkuppen über den roten Stein. Dabei spürte sie, wie Eric sie mit seinen Blicken fixierte. »Ich kann das unmöglich annehmen.«

»Warum nicht? Gerade sagtest du doch, dass die Kette dir gefällt.«

»Das tut sie. Sehr. Aber sie muss ein Vermögen gekostet haben und ich habe nichts, was ich dir geben könnte. Schlimm genug, dass du mich bedienst, ohne dass ich dir einen Cent dafür bezahle.«

»Ich möchte, dass du sie nimmst. Ich habe sie extra für dich gemacht«, sagte er. Langsam schloss er die Hand um die Kette und ihre Finger.

Ihr Herz machte einen aufgeregten Hüpfer. »Du hast sie gemacht?« Mit großen Augen sah sie zu ihm auf. »Wirklich?«

»Wirklich. Komm, ich lege sie dir um.«

Sie zögerte. Ihr fehlte die Kraft, das Geschenk abzulehnen. Wenn er sie so ansah, wollte sie nichts mehr, als zuzulassen, dass er ihr die Kette um den Hals legte. Oder sie auf jede nur erdenkliche Art verwöhnte. Seufzend nickte sie.

Eric schien nur auf diese Erlaubnis gewartet zu haben. Er trat um sie herum, nah genug, dass sie seinen Atem auf ihrem Haar spürte. Sanft strich er ihre Locken beiseite. Die zärtliche Berührung jagte ihr einen Schauer den Rücken hinab. Was würde geschehen, wenn sie ihren Kopf nur ganz leicht nach hinten neigte? War er nah genug, dass sie ihn dann berührte?

Wie im Traum nahm sie wahr, wie er ihr die Kette von hinten um den Hals legte. Der Stein schmiegte sich in die Mulde zwischen ihren Schlüsselbeinen, als wäre er für diese Stelle gemacht. Er war wunderschön und federleicht. Sie spürte ihn kaum.

»Da. Schon fertig.« Erics Stimme klang ganz nah, ein bloßes Flüstern in ihrem linken Ohr.

Sie erschauderte. Dann gab sie ihrem Verlangen nach und neigte den Kopf zur Seite, bis er an Erics Stirn zum Ruhen kam.

Er erstarrte.

Die Zeit stand still.

Dann wanderten seine Arme ihren Rücken hinab und schlossen sich sanft von hinten um sie. Ein Kribbeln kroch ihre Wirbelsäule hinauf, bis in ihre Haarspitzen. Spürte er es auch?

Sie schluckte gegen den nervösen Kloß in ihrem Hals an. Dann nahm sie all ihren Mut zusammen und drehte sich in seinen Armen. Seine Pupillen waren so weit, dass sie das dunkle Grau seiner Iriden beinahe vollständig verschlangen. Den Mund leicht geöffnet starrte er sie an.

Syra legte all ihre Dankbarkeit und das Sehnen, das sie empfand, in ihren Blick. »Eric, ich …«, raunte sie, stockte aber, sobald sie sah, wie er sich langsam zu ihr hinunterbeugte. Sie wusste, was er wollte und Gott, sie wollte es auch. Ihr Herz schlug schneller, als seine Lippen in einer stummen Frage ihre streiften.

Langsam hob sie die Arme und legte sie um seinen Hals. Dann stellte sie sich auf die Zehenspitzen und küsste ihn. Ein Feuerwerk der Gefühle brach über sie herein: Glück, Erleichterung, Aufregung, Sehnsucht fegten durch ihren Körper wie ein Sturm, wehten sie beinahe von den Füßen. Taumelnd lehnte sie sich gegen ihn. Dann erkundete sie seine Lippen.

Seidig und weich schmiegte er sich an sie, erwiderte zögerlich ihren Kuss. Mit den Händen strich er zärtlich über ihren Nacken, jagte wohlige Schauer über ihre Haut.

»Hmmm.« Sie lächelte.

Bevor sie ihn noch einmal küssen konnte, zog er sich zurück. Eine zarte Röte lag auf seinen Wangen und als er zu ihr heruntersah, waren seine Augen groß und unergründlich. Jetzt wirkte er gar nicht mehr ernst und selbstsicher.

Syra genoss den Gedanken, dass sie ihn durch ihren Kuss aus der Fassung gebracht hatte. »Das wollte ich schon eine ganze Weile lang tun.«

»Mich küssen?«, fragte er mit einem Hauch von Ungläubigkeit in seiner Stimme.

»Unter anderem?« Verlegen lächelte sie ihn an. »Natürlich nur, wenn du willst. Wenn das hier nur ein Missverständnis ist …« Ihre Lippen kribbelten noch von dem Kuss, forderten sie auf, sich gleich noch einmal an ihn zu pressen und ihm zu zeigen, wie ernst sie es meinte.

»Kein Missverständnis«, antwortete Eric und streichelte sanft mit der Hand über ihre Wange. »Ich hatte nur nicht erwartet … Oh, Syra.« Dann zog er sie in seine Arme und küsste sie erneut.

Begierig öffnete sie den Mund und tastete mit ihrer Zunge nach der seinen. Die fand sie einen Moment später, wurde von ihr begrüßt und umschlungen, vereinte sich mit ihr in wildem Tanz. Küsse hatten nie besser geschmeckt, dachte sie, während sie die Arme erneut um seinen Hals schlang – eine Geste, die ihm ein leises Stöhnen entlockte. Es klang wie Musik in ihren Ohren.

Alles um sie herum verschwand. Plötzlich gab es nur noch ihn und die Glückseligkeit, die sie von den Fußspitzen bis zu den Haarwurzeln erfüllte.

Als Eric sich schließlich von ihr löste, lag ein Hauch von Verlegenheit und Unsicherheit in seinem Blick. Aber da war auch Zuneigung und Sehnsucht in ihm – und ihr.

Mit diesem Kuss hatten sie eine unsichtbare Grenze überschritten. Jetzt gab es kein Zurück mehr.

»Alles in Ordnung? War das zu viel?« Besorgnis glänzte in seinen Augen.

»Zu viel? Das war wunderschön. Von mir aus können wir den ganzen Abend so weitermachen. Ich weiß nicht, ob ich jemals genug davon bekommen kann.« Es klang schrecklich kitschig, wenn sie das so sagte. Nur störte sie das kein bisschen, sobald sie das Lächeln sah, mit dem Eric ihre Worte belohnte.

»Ich hoffe sehr, dass du niemals genug davon bekommst«, flüsterte er. Mit dem Daumen strich er über ihren Halsansatz. »Du hast keine Ahnung, wie sehr ich dein sein möchte.«

Das wonnige Gefühl in ihrem Herzen bekam kleine Risse bei dieser seltsamen Wortwahl. Sie konnte jedoch nicht weiter darüber nachdenken, denn schon zog er sie wieder in seine Arme und küsste sie, als gäbe es kein Morgen. Er wollte sie, daran ließen seine Lippen keinen Zweifel. Und bei Gott, sie wollte ihn auch.

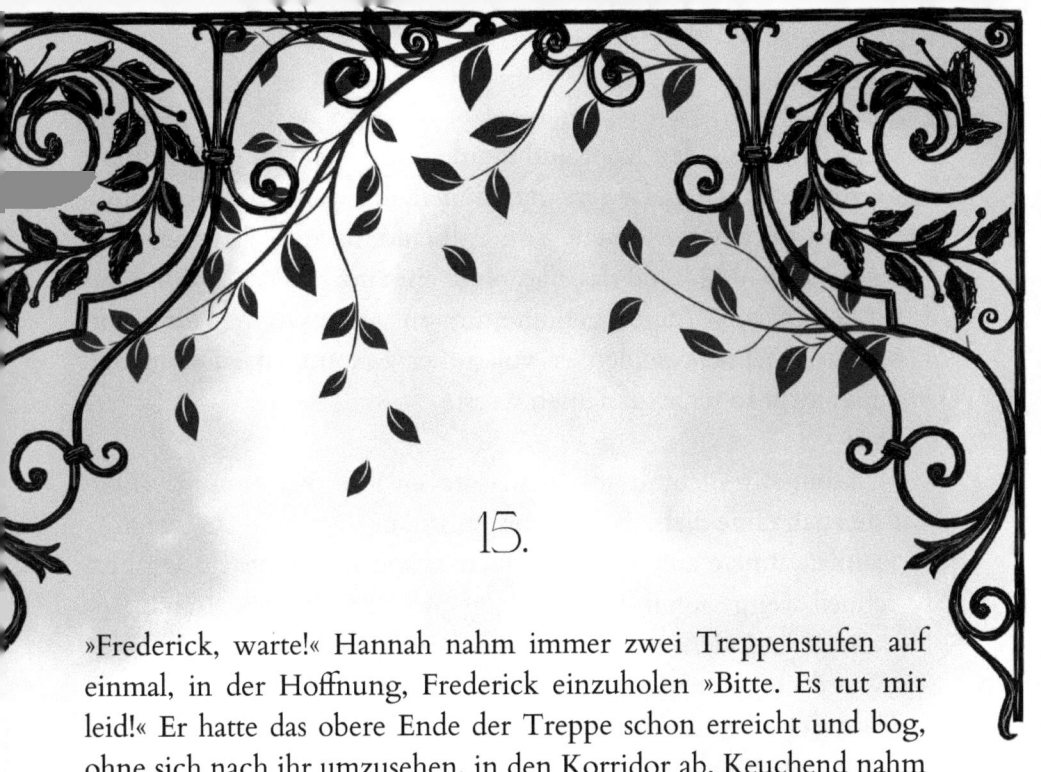

15.

»Frederick, warte!« Hannah nahm immer zwei Treppenstufen auf einmal, in der Hoffnung, Frederick einzuholen »Bitte. Es tut mir leid!« Er hatte das obere Ende der Treppe schon erreicht und bog, ohne sich nach ihr umzusehen, in den Korridor ab. Keuchend nahm sie die letzten Stufen. »Frederick!«

Vor seiner Zimmertür kam er zum Stehen. Mit undeutbarer Miene hielt er sie für sie auf.

Sie schenkte ihm ein dankbares Lächeln und trat ein. Sofort nahm sie wahr, dass sich der Geruch des Zimmers von ihrem Unterschied. Es roch nach Frederick. Sie nahm einen tiefen Atemzug und sog den herben Duft ein. Dann versuchte sie, ihre Gedanken zu sammeln. Was konnte sie zu ihrer Verteidigung sagen? Auch ohne aufzusehen, wusste sie, dass er auf sie zutrat. Sie hörte seine Schritte, das Knarren der Dielen unter seinen Füßen. Es kam näher, genau wie sein Duft.

»Hannah?« Seine Stimme war kaum mehr als ein heiseres Flüstern, das sich nicht deutlicher von dem scharfen Tonfall hätte unterscheiden können, den er Eric gegenüber angeschlagen hatte. »Bitte schau mich an.«

Zaghaft hob sie den Kopf und wurde sofort von einem Paar smaragdgrüner Augen gefangen genommen. Ihr panisch schlagendes Herz kam für einen Moment zum Stillstand, bevor es langsam und stetig weiterschlug. Und das alles ohne ein einziges Wort von ihm. Ein Blick in seine Augen genügte, um zu wissen, dass er ihr nicht böse war. Vielmehr schien er voll roher Emotionen zu sein, die Hannah nicht so recht zu deuten wusste.

»Ja?«

»Ich bin dir nicht böse«, bestätigte er ihre Vermutung. »Eric wusste auch ohne dich, dass ich ihm misstraue.«

Hannah atmete auf. »Gut. Ich hatte schon befürchtet … Du bist so schnell weggelaufen, hast kaum gesprochen, und ich dachte …« Sie konnte ihm nicht sagen, was sie sich wünschte.

»Was dachtest du?«, fragte er sanft.

Hannah schluckte. »Ich dachte, dass du mir böse bist – mich jetzt vielleicht nicht mehr magst.«

Der Strudel an Emotionen in seinen Augen versiegte, wurde zu einem ruhigen See. »Ach Hannah. Ich könnte dich niemals nicht mögen.« Er streckte die Hand nach ihr aus. Einen verfehlten Herzschlag später kam sie an ihrer Wange zum Ruhen. Seine Berührung war weich wie Samt, dabei spürte sie deutlich die Schwielen auf seinen Handflächen.

»Da bin ich froh.« Hannah konnte nicht anders. Sie schmiegte ihre Wange an seine Hand und schloss die Augen. Einen tiefen Atemzug lang genoss sie seine Nähe, ganz egal, wie unanständig sie war.

Frederick bewegte sich keinen Zentimeter, sprach kein Wort. Dennoch ging sein Atem lauter, als sie es von ihm kannte. War er ebenso aufgeregt wie sie? Rauschte ihm auch das Blut in den Ohren, während ihm das Herz bis zum Hals schlug?

Irgendwann spürte sie, wie er sich regte. Seine Hand schloss sich, sodass seine Fingerkuppen sanft über ihre Wange strichen. Im nächsten Moment waren sie fort.

Sie blinzelte gegen die Helligkeit des Raumes an. Die Sehnsucht ihres undankbaren Herzens kämpfte sie verbissen nieder.

Er hatte sich von ihr abgewandt und starrte aus dem Fenster, die Hände in den Hosentaschen vergraben. »Du solltest vielleicht lieber gehen«, sagte er leise.

Hannah nickte. »Das sollte ich wohl. Danke …« Sie zögerte, schluckte die Worte, die ihr auf der Zunge brannten, hinunter. »… dass du mir nicht böse bist und … für alles.«

Mit brennenden Wangen wandte sie sich ab, eilte zur Tür. Sie musste gehen, bevor sie sich in seinen Augen unmöglich machte. »Gute Nacht.«

»Gute Nacht.«

Schnell verließ sie den Raum. Draußen lehnte sie sich gegen die Tür. Ihre Wange kribbelte noch immer. Die Haut fühlte sich seltsam kalt an ohne die Wärme seiner Hand. Trotzdem durfte sie so etwas nicht noch einmal tun. Es war leichtsinnig gewesen, in sein Zimmer zu gehen. Ganz zu schweigen von dem, was sie danach getan hatte. Was würde er nun von ihr denken? Mit hängenden Schultern schlich sie davon. Doch mit jedem zurückgelegten Meter wuchs das Gefühl, etwas in seinem Zimmer zurückgelassen zu haben.

Ungläubig starrte Syra auf den riesigen Strauß roter Rosen. Es waren mindestens dreißig Stück, zusammengehalten von einer roten Schleife. Ein betörender, süßer Duft kitzelte ihre Nase. Sie konnte nicht widerstehen und vergrub das Gesicht zwischen den Blüten. Tief atmete sie ein. Ein verliebtes Seufzen fiel ihr von den Lippen. Er hatte sich wirklich selbst übertroffen, ihr Freund. Sie stutzte. Durfte sie ihn jetzt so nennen? Sie hatten nicht darüber gesprochen, was zwischen ihnen war. Aber diese Rosen setzten ein eindeutiges Zeichen …

»Eric?«

Er war weder im Flur noch in der Eingangshalle. In der Küche würde sie etwas für die Blumen finden, und hoffentlich auch ihn.

Fehlanzeige. Sorgsam stellte sie die Rosen in eine Vase und platzierte sie auf dem Tisch. Noch nie hatte ihr ein Mann Rosen geschenkt. Sie jetzt schon von Eric zu bekommen, fühlte sich seltsam an – zu früh. Erwartete er etwas im Gegenzug oder –

»Guten Morgen. Du hast nach mir gerufen?«

Quiekend fuhr Syra herum. Er stand im Türrahmen. »Du musst dir wirklich abgewöhnen, dich so an mich anzuschleichen. Ich erschrecke mich jedes Mal.«

»Entschuldige.« Reumütig trat er auf sie zu – und wirkte dabei so ganz und gar nicht angsteinflößend.

»Schon in Ordnung. Du machst das ja nicht mit Absicht. Zumindest hoffe ich das.«

»Natürlich nicht! Nichts liegt mir ferner, als dir Angst einzujagen.« Sein empörter Blick brachte sie zum Schmunzeln. »Ich will, dass du dich in meiner Gegenwart wohlfühlst.«

»Hast du mir deswegen die Rosen geschenkt?«, fragte sie und schaute auf den opulenten Strauß.

»Gefallen sie dir?«

»Sehr. Du weißt aber, dass das nicht nötig gewesen wäre, oder?«

Eric blinzelte verwirrt. »Nicht?«

»Also versteh mich nicht falsch, ich freue mich«, versicherte sie ihm schnell und legte dabei die Arme um seinen Hals. Dann stellte sie sich auf die Zehenspitzen und streifte seine Lippen mit den ihren. »Aber ein Guten-Morgen-Kuss hätte es auch getan.«

Er schlang die Arme um ihren Oberkörper und küsste sie zärtlich. »Guten Morgen. Hast du gut geschlafen?«

Glücklich schmiegte sie sich an ihn. »Wie ein Stein.« Wieder entlockten ihre Worte ihm ein verwirrtes Stirnrunzeln. »Das sagt man, wenn man so fest schläft, dass man sich nicht einmal an seine Träume erinnert.«

»Ich verstehe«, murmelte er und strich ihr eine Locke aus dem Gesicht. »Hast du Hunger? Ich habe Frühstück gemacht.«

»Wo?« Sie schaute auf den leeren Küchentisch.

Er nahm sie bei der Hand. »Komm mit.«

Gemeinsam schlenderten sie über den Hof, den schmalen Pfad entlang, der am Haus vorbei nach hinten führte. Er war längst nicht mehr so verwildert, wie sie ihn in Erinnerung hatte. Die Büsche und Sträucher waren sauber geschnitten und gaben den Blick auf eine gemähte Wiese frei, in deren Mitte ein wunderschöner steinerner Pavillon stand. Der alte Brunnen war hingegen nirgendwo zu entdecken.

»Was …« Fassungslos betrachtete Syra das veränderte Stück Land und erkannte es nicht wieder.

Eric beobachtete sie mit einem zufriedenen Lächeln. »Gefällt es dir? Es wurde Zeit, dass ich diesen Teil des Grundstücks mal wieder ein wenig in Form bringe. Und ich dachte, du weißt einen gemütlichen Platz an der frischen Luft zu schätzen.«

Wie betäubt folgte sie ihm zum Pavillon. Dort hatte er ein Picknick zwischen den runden Säulen vorbereitet. Kissen und eine

Decke hatte er für sie nach draußen getragen, nicht zu schweigen von den Leckereien, die sich auf der karierten Decke türmten.

»Was ist los? Gefällt es dir nicht?«

»Ich …« Sprachlos schüttelte Syra den Kopf. Sie hatte den alten Brunnen gerade erst wiederentdeckt. Und nun war er für immer verloren. Beim Gedanken daran blutete ihr das Herz. Doch da war noch etwas anderes, das sie beschäftigte. »Wie hast du diesen Pavillon so schnell bauen lassen? Ich habe keine Arbeiter gesehen. Das hat doch sicher ein Vermögen gekostet.«

Mit einem gutmütigen Kopfschütteln zog er sie zu sich auf die Decke. Dort goss er Kaffee und Milch in eine Tasse. »Deswegen brauchst du dich nicht zu sorgen. Ich habe alles selbst gebaut. Wenn es darum geht, Stein zu bearbeiten, kenne ich mich aus.«

Sie nickte benommen. Den eingeschenkten Kaffee ignorierend betrachtete sie die meisterhaften Steinmetzarbeiten an den Säulen. Es fiel ihr schwer sich über sie zu freuen. Fragen und Zweifel lagen ihr so schwer im Magen. »Aber so schnell? Es dauert doch Wochen oder Monate, so etwas zu bauen. Oder nicht?«

»So lange wollte ich nicht mit der Überraschung warten. Der Winter steht vor der Tür und du sagtest, du willst die letzten schönen Tage nutzen.«

Frustriert schloss sie die Augen. »Aber das ändert doch nichts daran, dass es unmöglich ist, so etwas in so kurzer Zeit fertigzustellen. Auch noch ohne Hilfe!«

Eric erwiderte ruhig ihren Blick. »Ich versichere dir, dass es nicht unmöglich ist. Bei der Arbeit mit Stein bin ich in meinem Element. Sie bereitet mit Freude. Da macht es mir auch nichts aus, nachts zu arbeiten.«

Sie blinzelte überrascht. »Du hast nachts gearbeitet, um das hier so schnell fertigzubekommen?«, fragte sie und spürte, wie der Gedanke daran ihren Widerstand schmelzen ließ.

Er nickte.

»Das ist ... Ich weiß gar nicht, was ich dazu sagen soll.«

Rote Rosen, ein Pavillon ... Was kommt als Nächstes?

»Du musst nichts sagen. Genieß einfach die Aussicht und das Frühstück und hör auf zu grübeln«, sagte Eric und strich ihr sanft über die Wange.

Bei seiner Berührung erschauderte sie. Für einen Moment verstummten ihre Gedanken.

»Ich versuche es.« Sie ließ zu, dass er sie von hinten umarmte. Der Pavillon war der perfekte Platz für ein Picknick, das musste sie ihm lassen. Seufzend griff sie sich eine Traube und steckte sie sich in den Mund.

»War das alles, was dich beschäftigt? Oder ist da noch mehr?«, fragte Eric leise in ihr Ohr.

Es kostete sie einiges an Beherrschung, sich vom warmen Gefühl seines Atems auf ihrer Haut nicht ablenken zu lassen. »Der Brunnen. Warum hast du ihn abgerissen?«

Bildete sie es sich ein, oder versteifte er sich bei diesen Worten? Schlug sein Herz plötzlich schneller?

»Der Brunnen war nicht sicher«, antwortete er schließlich. »Ich habe erst versucht, ihn wieder instand zu setzen, sodass er keine Gefahr mehr darstellt. Aber es wollte mir nicht gelingen. Am Ende half nur, ihn zu versiegeln.«

»Das ist schade. Dieser Brunnen war für mich ein Stück Kindheit«, sagte sie mit belegter Stimme. »Ich kann nicht glauben, dass da nichts mehr zu machen war.« Sie schluckte gegen den Kloß an, der ihr nach und nach das Atmen erschwerte. Sie konnte selbst nicht erklären, weshalb ihr diese Sache so naheging. Der Brunnen war nicht einmal besonders schön gewesen. Trotzdem hatte sie das Gefühl, dass dem Grundstück ohne ihn etwas fehlte. »Ich wünschte, du hättest mich gefragt, bevor du ihn zuschüttest. Für dich mag es nur ein alter Brunnen gewesen sein, aber für mich war er auch ein Stück Vergangenheit, verstehst du?«

»Ich verstehe. In Zukunft spreche ich mich mit dir ab, bevor ich etwas am Gut verändere. Das verspreche ich.«

Langsam löste sich die Anspannung in ihr. Eric war bereit, sie in seine Entscheidungen einzubeziehen, und das war ein wichtiger Schritt in ihrer Beziehung.

»Danke«, flüsterte sie und drehte sich in seinen Armen. Ihre Blicke trafen sich, und sie erkannte, dass er es aufrichtig meinte.

»Ich möchte, dass du glücklich bist. Nichts liegt mir ferner, als dich zu verletzen oder deine Wünsche zu ignorieren«, murmelte er, während er sie mit den Augen um Vergebung bat.

Wie hätte Syra sie ihm verwehren können? »Ich bin glücklich«, versicherte sie ihm. »Du liest mir jeden Wunsch von den Augen ab. Welche andere Frau kann das von ihrem Partner behaupten?«

»Partner?«

Sie errötete. »War ich zu vorschnell? Ich dachte, wir wären jetzt zusammen. Oder willst du es lieber unverbindlich angehen lassen? Wenn du deine Freiheit brauchst, dann kann ich das natürlich verstehen.«

Er begegnete ihren Worten mit einem entschiedenen Kopfschütteln. »Nein. Ich will mit dir zusammen sein. Mit allem, was dazugehört. Wenn es noch etwas anderes gibt, was du möchtest, irgendwelche Regeln, die ich kennen sollte …«

»Lass es uns langsam angehen, okay? Du brauchst mir keine Geschenke zu machen, damit ich glücklich bin. Hin und wieder vielleicht. Über eine Umarmung oder einen Kuss freue ich mich genauso.«

»Ich verstehe«, erwiderte Eric ernst. Dann legte er eine Hand auf ihre Wange und zog Syra in einen zärtlichen Kuss.

Ihr Herz schmolz unter seinen Blicken und Berührungen, sodass Zweifel und Ärger bald vergessen waren. Zurück blieb nur ein glückliches Bauchkribbeln. Jetzt würde alles gut werden.

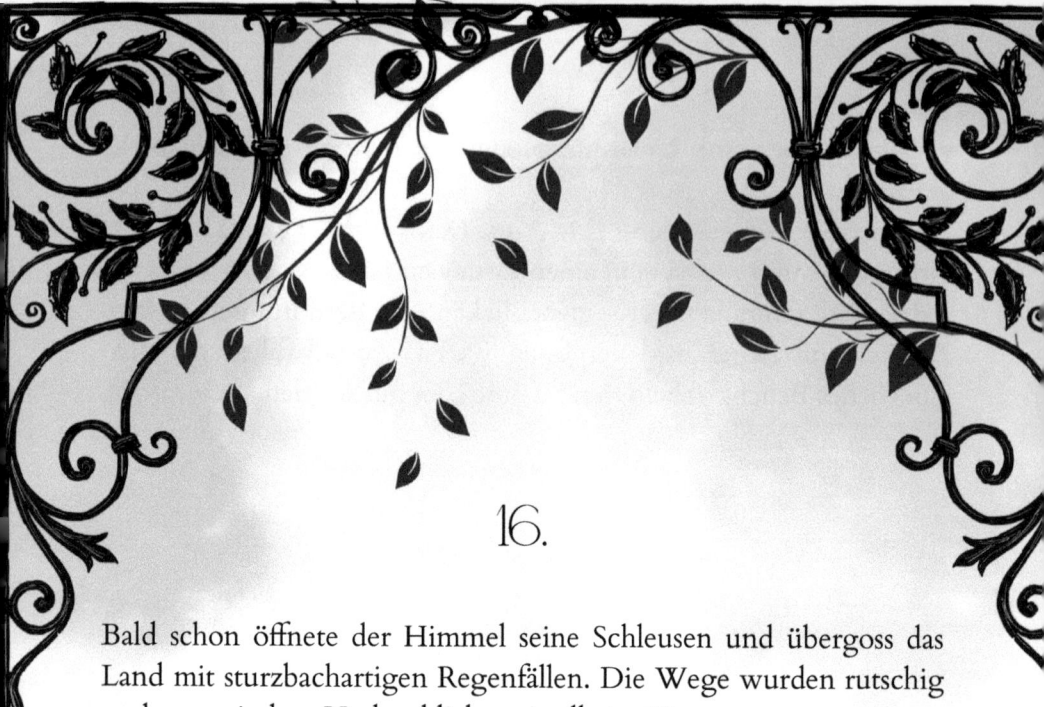

16.

Bald schon öffnete der Himmel seine Schleusen und übergoss das Land mit sturzbachartigen Regenfällen. Die Wege wurden rutschig und unpassierbar. Und so blieben sie alle im Haus.

Hannah putzte und flickte und die Männer machten sich gemeinsam an die Reparaturen.

Wenn Hannah Zeit hatte, schaute sie ihnen heimlich dabei zu. Sie beobachtete das Spiel von Fredericks Muskeln oder wie sein Haar das Sonnenlicht reflektierte. Einmal verfolgte sie eine Schweißperle mit den Blicken, beobachtete, wie sie seinen Hals hinabrann und in seinem Hemd verschwand. Mit klopfendem Herzen stellte sie sich vor, wie der Tropfen tiefer glitt und Stellen berührte, die ihr für immer verwehrt bleiben würden. Wenn es um Frederick ging, fand ihr Kopf immer neue Wege, sie zu quälen. Beschämt wandte sie sich ab und machte sich wieder an die Arbeit.

Je länger der Regen anhielt, desto unruhiger wurde sie. Das Haus war plötzlich nicht mehr groß genug. Wo auch immer sie hinging, hörte sie Frederick bei der Arbeit summen oder wurde überrascht, wenn er plötzlich hinter ihr auftauchte, um ihr über die Schulter zu schauen. Dann schlug ihr Herz wie ein Vogeljunges, das sich bereit machte, das Nest zu verlassen. Andere Male fand sie ihn am Fenster sitzend, den Blick traurig in die Ferne gerichtet, rastlos mit den Füßen wippend. Sie wusste, es zog ihn zurück in den Wald, den er so sehr liebte. Manchmal setzte sie sich zu ihm, entschlossen, diese gemeinsamen Momente auszukosten, so lange sie währten. Dann saßen sie schweigend beisammen und Hannah genoss die Wärme, die von ihm ausging, und seinen Duft. Doch wenn sie ehrlich mit sich war, wollte sie auch nach draußen. Und sei es nur für einen gemeinsamen Spaziergang mit ihm.

Als das Wetter nach zwei Wochen endlich aufklarte, hielt nichts mehr sie im Haus. Schon beim Frühstück fiel es ihr schwer, ruhig an ihrem Platz zu bleiben, anstatt dem Ruf der Sonne zu folgen. »Lass uns heute rausgehen. Nach dem Regen gibt es sicher jede Menge Pilze.«

Frederick nickte begeistert. »Gute Idee. Es wird nicht mehr lange dauern, bis wir keine mehr finden.«

Bald schon streiften sie durch den Wald. Hannah sog die frische Luft tief in sich ein. Der Herbst hatte die Blätter bunt gemalt und setzte dem grauen Himmel die strahlendsten Farben entgegen.

»Ich glaube, es ist noch zu nass«, bemerkte Frederick nach einer Weile. »Oder der Mond steht nicht richtig. Wenn es Pilze gäbe, dann müssten wir schon längst welche gefunden haben.«

Hannah seufzte. Sie wusste, dass er recht hatte. Er kannte den Wald viel besser als sie. Aber sie wollte noch nicht zurück, sie wollte das bunte Herbstlaub und die frische Luft, die sie so frech an der Nase kitzelte, noch ein wenig genießen. »Vielleicht haben wir dort hinten Glück. Ich glaube, in diesem Teil des Waldes waren wir noch nie.« Ein schmaler Weg verlor sich im dichten Gebüsch. Hohe Farne wuchsen hier, deren lange Blätter ihr bis zur Brust reichten.

Frederick blieb grübelnd stehen. »Ich kann mich nicht erinnern, diesen Weg schon mal gesehen zu haben«, sagte er. »Dabei bin ich nicht zum ersten Mal hier. Wir sollten nachsehen, was da ist.«

Die Bäume hier standen dichter. Nur noch ein kleiner Teil des Sonnenlichts drang durch das Blätterdach bis zu ihnen hindurch.

Vermutlich ist es sinnlos, hier überhaupt nach Pilzen zu suchen. Sie schob sich zwischen zwei besonders großen Farnen hindurch. Die langen Blätter strichen über ihre Arme und ihre Brust. Für einen Moment glaubte sie, sie würden nach ihr tasten. Ein Schauer jagte über ihren Rücken. Alles in ihr drängte sie, die lästigen Blätter von sich zu schlagen, anstatt sie zu ignorieren, so wie Frederick es vor ihr tat.

»Es ist ein wenig unheimlich hier, findest du nicht?«, sagte sie. »Man könnte glauben, die Bäume hätten Augen.« Frederick wandte sich fragend zu ihr um. Hannah deutete auf eine Birke zu ihrer Rechten. Es schien, als würde sie sie aus zahlreichen dunklen Augen anstarren. Genauso die anderen Bäume rundherum. Bildete sie es sich ein, oder rückten sie unaufhörlich näher – Zentimeter für Zentimeter, in dem Versuch, sie langsam zu umzingeln?

Was für ein Unsinn. Bäume können sich nicht bewegen. Sie sind mit ihren Wurzeln in der Erde verankert. Trotzdem hätte sie schwören können, dass der Baum zu ihrer Linken gerade noch ein ganzes Stück weiter hinten gestanden hatte. Ihr Magen zog sich schmerzhaft zusammen.

»Bäume haben keine Augen«, erklärte Frederick. »Was du da siehst, sind Astlöcher, schau.«

Skeptisch betrachtete sie die weiße Rinde der Birke.

Selbst auf den zweiten Blick sehen diese Astlöcher wie Augen aus.

»Können wir jetzt weiter?« Fragend hob Frederick die Augenbrauen.

Fürchtete er sich gar nicht? Sie stutzte. *Hat der Baum gerade geblinzelt?*

Hannah schluckte. »Ich würde ehrlich gesagt lieber umkehren. Irgendetwas stimmt hier nicht.«

Plötzlich hörten sie ein seltsames Rascheln, gefolgt von leisem Wispern. Dann ein Knacken und Knarzen. Die Geräusche schienen von überall um sie herum zu kommen, als würden die Bäume selbst zu ihnen sprechen.

Hannahs Herz schlug schneller. Die Baumschatten hatten sich verdichtet. Das Licht wurde von Sekunde zu Sekunde schwächer. »Bitte. Ich will nach Hause.«

Für einen Moment fürchtete sie, Frederick würde sie auslachen oder ihre Ängste für die Marotten eines naiven Weibsbildes halten. Doch nur kurz huschte ein Anflug von Enttäuschung über sein Gesicht. Dann zuckte er mit den Schultern und sagte: »Wie du willst. Ich kann jederzeit wiederkommen, wenn ich –« Er brach ab und fuhr herum.

Hannah tat es ihm gleich. »Der Weg. Er ist verschwunden«, keuchte sie und suchte hastig den Waldboden nach ihren Spuren ab. Sie sah die Abdrücke ihrer Füße hinter sich im Dickicht verschwinden; der tagelange Regen hatte den Boden weich und formbar gemacht. Doch wo gerade noch ein schmaler Waldweg gewesen war, standen die Farne und Büsche nun dicht an dicht.

»Das ist unmöglich.« Verwirrt schüttelte Frederick den Kopf. »Es ist, als ob …«

»… sich die Bäume und Büsche bewegen würden?«, führte Hannah seinen Satz fort. Ängstlich tastete sie nach seiner Hand. Das Gefühl seiner Finger zwischen ihren half ihr, die aufkeimende Panik niederzukämpfen.

Während Frederick die Umgebung studierte, schloss sich seine Hand fester um ihre. »Wir müssen hier weg. Schnell«, murmelte er und zog sie in die Richtung, aus der sie gekommen waren. Sie mussten durchs Dickicht hindurch, einen anderen Weg gab es nicht.

Hannah wäre am liebsten gerannt, doch Frederick beschränkte sich aufs Gehen, den Blick fest auf den Boden vor sich geheftet. Hatte sich da hinten etwas bewegt? Es war ihr, als hätte sie für einen Moment einen Schatten gesehen, bevor sie blinzelte und er verschwand.

Etwas schlang sich um ihren Knöchel, hielt sie fest wie eine Hand. »Ihhh!« Sie schrie, stolperte, fing sich jedoch. Es war nur ein Farnblatt, in dem sie sich verheddert hatte. Fluchend riss sie ihren Fuß fort und kämpfte sich weiter.

Äste und Blätter streiften und zerkratzten ihre Haut, verhakten sich in ihrem Haar und zerrten daran. Sie biss die Zähne zusammen und blinzelte die Tränen fort.

Fredericks rechte Hand bahnte ihnen den Weg durch das immer dichter werdende Gestrüpp, während seine linke die ihre fest umklammert hielt. Wie tief waren sie nur in diesen verdammten Wald hineingelaufen? Musste dieses Dickicht nicht bald zu Ende sein?

Ohne Vorwarnung blieb er stehen, sodass sie unsanft mit ihm zusammenstieß. »Wir laufen in die falsche Richtung.«

Wohin sie auch sah: nur dichter, endloser Wald, Farne und Sträucher, die den Blick auf den Waldboden verdeckten. Vom Boden her stieg dichter Nebel auf, der sich kühl und weiß um ihre Knöchel legte. Sie wimmerte ängstlich. »Bist du sicher?«

Er nickte. »Vertraust du mir?«

»Ja.« Ihre Antwort kam, ohne zu zögern. Trotzdem schrie ihr Verstand protestierend auf, als Frederick sie plötzlich in die entgegengesetzte Richtung zerrte.

»Das ist der falsche –«

»Ich weiß«, rief Frederick und zog sie weiter.

Warum liefen sie zurück in den Wald?

Dieses Mal schlugen seine langen Beine ein schnelleres Tempo an und sie hatte Mühe, ihm zu folgen, ohne dabei über Wurzeln oder Farnblätter zu stolpern. Dennoch hielt sie Schritt, japsend und keuchend. Bei jedem Atemzug brannte ihre Seite wie Feuer. Modriger Gestank machte ihr das Atmen schwer und der Nebel hatte Frederick völlig verschluckt. Nur der Druck seiner Hand versicherte ihr, dass er noch da war.

Auf einmal bog er scharf ab und brach durch eine kleine Gruppe von Büschen. Nach wenigen Schritten fanden sie sich auf einer Waldlichtung wieder.

Hier war der Wald weniger bedrohlich. Sonnenstrahlen fielen wieder durch die Baumkronen hindurch und zauberten leuchtende Inseln auf den Blätterteppich zu ihren Füßen. Das Rascheln und Knistern der Bäume um sie war verstummt. Stattdessen hallte das Trommeln eines Spechtes über die Lichtung.

Hannah atmete auf. Nicht ein Busch oder Farn versperrte ihnen den Weg. Das unheilvolle Gefühl in ihrer Magengegend war verschwunden.

»Wir sollten weiter. Weg von diesem Ort, so schnell wir können.« Frederick zog sanft an ihrer Hand.

Hannah wollte nur weg, hinaus aus diesem Wald und den Bäumen, die sie umzingelten wie ein Rudel hungriger Wölfe. »Ich möchte nach Hause.«

»Natürlich. Komm.« Entschlossen nickte Frederick ihr zu, strich mit dem Daumen über ihren Handrücken. Dann zog er sie mit sich, fort von der Lichtung hin zu ihrem Zuhause.

17.

»Geh nicht.«

»Ich muss.« Syra schnappte sich ihre Jacke. »Der Job ist wichtig.«

Der Himmel war voller dunkler Wolken und passte wunderbar zu Erics finsterer Miene. »Warum? Gestern noch hast du dich beklagt, dass dir die Arbeit als Nachhilfelehrerin nicht gefällt. Du hast hier alles, was du brauchst. Oder fehlt es dir an irgendetwas?« Forschend blickte er sie an.

»Mein Konto ist leer, Eric. Und ich will dir nicht ewig auf der Tasche liegen. Außerdem komme ich mir so nutzlos vor, wenn ich den ganzen Tag zu Hause sitze. Hin und wieder muss ich unter Leute.«

»Du bist nicht nutzlos.« Er wand ihrer beider Finger ineinander und zog Syra an sich. »Ich brauche dich.«

»Und ich komme wieder. Du warst jahrelang allein in diesem Haus. Was sind da schon zwei Stunden?« Lächelnd hauchte sie einen federleichten Kuss auf seine Lippen. Doch sobald sie versuchte, sich aus seiner Umarmung zu befreien, hielt er sie nur noch fester. »Eric, komm schon! Lass mich los.«

Er zögerte. Dann ließ er die Arme sinken. »Ich wünschte wirklich, du würdest nicht gehen. Draußen ist es gefährlich. Es wird ein Gewitter geben.«

»Und ich sitze im Auto. Mir passiert schon nichts.«

Seine Worte klangen ihr noch in den Ohren, als sie ihr Auto die schmale Straße entlang aus dem Dorf hinaussteuerte. Es war gerade einmal vier Tage her, dass er ihr den Anhänger geschenkt und sie zum ersten Mal geküsst hatte, doch es fiel ihr schon jetzt jeden Tag schwerer, ins Auto zu steigen und ihn und das Haus für ein paar Stunden zu verlassen. Es half nicht, dass sie ihren neuen Job tatsächlich nicht ausstehen konnte, oder dass Eric sie zum Abschied küsste, als hinge sein Leben davon ab. Noch jetzt spürte sie seine Lippen auf ihren, ein süßes Kribbeln, das sie lockte, auf die Bremse zu treten und einfach umzudrehen.

Aber nein. Sie brauchte das Geld. Daran änderten auch die dunklen Wolken nichts, die unheilvoll am Himmel aufzogen. Schon jetzt heulte der Wind und rüttelte an ihrem kleinen VW Golf, sodass sie das Steuer mit beiden Händen umfassen musste, um nicht vom Weg abgedrängt zu werden.

Spätestens auf dem Nachhauseweg bereute sie es bitter, nicht auf ihn gehört und den nervigen Nachhilfeunterricht abgesagt zu haben. Die Regenwolken türmten sich zu einer dunklen Wand auf, kurz bevor der Himmel seine Schleusen öffnete. Danach ergoss sich der Regen in Strömen über das Land. Dicke Tropfen prasselten aufs Autodach und die Scheibe und machten es unmöglich, etwas zu erkennen, obwohl der Scheibenwischer auf Hochtouren lief.

Fluchend drosselte sie das Tempo noch weiter. Auch wenn ihre Nachhilfeschüler nur etwa zwanzig Minuten von ihrem Zuhause entfernt wohnten, war sie inzwischen schon über eine halbe Stunde unterwegs. Und der Wald lag immer noch vor ihr.

Unweigerlich dachte sie an ihre Eltern. Auch damals hatte es ein schlimmes Unwetter gegeben. Das Auto war von der Straße abgekommen und …

Sie bremste und fuhr auf den Grasstreifen, der die schmale Straße zu beiden Seiten säumte. Die Bäume standen dahinter so dicht wie eine undurchdringliche Wand. Einige Äste reichten fast bis ans Auto heran. Syra erschauderte. Es nützte nichts. Sie musste hier warten, bis das Gewitter vorbei war. Alles andere war zu gefährlich.

Das Zucken eines Blitzes riss sie aus den Gedanken, schärfte ihre Sinne für den Donner, der nur zu bald folgte.

Einundzwanzig, zweiundzwanzig, dreiundzwanzig.

Krach!

Das Gewitter war nah. Zu nah für ihren Geschmack, und sie parkte mitten im Wald. Verdammt!

Wieder zuckte ein Blitz über den Himmel. Er entlud sich in einem Baum, der kaum mehr als zehn Meter entfernt am Straßenrand stand. Syra schrie auf. Fassungslos beobachtete sie, wie der Stamm in der Mitte entzweibrach. Der obere Teil fiel wie in Zeitlupe quer über die Straße und schlug dort mit einem ohrenbetäubenden Knall auf. Schwelend und qualmend blieb er knapp vor ihrem Wagen liegen. Wenn sie nicht rechtzeitig angehalten hätte, dann … Nein. So durfte sie nicht denken. Die Gefahr war noch nicht vorbei. Der Weg zu ihrem Zuhause war versperrt, bis man den Baum aus dem Weg geräumt hatte. Sie würde einen Umweg fahren müssen, sobald sich das Unwetter gelegt hatte. Doch das konnte dauern. Sie musste Eric Bescheid geben.

Er macht sich bestimmt Sorgen.

Dummerweise steckte ihr Handy in ihrer Tasche im Kofferraum. Sie müsste aussteigen, um es zu erreichen.

Inzwischen hatte der Regen die Straße in einen kleinen Bach verwandelt. Das Wasser stand mindestens einen Zentimeter hoch und floss an ihr vorbei, den Hügel hinab. Wenn es so weiterging, würde der kleine Bach bei ihrem Haus über die Ufer treten, vielleicht sogar die Brücke, die sie auf dem Weg dorthin überqueren musste, unpassierbar machen. Wie würde sie dann nach Hause kommen? Es gab nur diesen einen Weg zum Haus. Ihr Magen krampfte sich vor Sorge zusammen.

Ein weiterer Blitz fuhr vom Himmel herab, riss einen weiteren Baum zu ihrer Rechten zu Boden.

Krach!

Syra fuhr zusammen, krallte die Finger ins Lenkrad. Sie zitterte am ganzen Körper. Gleichzeitig brach ihr der Schweiß aus allen Poren. Sie wollte nicht hier sein. Sie wollte nach Hause. Zu Eric. Wenn er doch nur hier wäre, um sie in den Arm zu nehmen, oder noch besser, sie bei ihm, anstatt gefangen in diesem Albtraum mitten im Wald.

Ein dritter Blitz schlug ein, dieses Mal zu ihrer Linken. Er riss einen Baum in Stücke, schleuderte einen großen Ast in ihre Richtung, als wöge er nur so viel wie ein Zweig. Er landete nur wenige Meter von ihrem Auto entfernt, rollte noch ein Stück, bevor er neben der Straße liegen blieb, ungefährlich und doch eine Mahnung, wie knapp er sie verfehlt hatte.

Das ist kein normales Gewitter. Man könnte meinen, die Natur hätte sich gegen sie gewendet, um sie nun mit allem zu attackieren, was sie zu bieten hatte. Waren ihre Eltern so gestorben? Der Gedanke erfüllte sie mit Grauen.

Hastig griff sie zum Zündschloss und drehte den Schlüssel. Zu ihrer grenzenlosen Erleichterung sprang das Auto sofort an. Sie musste hier weg, und zwar schnell.

Sie legte den Rückwärtsgang ein und trat auf das Gaspedal. Wenn sie ein Stück zurückfuhr, konnte sie auf der Straße wenden.

Der Wagen bewegte sich nicht. Die Vorderräder fanden keinen Halt auf dem schlammigen Boden, auch nicht, als sie stattdessen den Vorwärtsgang einlegte und den Lenker scharf herumriss. Es ging weder vor noch zurück, ganz egal, wie viel Gas sie gab.

»Draußen ist es gefährlich.«

Erics warnende Worte kamen ihr in den Sinn. Er hatte recht. Der Wald *war* gefährlich. Wimmernd drückte sie sich tiefer in den Sitz und unternahm einen weiteren Versuch, das Auto in Bewegung zu setzen. Hatte sich da vorne etwas bewegt? Ein Schatten? Oder ein wildes Tier?

»Glaubst du an Magie? An Geister?«

In diesem Moment war sie bereit, an alles zu glauben: Gott, Geister, Gnome. Es spielte keine Rolle, solange sie nur lebend aus diesem elenden Wald herauskam.

»Bitte. Hört mich jemand, irgendjemand. Ich brauche Hilfe«, flüsterte sie.

Bum. Bumbum.

Etwas stand direkt neben ihr am Fenster: ein Wesen auf zwei Beinen, über und über mit Schlamm bedeckt. Seine verkrustete Hand hinterließ braune, schlammige Schlieren auf der Scheibe, die der prasselnde Regen rasch fortspülte. Seine Gesichtszüge waren verzerrt, entstellt von dicken Schlammklumpen. Zwischen ihnen klaffte ein tiefer Schlund, wo der Mund sein sollte. War das überhaupt ein Mensch oder …

Blitzschnell verriegelte sie die Fahrertür, dann die Beifahrertür. Ängstlich spähte sie durch die Scheibe. »Wer sind Sie? Was wollen Sie?«

Der Schlund der Kreatur wurde größer, dann schrumpfte er wieder. Heraus kam ein tiefes Grollen.

Oh, Scheiße! Was ist das für ein Ding?

Wimmernd umklammerte sie das Lenkrad, tastete mit dem Fuß nach dem Gaspedal. Kaum hatte sie es gefunden, trat sie es durch. Der Motor heulte auf, die Reifen quietschten. Doch ihr nutzloser Wagen rührte sich keinen Zentimeter.

Das Ungeheuer hatte die riesige Pranke erhoben, vermutlich zum Schlag.

Syra schrie und ging in Deckung, schirmte den Kopf mit den Armen ab. Dann wartete sie, mit angehaltenem Atem und klopfendem Herzen. Nichts geschah. War das Vieh fort oder …

Sie lauschte. Da war ein tiefes Grollen. War das der Donner?

Das Schlammungeheuer machte sich am Türgriff zu schaffen und der Wagen begann zu schaukeln.

Es grollte und fauchte, doch das Schloss hielt stand. Aber wie lange?

Wenn das Ding durch die Tür kam, musste sie sich irgendwie verteidigen. Gab es hier irgendetwas, das –

»Syra.«

Sie erstarrte. Da war das Prasseln des Regens, das Rauschen des Windes, dann dieses tiefe Grollen und –

»Syra!«

Jemand rief nach ihr. Und er war ganz nah. Die Stimme klang tief und rau. Unbekannt. Trotzdem löste sie etwas in ihr aus.

»Was wollen Sie? Woher kennen Sie meinen Namen?«

Reglos verharrte die Gestalt vor dem Fenster. Dann öffnete sie langsam den Schlund. »Er… Er… Eric.«

Konnte es sein?

»Eric?«

Angestrengt spähte sie nach draußen, versuchte, im Regen etwas zu erkennen.

Ein Nicken.

Syra keuchte. Unglaube und Erleichterung brachen über sie herein. War er es wirklich? Mit zusammengekniffenen Augen starrte sie durch die Scheibe auf die schlammverkrustete Gestalt. Jetzt erkannte sie langes, schwarzes Haar. Es war vom Schlamm verklebt. Seine sonst bleiche Haut war unmöglich unter der Erdkruste zu sehen. Selbst sein Gesicht sah aus, als hätte ein Kind versucht, aus Schlamm einen Menschen zu formen, verzerrt und verquollen und gar nicht wie das des Mannes, den sie liebgewonnen hatte. Nur seine Augen waren dieselben. Dunkle Onyxe, die sie voll brennender Sorge durch die Scheibe hindurch anstarrten.

Schnell kurbelte sie die Scheibe einen Spalt herunter. »Um Himmels willen! Was … was machst du hier?«

»Ich … helfe«, antwortete er mit schleppender Stimme.

Sie nickte hektisch. Es war nur eine Frage der Zeit, bis der nächste Blitz einschlug und drohte, einen Baum auf sie stürzen zu lassen. »Der Boden. Die Reifen finden keinen Halt. Ich stecke fest.«

»Ich … weiß. Ich … helfe. Los.«

Plötzlich konnte sie ihn durch den dichten Regenschleier nicht mehr sehen. Er war wie vom Erdboden verschluckt. Hektisch schaute sie sich nach allen Seiten um, bis sie hinter dem Wagen einen dunklen Schemen ausmachte.

Nach vorn also.

Sie legte den ersten Gang ein. Eric konnte sie gegen das laute Trommeln der Regentropfen nicht hören. Daher vertraute sie einfach darauf, dass er bereit war. Mit klopfendem Herzen gab sie Gas, hoffte und betete, dass seine Hilfe das nötige Zünglein an der Waage war.

Und tatsächlich: Ihr alter Golf bewegte sich, kämpfte sich vorwärts durch den Schlamm, bis die Reifen endlich Halt auf der asphaltierten Straße fanden.

Geschafft! Und jetzt nichts wie weg hier.

Sie riss die Fahrertür auf und schaute nach hinten. Sofort klatschte ihr der Regen ins Gesicht, durchnässte ihr Haar innerhalb von Sekunden.

»Eric, schnell. Komm rein!«, schrie sie gegen das brüllende Rauschen des Wassers an. Dann schloss sie hastig die Tür und wartete. Nichts. Sie versuchte es noch einmal, riss die Fahrertür auf und rief: »Eric, komm! Wir müssen hier weg!«

Dieses Mal regte sich etwas hinter dem Auto. Erleichtert zog sie die Wagentür wieder zu. Dann wartete sie, zählte die quälenden Sekunden, bis sich die Beifahrertür endlich öffnete. Sie zuckte beim Anblick des schlammverkrusteten Mannes zusammen, der seinen Kopf zu ihr in den Wagen streckte.

»Syra. Fahr.«

»Zuerst musst du einsteigen.«

Er schüttelte den Kopf, räusperte sich. »Ich ... kann nicht. Du musst ... ohne mich fahren. Wir treffen uns ... am Haus.« Das Sprechen fiel ihm sichtlich schwer, doch mit jedem Wort klang er mehr wie er selbst.

»Sei nicht albern. Natürlich kannst du einsteigen, genauso, wie du anscheinend auch das Haus verlassen kannst. Komm, da draußen ist es gefährlich, wir –«

»Syra. Hör auf ... bitte. Ich kann nicht.«

Sie wollte ihm glauben. Nicht nur weil seine Stimme so ernst und flehend klang. Doch seine Worte ergaben keinen Sinn. Er war hier, obwohl er ihr versichert hatte, das Grundstück nicht verlassen zu können. Er stand im schlimmsten Sturm, Kilometer von seinem

Zuhause entfernt in dem Wald, den er als so gefährlich erachtete. Warum also –

»Schau … mich an, schau richtig … hin!«

Mit klopfendem Herzen sah sie in das Gesicht, das kaum etwas von dem Mann hatte, den sie kannte. Zuerst hatte sie gedacht, dass die Erde nur an ihm klebte. Nun war sie sich dessen nicht mehr sicher. Denn dort, wo der Regen die Erde langsam fortspülte, war … *nichts* … Keine Haut kam darunter zum Vorschein, nur Schichten weiterer Erde.

Wie ist das möglich?

»Siehst du … jetzt?«

Der Regen und das Gewitter waren vergessen, zumindest für einen Moment.

»*Was* bist du?«

Eric schüttelte den Kopf. »Nicht … jetzt. Du musst fahren, *los*!«

Wie zur Bestätigung seiner Worte fuhr ein weiterer Blitz nieder und erwischte den Baum direkt neben dem Wagen. Bevor Syra verstand, was geschah, verschwand Eric. Er löste sich einfach auf, nur um den Bruchteil einer Sekunde später neben dem Baum wieder aufzutauchen. Die Gestalt im Regen war größer, als ein Mensch es jemals sein sollte, und kaum mehr menschlich. Sie hielt den Baum in Position, schien ihn mit ihrem Körper zu umschließen.

Dieser Anblick riss Syra endlich aus ihrer Betäubung. Mit einem Ruck zog sie die Wagentür zu und trat aufs Gas. Das Auto setzte sich ohne jeglichen Widerstand in Bewegung. Sie wendete und fuhr davon, mit klopfendem Herzen und Gedanken, die zwischen Angst und Verwirrung hin- und herschwankten. Nur eins wusste sie sicher: Sie musste nach Hause. Würde Eric wirklich dort auf sie warten?

Ängstlich schaute sie in den Rückspiegel. Erics Gestalt war im Regenschleier kaum mehr zu erkennen. Da sah sie, wie sein Körper in sich zusammensackte und in nichts als ein Häufchen Erde zerfiel. Der Baum, den er gehalten hatte, stürzte auf die Straße, genau an der Stelle, an der kurz zuvor noch ihr Auto gestanden hatte.

Sie fuhr weiter, die Augen auf die überschwemmte Straße gerichtet. Das Gewitter hielt an. Das Donnergrollen ließ die Scheiben des Autos erzittern und das Wasser auf der Straße reflektierte gespenstisch das grelle Licht der Blitze. Ihre Augen brannten. Sie wagte es fast nicht, zu blinzeln. Mitunter konnte sie kaum erkennen, wo die Fahrbahn endete und die Böschung begann. Sie dachte an ihre Eltern.

Sie sind bei genau solch einem Unwetter gestorben.

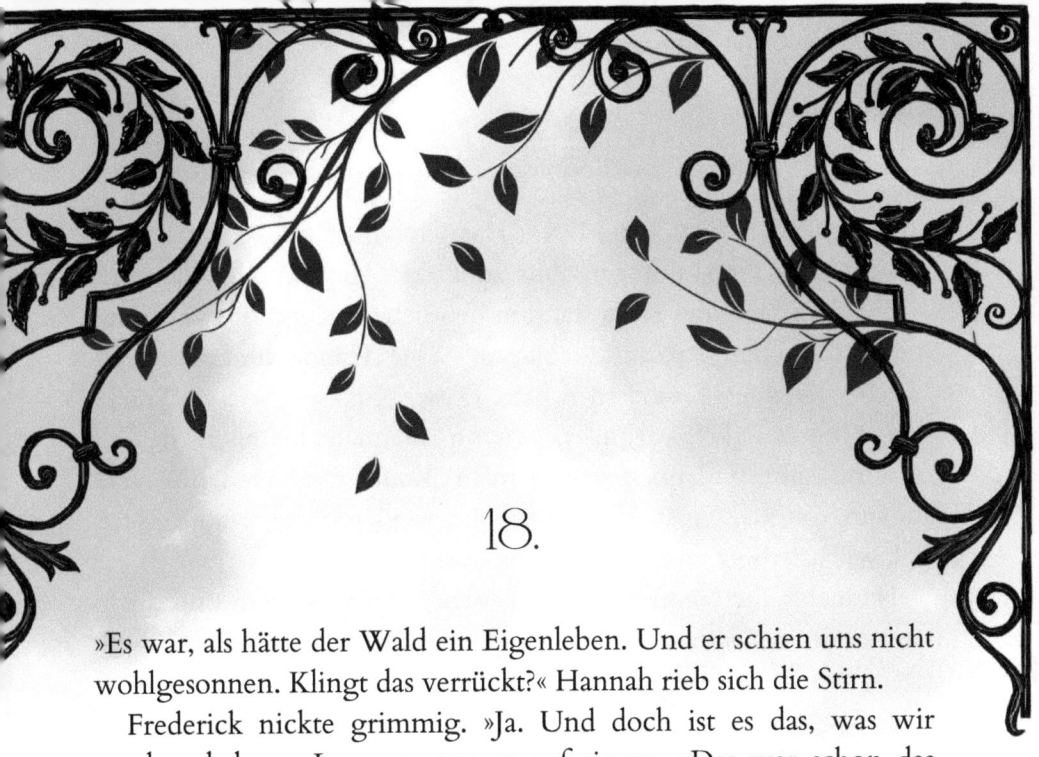

18.

»Es war, als hätte der Wald ein Eigenleben. Und er schien uns nicht wohlgesonnen. Klingt das verrückt?« Hannah rieb sich die Stirn.

Frederick nickte grimmig. »Ja. Und doch ist es das, was wir gesehen haben.« Langsam trat er auf sie zu. »Das war schon das zweite Mal, dass dich meine Leichtsinnigkeit in Gefahr gebracht hat. Geht es dir gut?«

Hannah schenkte ihm ein gequältes Lächeln. »Mir ist nichts geschehen. Und dir?«

»Es geht mir gut. Sorge dich nicht.« Er legte die Hand an ihre Wange, ließ sie dort ruhen. Seine Augen suchten die ihren.

Ein Blick in die grünen Sphären genügte, um ihre komplette Welt zum Stillstand zu bringen. Der Schrecken der letzten Stunde war vergessen. Könnte sie diesen Moment doch nur für immer festhalten, oder das Gefühl, das Frederick in ihr auslöste! Wie ein Brennen zog es sich durch ihren Brustkorb. Dabei spürte sie jeden einzelnen Herzschlag im Hals. Sie benetzte die trockenen Lippen mit der Zunge.

Dann war er plötzlich ganz nah, kitzelte ihr Gesicht mit seinem Atem. Unglaublich zart streiften seine Lippen ihre, was ist ein wohliges Seufzen entlockte. Bevor Hannah wusste, was sie tat, lehnte sie sich nach vorn, um von ihm zu kosten. Es war ein seltsames Gefühl: Sein kratziges Kinn stand in deutlichem Kontrast zu seinem Mund, der ihren so sanft liebkoste. Seine Hände umfassten ihr Gesicht wie einen kostbaren Schatz. Dieser Kuss war wie ein Stück vom Himmel: Er war alles, wovon Hannah heimlich nachts geträumt hatte und noch so viel mehr. Kaum löste Frederick sich langsam von ihr, wusste sie, dass sie ihn wieder küssen wollte, ganz egal, wie unerhört und verboten das war.

»Hannah.« Ihr Name war kaum mehr als ein Flüstern und doch konnte sie so vieles darin lesen: Zuneigung, die Bitte um Vergebung und eine Frage, die sich in seinen Augen widerspiegelte.

Es gab für sie nur eine mögliche Antwort. »Frederick.« Mit seinem Namen auf den Lippen küsste sie ihn noch einmal, ihre Berührung war Flehen und Antwort zugleich. *Ich fühle es auch, ich will das Gleiche.*

Und er verstand. Seine Küsse sprachen eine eigene Sprache, das zärtliche Streicheln seiner Hand auf ihrer Wange und das Stupsen seiner Zungenspitze gegen ihre ein klares »Ja.« Dieser Kuss ließ keinen Zweifel daran, dass sie beide dasselbe wollten: einander. Wie konnte etwas des Teufels sein, wenn es ihr Herz zum Singen brachte wie sonst nur das Halleluja in der Kirche?

Hannahs Herz protestierte, als Frederick viel zu bald von ihr zurücktrat. Seine Hand verschwand in seinem Haar, zerraufte es. »Verzeih. Ich hätte fragen sollen. Wir haben nie darüber gesprochen, was das zwischen uns ist.«

»Was ist das zwischen uns?« Schüchtern griff sie nach seiner Hand und verschränkte ihre Finger mit seinen.

»Wie fühlt es sich denn für dich an?«

Sie zögerte. »Schön. Es fühlt sich schön an«, antwortete sie heiser. Vorsichtig ließ sie den Daumen über seinen Handrücken gleiten.

Fasziniert beobachtete sie, wie Frederick bei dieser Berührung die Augenlider schloss. Das Seufzen, das über seine Lippen floss, klang wie Musik in ihren Ohren.

»Was machst du nur mit mir?«

Hannahs Herz machte einen ängstlichen Hüpfer. »Wie meinst du das? Hätte ich das lassen sollen?« Schnell wollte sie ihm ihre Hand wieder entziehen, doch Frederick hielt sie fest.

»Lassen? Auf keinen Fall. Ich kann nicht genug von dir bekommen, aber genau das ist das Problem. In deiner Gegenwart fällt es mir erschreckend leicht, mich zu vergessen. Dieser Kuss … Ich hätte zuerst um Erlaubnis fragen müssen. Es tut mir leid.«

Wärme umschloss ihr Herz. »Das muss es nicht. Es hat mir gefallen, sehr sogar.« Schüchtern sah sie zu Boden. »Ich hatte nur nicht erwartet, dass du mich magst … auf diese Weise, meine ich.«

Frederick schnaubte. »Nur, weil du keine Ahnung von Männern hast. Ich mochte dich von dem Moment an, als ich dich zum ersten Mal im Wald gesehen habe. Ein Blick auf dich und ich war verzaubert.«

»Unmöglich. Ich war ganz schmutzig und –«

»Du hattest Blätter im Haar.« Sanft strich er ihr eine Strähne aus dem Gesicht. »Wie eine Nymphe.«

»Mach dich nicht über mich lustig.«

»Niemals.« Seine Hand fand erneut ihre Wange, streichelte sie sanft. »Du hast mich verzaubert, von Anfang an. Wenn du mich also willst …«

Sie nickte. Dann schaute sie zu ihm auf, versuchte, mit den Augen zu sagen, wofür sie keine Worte fand.

Das Lächeln auf seinen Lippen sagte ihr, dass er verstand.

Nur der Gedanke an Eric und die unendliche Menge an Fragen, die durch ihren Kopf schwirrte, hinderten Syra daran, die Nerven zu verlieren. Sie musste wissen, was sie dort im Regen gesehen hatte. Und so fuhr sie, starrte verbissen hinaus in den Regen und umklammerte mit weißen Knöcheln das Lenkrad.

Als sie endlich die Umrisse ihres Hauses durch den Regenschleier erblickte, hätte sie vor Erleichterung und Freude weinen können.

»Eric.«

Er lebte. Es war ein seltsames Gefühl, ihn am Hoftor auf sie warten zu sehen. Seine dunkle, aber eindeutig menschliche Gestalt war tropfnass, das lange schwarze Haar klebte ihm im Gesicht. Er verfolgte sie ruhig mit seinen Blicken, als sie den Wagen auf das Hoftor zusteuerte. Genau im richtigen Moment stieß er es auf und ließ sie hindurch.

Schlagartig unsicher parkte Syra. Auszusteigen traute sie sich nicht.

Eric kam langsam näher, trat neben die Autotür, machte jedoch keine Anstalten, sie zu öffnen. Wusste er um den Tumult in ihrem Inneren?

»Syra. Komm ins Haus.« Seine Stimme war wieder ganz die alte. Sie hörte den flehenden Unterton darin sogar durch die geschlossene Scheibe. »Bitte.«

Sie sah ihn einfach nur an. Das hier war Eric, der Mann, den sie noch vor wenigen Stunden geküsst hatte. Er war nicht mehr das erdverkrustete Wesen aus dem Wald. Wie wenig sie doch über ihn wusste.

Seufzend löste sie den Sicherheitsgurt und stieg aus. Ohne ein Wort eilte sie an ihm vorbei in Richtung Haus.

Er wartete bereits neben der geöffneten Haustür auf sie. Trocken und in makellosem Zustand.

Verwirrt hielt sie inne.

»Du solltest dir erst etwas Trockenes anziehen«, sagte er. »Ich warte am Kamin auf dich.« Mit stoischer Gelassenheit nahm er ihre durchnässte Jacke entgegen. »Tee?«

Sie nickte wie betäubt und versuchte, sich das klebrige Haar aus dem Gesicht zu streichen. Am liebsten hätte sie ein Bad genommen, sich Regen und Angstschweiß vom Körper gewaschen. Doch dieses Gespräch konnte nicht warten. »Ich brauche nur einen Moment.« Sie hastete die Treppe hinauf. Als sie von oben noch einmal einen Blick in die Eingangshalle warf, war er verschwunden.

Kaum drei Minuten später wartete er wie versprochen auf dem Sofa auf sie. Das Feuer knisterte warm und einladend im Kamin. Sie hatte keine Ahnung, wie er es in so kurzer Zeit geschafft hatte, Tee zu kochen und das Feuer zu entfachen.

»Du hast sicher viele Fragen.« Ruhig nippte er an seinem offensichtlich noch heißen Tee.

»Fragen, ja. Die habe ich. Nur weiß ich nicht mal, wo ich anfangen soll.« Erschöpft sank sie in einen Sessel.

»Das kann ich mir vorstellen. Du stehst zweifellos unter Schock. Schließlich bist du nur knapp dem Tode entkommen.«

Syra machte nicht einmal den Versuch, ihm zu widersprechen. Draußen im Wald hatte sie die Bedrohung deutlich gespürt. »Dieses Gewitter ... Ich habe so etwas noch nie erlebt. All diese Blitze. Sie haben einen Baum nach dem anderen gefällt. Es war, als hätte es jemand auf mich abgesehen.«

Eric nickte düster. »Die Dinge geraten aus dem Gleichgewicht. Seit Hannahs Tod wird es von Jahr zu Jahr schlimmer.«

Verwirrt schüttelte sie den Kopf. »Ich verstehe nicht, was Urgroßmutter damit zu tun hat. Sie ist gestorben, da war ich noch ein Kind. Wie kann sie die Dinge im Gleichgewicht gehalten haben? War sie …« Sie seufzte frustriert, zwang sich jedoch, ihre Skepsis weit zur Seite zu schieben. »War sie eine Hexe oder so was?«

Eric schüttelte den Kopf. Das zaghafte Lächeln auf seinem Gesicht zeigte jedoch, dass er ihre Frage weder lächerlich noch absurd fand. »Hannah hatte ihre ganz eigene Form von Magie. Sie war ihr aber nicht wie einer Hexe in die Wiege gelegt«, erklärte er ruhig.

Syras Kopf war schon jetzt völlig überfordert von dem, was Eric ihr gerade an Informationen gegeben hatte. »Willst du damit sagen, Hexen gibt es wirklich? Und den … den Schlangenkönig und den Wassermann … gibt es die auch?«

»Zwischen Himmel und Erde gibt es eine Menge, das die Leute für unmöglich halten.« Er schnaubte. »Es gibt Magie und Wesen, die über sie gebieten können.«

»Und Hannah war so jemand?«, hakte Syra nach.

Er neigte den Kopf. »In gewisser Weise. Es ist kompliziert, wie du dir vielleicht vorstellen kannst.«

Das konnte sie. Wenn es tatsächlich Magie in dieser Welt gab und Hannah über sie geboten hatte, dann *konnte* es dafür keine einfache Erklärung geben.

»Erklär es mir trotzdem.« Mit zitternden Händen griff sie nach dem Tee. Sie brauchte etwas, woran sie sich festhalten konnte – einen Ankerpunkt.

»Hannah ging einen Bund mit mir ein. Zuerst ganz unbewusst. In gewisser Weise war sie es, die mich erschaffen hat, zumindest den

Teil von mir, den du gerade siehst. Durch diese Verbindung gebot sie über meine Magie, wann immer ich es zuließ.«

»Deine Magie.« Mit klopfendem Herzen suchte sie in seinem Gesicht nach Anzeichen dafür, was er war. »*Was* bist du? Ein Hexer?« Sie wusste nicht, ob sie bereit war für die Antwort.

Eric zuckte nicht mit der Wimper. »Ich bin ein Refugial.«

»Davon habe ich noch nie gehört. Was genau ist das?«

»Ich bin dieses Haus und die Erde unter deinen Füßen. Manche Leute würden mich als Erdgeist bezeichnen und vielleicht bin ich das auch. Gut Breitenfels und der Boden darunter sind mein Zuhause, mein Refugium. Aus ihm beziehe ich meine Kraft, daher der Name.«

»Refugial«, wiederholte Syra ehrfürchtig.

Er nickte zufrieden. »Erde ist nicht nur Erde; Wasser nicht nur Wasser. Die Elemente haben ein Eigenleben, einen eigenen Geist.«

Die Gestalt, in der er ihr draußen im Sturm begegnet war – ein Golem aus Erde. Und schlagartig glaubte sie jedes Wort, das er sagte. »Dann war das da draußen im Regen deine wahre Gestalt? Oder …« Schüchtern beäugte sie den Mann ihr gegenüber.

Er schüttelte den Kopf. »Das ist der Punkt, an dem es kompliziert wird. Ich bin nicht nur der Boden und das Haus. Gleichzeitig bin ich auch ein Teil von Hannah. Diese menschliche Gestalt habe ich ihrem Blut zu verdanken.«

»Du bist ein Teil von Hannah? Heißt das … wir sind verwandt?« Syra wurde übel beim Gedanken daran, dass sie ihn vor Kurzem noch geküsst hatte.

»Verwandt?« Er schüttelte den Kopf. »Du meinst wegen des Blutes? Aber nicht doch. Es war vielmehr der Funke des Lebens, den es brauchte.«

»Und der lässt sich durch Blut übertragen?«

Er hob die Augenbrauen. »Macht ihr Menschen das nicht auch so? Ich glaube, das irgendwo gelesen zu haben.«

Syra nickte. »Es gibt Bluttransfusionen, ja. Aber das ist anders.«

»Zweifellos. Trotzdem enthält Blut Magie. Nicht umsonst verwendet man es für eine Vielzahl von Ritualen.« Ruhig erwiderte er ihren Blick. »Aber es macht uns nicht zu Bruder und Schwester, falls es das ist, was du befürchtest.«

Es wollte ihr nicht gelingen, die vielen Informationen zu verdauen.

»Wie kannst du gleichzeitig die Erde, dieses Haus und auch ein Teil von Hannah sein?«, fragte sie leise. »Das ergibt keinen Sinn.«

»Aber du glaubst mir?«

»Das möchte ich.«

Ihre Worte brachten etwas in seinen Augen zum Tauen, Eis, das sie vorher nicht einmal wahrgenommen hatte. »Dann lass mich dir meine Geschichte erzählen. Den Teil, der beschreibt, wer ich bin.«

19.

»Der Boden hat ein Bewusstsein und ich bin ein Teil davon.« Erics dunkle Augen fixierten Syra auf eine Art und Weise, die es ihr unmöglich machte, sich von ihm abzuwenden. »Ich kann die Erde und alles, was in ihr ist, durch meinen Willen formen, sogar Stein.«

»So hast du den Pavillon gebaut.«

»Und die Statuen in Garten und Haus, ja«, bestätigte Eric ruhig. »Es bereitet mir Freude, etwas zu erschaffen. Leider habe ich viel zu selten Gelegenheit und Muße dazu.«

»Dabei bist du so talentiert. All diese Figuren. Sie stehen den Werken der alten Meister ins nichts nach.«

Eric verzog keine Miene. »Leider fällt mir das Formen von Gestein von Jahr zu Jahr schwerer. Meine Kraft schwindet. Trotzdem habe ich, seitdem du hier bist, so viel geschaffen wie schon lange nicht mehr.«

»Wieso?«

»Du inspirierst mich. Außerdem dachte ich, dass dir meine Werke gefallen. Hannah hat sie geliebt.«

Syra hielt sich an ihrer Tasse fest und schwieg. Im Halbdunkel betrachtete sie Eric. Noch vor wenigen Stunden hatte sie ihn für einen Menschen gehalten.

Äußerlich schien er gelassen. Seine Züge wirkten wie aus Stein gemeißelt. »Hannah war es auch, die mir den Namen Eric gegeben hat«, fuhr er fort, nachdem er vergeblich auf eine Reaktion von ihr gewartet hatte. »Damals, kurz nachdem sie in dieses Haus kam.«

Seine Worte ließen sie fassungslos nach Luft schnappen. »Du warst schon hier, als Hannah herkam? Aber ... das muss vor fast hundert Jahren gewesen sein!«

»In der Tat. Hier, ich zeige es dir.« Er griff sich das Fotoalbum, das vor ihm auf dem Sofatisch lag.

Syra blinzelte verwundert. »Warum ist das Schloss weg?«

»Was für dich wie ein Fotoalbum aussieht, ist in Wirklichkeit ein Teil meiner Erinnerungen. Der Dachboden ...« Eric zögerte. »Sagen wir, das ist der Ort, an dem mein Bewusstsein wohnt. Alles, was du dort findest, ist mit mir und meinen Gedanken verbunden.«

»Der Dachboden ist dein Kopf?«, entfuhr es ihr. »Aber ... ich war dort, ich ...« Sie sah die ganze Szene wieder vor sich. Eric, bleich wie ein Gespenst, als er an der Treppe wartete. Er hatte sie dazu gedrängt, den Dachboden wieder zu verlassen. »Das Grollen im Haus, das warst du.«

Es war keine Frage. Sein Nicken keine Überraschung für sie.

»Deine Anwesenheit dort war zu diesem Zeitpunkt sehr unangenehm für mich«, gestand er und Syra meinte, den Anflug von Röte auf seinen Wangen zu erkennen.

»Warum hast du mir den Dachboden dann erst gezeigt? Du hättest die Tür von Anfang an verbergen können und ...«

»Das habe ich mir nachher auch gesagt. Ich habe nicht geahnt, wie schwer es für mich sein würde. Damals, mit Hannah, war es

216

leichter. Aber ich schätze, da hatte ich noch nicht so viel zu verbergen. Und sie war nicht halb so neugierig wie du.« Er rollte mit den Augen. »Glaub mir. Könnte ich die Zeit zurückdrehen, würde ich es tun.«

»Ich verstehe. Deswegen habe ich die Tür zum Dachboden auch nie wieder gefunden. Du hast sie verschwinden lassen.«

»Ich habe versucht, mein Geheimnis vor dir zu verbergen. Nicht für immer. Aber so lange, bis du bereit bist, es zu erfahren.«

»Und das bin ich jetzt?«

»Sag du es mir. Das Unwetter hat mich dazu gezwungen, mich dir zu enthüllen. Wärst du doch nur nie zu dieser Nachhilfestunde gefahren.« Er raufte sich das schwarze Haar. »Jetzt gibt es kein Zurück mehr.«

Hilflos nippte sie an ihrem Tee. »Du bist wirklich dieses Haus.«

»Das bin ich. Das Haus und die Erde sind ein Teil des Körpers, den du hier siehst.«

»Und dieses Fotoalbum …« Sie sah ihn fragend an.

»Ist wie ein Fenster zu meinen Erinnerungen. Zu denen, die ich bereit bin zu teilen.«

»Darf ich es ansehen?«

»Wenn du möchtest.«

Vorsichtig griff sie nach dem Buch, strich zunächst mit den Fingern darüber. Eric saß wie versteinert da und beobachtete sie mit undeutbarer Miene.

»Kannst du das fühlen?« Die Frage brach aus ihr heraus wie Atem, den man zu lange angehalten hatte.

Er nickte. »Mach dir keine Gedanken darüber. Es ist bei Weitem nicht so unangenehm wie dein Besuch auf dem Dachboden«, gestand er mit rauer Stimme. »Aber das Buch gewährt dir einen Blick auf mein Innerstes. In der derzeitigen Situation bin ich deswegen zugegeben ein wenig angespannt.«

»Möchtest du es lieber selber halten? Dann hättest du die Kontrolle darüber, was du mir zeigst.«

Eric schüttelte den Kopf. »Ich vertraue dir. Du wirst mir nicht wehtun.«

Seine Worte lösten etwas in ihr aus, das sie nicht einzusortieren wusste. Dennoch konnte sie die Unsicherheit nicht abschütteln, als sie das Fotoalbum zur Hand nahm und vorsichtig die erste Seite aufschlug. Würde es ihm wehtun, wenn sie eine Seite knickte?

»Die Fotos sind farbig!«, stellte Syra staunend fest. »Das letzte Mal waren sie schwarz-weiß.«

»Jetzt muss ich nicht länger so tun, als wären sie hundert Jahre alt.« Er lächelte schief.

Gleich auf dem ersten Bild erkannte sie Eric. Er hatte sich keinen Deut verändert: Haare, Gesicht, Statur – alles war so, wie sie es kannte. Syra schnappte nach Luft. Er war um keinen Tag gealtert. *Weil er kein Mensch ist.*

Sie merkte noch, wie ihr Körper nach vorn kippte. Dann kam der Boden gefährlich nah, doch der befürchtete Aufprall blieb aus. Starke Arme fingen sie auf, hoben sie hoch. Sanft wurde sie auf dem Sofa abgesetzt.

Eric. Er kniete vor ihr und schaute sie voll Sorge an. Langsam kam seine Hand näher, auf ihre Wange zu.

»Nicht!« Panisch fuhr sie zurück. »Ich kann das nicht. Das ist zu viel, alles zu viel!« Verzweifelt blinzelte sie gegen die Tränen an, die ihr aus den Augenwinkeln quollen. Nach Luft ringend betrachtete sie den Mann vor sich, der ihr plötzlich wie ein völlig Fremder schien.

Er hatte die zitternden Hände im Schoß geballt.

Er ist genauso überfordert mit der Situation wie ich. Ihre Finger kribbelten, wollten sich um seine schließen. Rasch kämpfte sie den Drang nieder.

»Entschuldige«, flüsterte sie rau. »Ich weiß nicht, wie ich das alles verdauen soll. Und ich habe das Gefühl, du hast noch nicht einmal richtig angefangen.«

»Wir können morgen weitermachen«, schlug er vor. Doch obwohl er lächelte, sah sie die Enttäuschung hinter seinen Augen aufblitzen.

»Nein. Ich hab so viele Fragen … Bitte gib mir nur einen Moment. Es geht gleich wieder.« Sie schloss die Augen, nahm einen tiefen Atemzug, dann noch einen.

Schließlich zwang sie sich, Eric direkt in die Augen zu sehen. Allein diese kleine Geste genügte, um ihr Herz wieder in Trab zu versetzen.

»Du hast Angst.« Es steckte kein Vorwurf in seinen Worten, doch die Distanz in seinem Blick blieb.

Er hat recht.

»Warum? Ich bin noch derselbe, der ich heute Morgen war. Nur weil du jetzt einen kleinen Teil der Wahrheit kennst …« Seufzend brach er ab, holte Luft, bevor er sagte: »Ich bin keine Gefahr für dich, Syra.«

Sie erinnerte sich an seine Worte und daran, wie seltsam sie ihr damals vorgekommen waren. Erst jetzt verstand sie die Tragweite dessen, was sie bedeuteten. »Das hast du mir schon einmal gesagt. Und ich glaube dir«, versicherte sie ihm. »Trotzdem muss ich das alles hier erst mal verarbeiten.«

»Natürlich. Möchtest du trotzdem weiter die Bilder anschauen?«

»Wenn es dir nichts ausmacht.«

Kopfschüttelnd setzte er sich neben sie aufs Sofa.

In seiner Nähe richteten sich die Härchen auf ihren Armen auf. Sie versuchte, es zu ignorieren, und zwang sich, die Frau auf den Bildern genauer anzusehen. Nie zuvor hatte sie derart alte Fotos ihrer Urgroßmutter gesehen. Unglaublich, wie ähnlich sie einander sahen: Das buschige Haar und die dunklen Augen waren Merkmale, die sie täglich an sich selbst erblickte, wenn sie in den Spiegel sah. Nur war Hannahs Haar braun gewesen, ihres hingegen rot, wie das des Mannes an Hannahs Seite.

»Ist das mein Urgroßvater?«

Mit zitternden Fingern deutete sie auf das größere Bild in der Mitte. Dort war ihre Urgroßmutter mit einem etwa gleichaltrigen Jungen zu sehen. Sie saßen gemeinsam auf dem Sofa – *diesem* Sofa.

»Das ist Frederick«, erklärte Eric und schaute aus dem Fenster. »Es war Hannahs große Liebe. Ja, er ist dein Urgroßvater.«

Das Lächeln des sommersprossigen Jungen war ganz und gar für das Mädchen neben ihm bestimmt. Seine Augen sprühten vor Zuneigung zu ihr.

»Was ist mit ihm passiert?«, fragte sie heiser, unfähig, die Augen von dem glücklichen Paar zu nehmen.

Wenn möglich, war Erics Blick noch weiter in die Ferne geschweift, hin zu den Baumwipfeln. Der Sturm war vorbei und mit ihm das Gewitter, das bis vor Kurzem draußen getobt hatte. »Er starb und mit ihm ein Teil von Hannah. Es hat ihr das Herz gebrochen, wie du dir sicher vorstellen kannst.« Eric tippte auf ein Bild am unteren Rand. Darauf hielt Hannah ein Neugeborenes im Arm. Frederick war nirgendwo zu sehen.

Syra schluckte. Frederick war Hannahs große Liebe gewesen und ganz offensichtlich hatte sie ein Kind von ihm erwartet. Schwanger, allein und mit gebrochenem Herzen, inmitten eines tobenden Krieges …

Sie erschauderte, fühlte, wie sich ihr Herz für eine Frau zusammenzog, die sie nie richtig kennengelernt hatte. Sie schloss das Buch mit einem traurigen Seufzen. »Genug für heute. Danke, dass du diese Erinnerungen mit mir geteilt hast. Bisher wusste ich nichts über meinen Urgroßvater, doch jetzt …«

Jetzt kenne ich wenigstens seinen Namen und weiß, wie er ausgesehen hat.

Sie widerstand der Versuchung, das Fotoalbum noch einmal aufzuschlagen, um sich Fredericks Gesicht einzuprägen. Stattdessen gab sie es Eric vorsichtig zurück.

Seine Miene war nur schwer zu deuten. »Gern geschehen. Ich nehme an, du hast noch weitere Fragen.«

»Ich verstehe immer noch nicht ganz, was du bist. Du sagst, du bist dieses Haus, aber auch die Erde darunter und gleichzeitig …«, hilflos deutete sie in seine Richtung, »… hast du einen Körper, der aus Fleisch und Blut zu sein scheint. Wie?«

»Dieses Haus wurde aus mir erbaut, den Bestandteilen meiner Erde. Die Menschen nahmen meinen Stein und meinen Sand, um Mörtel herzustellen. Stück für Stück nahmen sie mich auseinander und setzten mich zu etwas Neuem zusammen: diesem Haus.«

Sie erinnerte sich an die Skulpturen im Garten, besonders an die eine. Was hatte Eric damals über den Erdgeist gesagt? »*Er trägt Bäume und Tiere auf seinem Rücken, nährt sie aus seinem Inneren. Dennoch reißen die Menschen tiefe Wunden in seinen Leib, vergiften und plündern seinen Körper, um ihre Habgier zu befriedigen. Nur selten verschwendet man ein Wort des Dankes an ihn, auch wenn selbst die Häuser aus seinen Knochen gebaut sind.*«

Ein kalter Schauer lief ihren Rücken hinunter. Das waren keine philosophischen Überlegungen gewesen, sondern seine Erfahrungen.

»Zuerst begriff ich nicht, was geschah. Während ein Teil von mir noch in der Erde ruhte, war ein anderer Teil nun hier, unter freiem Himmel. Er wurde von Menschen gepflegt und bewohnt. Noch nie hatte ich die Chance gehabt, ihnen so nah zu kommen, sie in ihrer Freude und ihrem Leid zu beobachten. Doch hier war ich nun, sah Generationen kommen und gehen. Erlebte Liebe, Hass, Leid. Bis die Familie Breitenfels ausgelöscht wurde: Herren und Damen, Diener und Mägde, Erwachsene und Kinder, ja sogar die Tiere. Ihr Blut tränkte meine Erde, ihre kalten Leiber wurden in mir verscharrt, wurden eins mit mir. Danach wurde es still im Haus, leblos. Und es geschah, was ich nie für möglich gehalten hatte: Ich begann die Menschen zu vermissen. Im Laufe der Jahrzehnte hatte ich mich an sie gewöhnt, von ihnen gelernt. Ich kannte nun ihre Sprache, ihre Gebräuche und was sie in ihrem Innersten bewegte. Mein Geist, der zuvor durch Instinkte und Impulse geleitet wurde, hatte gelernt, zu denken, zu wünschen. Ich sehnte mich danach, wieder Teil einer Familie zu sein.«

»Und dann kam Hannah«, folgerte Syra.

»So ist es. Sie und Frederick stolperten in mein Haus, hungrig und verängstigt. Sie waren kaum mehr als Kinder. Hannah war verletzt, ihr Blut tropfte auf meinen Stein. Es war das Blut einer Lebenden und keiner Toten. Ich trank es gierig. Ohne es zu wissen, knüpfte ich so eine erste, zarte Verbindung zu ihr.«

Syra schluckte. »Was war mit ihr passiert?«

»Soldaten hatten sie angeschossen. Aber sie war eine Kämpferin, auch wenn sie das damals selbst nicht erkannte. Sie klammerte sich an das Leben und mit Fredericks und meiner Hilfe schüttelte sie den Tod ab, der seine gierigen Finger nach ihr ausstreckte. Doch zuvor tat sie etwas Unglaubliches: Ganz unbewusst trat sie in Kontakt mit mir, nahm mich als das Ihre an.« Bei diesen Worten lächelte er verträumt.

»Diese Kinder brauchten ein Zuhause und ich gewährte es ihnen. Ich beschützte sie vor den Menschen, die wie wilde Bestien durch die Wälder streiften. Doch es war nicht genug ...«

»Was soll das heißen?«

Eric seufzte traurig. »Soldaten kamen in mein Haus. Ich tat, was ich tun musste.«

»Was soll das heißen? Was hast du gemacht?«

Seine Blicke wichen ihr aus. »Ich ... tötete die Männer.«

Syras Herz verfiel erneut in einen panischen Galopp. Die Illusion von Eric, dem harmlosen Erdgeist, zerplatzte wie eine Seifenblase.

»Wie?«, fragte Syra, unfähig, die Angst aus ihrer Stimme zu verbannen.

Die Härte in seinen Augen ließ sie erschaudern. »Spielt das eine Rolle? Ich tat es nicht aus Gier oder Mordlust, sondern um zwei unschuldige Kinder vor den gefährlichen Monstern zu beschützen, die durch meine Hallen streiften. Und ich bereue es nicht.«

Die gefühllose Sachlichkeit, mit der er sein Geständnis vortrug, passte so gar nicht zu dem Mann, den sie in den letzten Wochen kennengelernt hatte.

»Aber warum musstest du diese Männer töten? Du hättest sie doch auch einfach ... einsperren können, oder ...« Fieberhaft suchte sie nach Alternativen.

Eric schüttelte jedoch nur müde den Kopf. »Du hast diese Zeit nicht erlebt. Die Menschen damals waren gefährlich, besonders die Soldaten. Ihr Leben bestand aus Morden und Schänden. Das hätten sie auch mit Hannah gemacht. Viele von ihnen hatten die Schwelle des Wahnsinns schon überschritten. In gewisser Weise war der Tod für sie eine Erlösung. Sie waren auf dem Weg zur Front, weißt du? Dort hätte auch nur der Tod auf sie gewartet.«

»Ich verstehe.« Bebend rang Syra um Fassung. Als sich ihr Herzschlag wieder verlangsamt hatte, fragte sie: »Und was geschah dann?«

Eric fuhr sich mit seinen dünnen Fingern durch das lange Haar, eine Geste, die plötzlich seltsam an ihm wirkte. »Ich nehme an, die Kinder haben etwas gehört. Sie wollten mich wieder verlassen und zurück in die Wälder flüchten. Aber dort war es nicht sicher. Ich tat das Einzige, das mir einfiel: Ich trat mit ihnen in Kontakt, lud sie ein, zu bleiben.«

Syra schüttelte verständnislos den Kopf. »Wie?«

»Indem ich diesen Körper erschuf.«

Ihr Magen zog sich voll Unbehagen zusammen.

»Die Soldaten und Hannah gaben mir hierfür alles, was ich brauchte. Durch ihre Wunde schenkte sie mir unbewusst ihr Blut, lebendiges Blut, gepaart mit dem Wunsch, mich zu dem Ihren zu machen.«

Das Blut der Lebendigen und das Fleisch der Toten, ging es Syra mit einem Schaudern durch den Kopf.

Eric studierte sie nachdenklich. »Es ist nicht, wie du denkst. Ich nutzte die Überreste dieser Männer nur, um euren Körper zu verstehen. Als Bauplan, mehr nicht. Dann erschuf ich mir einen Eigenen. Zuerst funktionierte er nicht richtig, ich konnte nicht sprechen. Doch nach und nach verstand ich und lernte.«

Sie nickte benommen. »Das muss ich erst mal verdauen.«

Er neigte den Kopf. »Natürlich. Nimm dir Zeit und ruh dich aus. Ich ziehe mich für heute zurück.«

Leise ging er zur Tür. Dort hielt er inne und drehte sich noch einmal zu ihr um. »Gute Nacht, Syra«, murmelte er.

Ihre Stimme war kaum mehr als ein Krächzen. »Gute Nacht.«

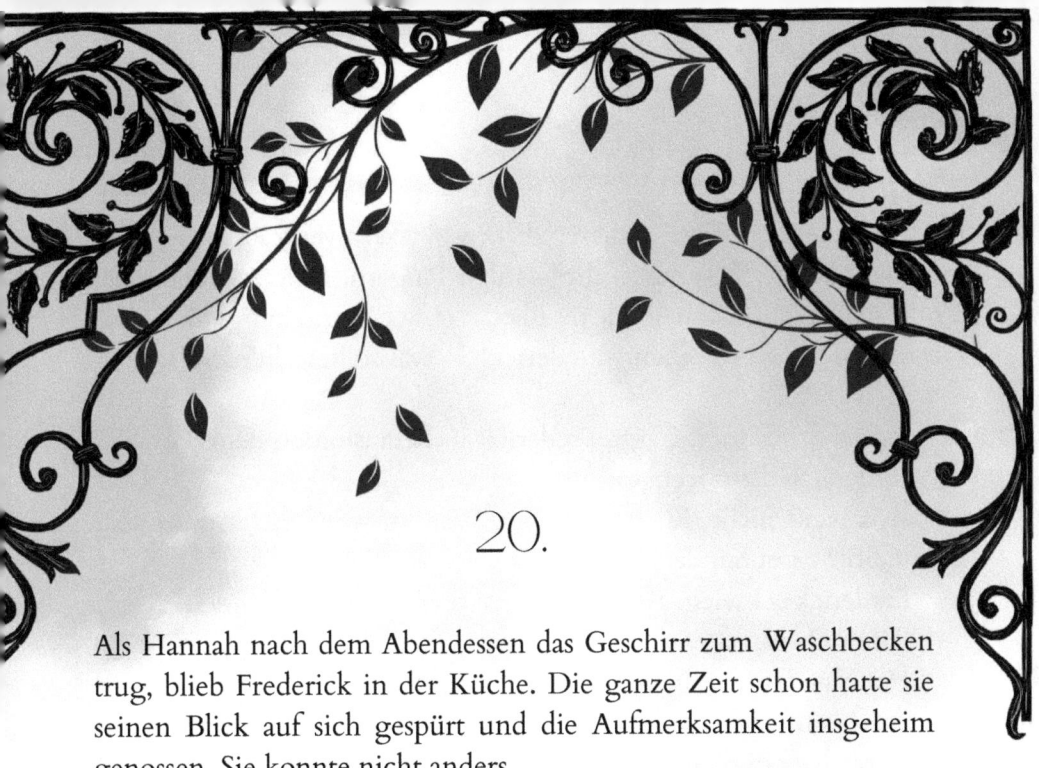

20.

Als Hannah nach dem Abendessen das Geschirr zum Waschbecken trug, blieb Frederick in der Küche. Die ganze Zeit schon hatte sie seinen Blick auf sich gespürt und die Aufmerksamkeit insgeheim genossen. Sie konnte nicht anders.

»Kann ich dir helfen?« Ohne eine Antwort abzuwarten, griff er sich das Geschirrtuch.

»Wenn ... du magst?«

Wie nebensächlich streifte sein Arm den ihren.

Ein Stromschlag durchfuhr sie. Der Teller glitt ihr aus der Hand und landete klappernd auf dem Boden der Spüle. Zum Glück ging nichts zu Bruch.

Brummend griff sich Frederick einen Becher und trocknete ihn ab. »So bist du schneller fertig. Was hältst du davon, wenn ich dich danach in die Bibliothek begleite? Oder hattest du etwas anderes vor?«

Hannah schüttelte den Kopf. »Woher weißt du ...«

»Möglicherweise habe ich dich das ein oder andere Mal beobachtet.«

»Das wusste ich nicht.«

»Ich wollte ja auch nicht erwischt werden. Du siehst bezaubernd aus, wenn du die Nase in diesen dicken Wälzern vergräbst.«

Der nächste Teller glitt ihr aus den Fingern. In letzter Sekunde fing sie ihn auf. Schnell sah sie über ihre Schulter. Zum Glück war Eric nirgendwo zu sehen. »Frederick! So was solltest du nicht sagen. Was, wenn ...«

»... er uns hört?«, fragte Frederick in herausforderndem Tonfall. »Würde dich das stören?«

»Ich weiß nicht. Er ist der Herr. Was ist, wenn ... er das nicht gutheißt? Es ist Sünde, oder nicht?«

Frederick schwieg. Regungslos stand er da, starrte auf den Teller in seiner Hand.

Hatte sie etwas Falsches gesagt? Ihn verärgert?

»Ich weiß nicht genau, was die Kirche dazu sagt«, murmelte er schließlich. »Ehrlich gesagt bin ich kein besonders gläubiger Mensch. Wenn du dich allerdings in meiner Nähe unwohl fühlst ...«

»Das hab ich nicht gesagt! Ich bin nur nicht sicher ...« Hilflos senkte sie den Blick auf das schmutzige Wasser. »Wäre doch nur Mutter hier. Sie hat mir immer geraten, wenn ich nicht weiterwusste.« Sie hörte, wie er hinter ihr von einem Fuß auf den anderen trat.

»Weshalb weißt du nicht weiter? Wegen uns? Hannah, das hier kann sein, was auch immer du willst. Wenn das ist, dass ich nur ab und zu deine Hand nehme, oder dir ins Ohr flüstere, wie unglaublich verliebt ich in dich bin ...«

Hitze schoss ihr ins Gesicht. Diese Worte zu hören, aus seinem Mund ...

»Du bist in mich verliebt?«

Er schnaubte. »Ich dachte, das wäre offensichtlich.« Federleicht strich er das Haar aus ihrem Nacken. Ein warmes Schaudern floss durch ihren Körper. »Ich will mit dir zusammen sein. Jetzt, in einem Jahr …«

»Du meinst das ernst.« Unglaube und Glück rangen in ihr. Sie wandte sich um, musste ihn sehen.

Seine Augen waren voll Zuneigung und Wärme. »Wenn ich könnte, würde ich bei deinem Vater um deine Hand anhalten«, sagte er. »Um dir zu zeigen, wie ernst ich es meine. Nur, in der derzeitigen Situation …«

Alles, was sie zustande brachte, war ein schüchternes Lächeln.

»Ich fürchte, ich falle schon wieder mit der Tür ins Haus.« Reumütig schüttelte er den Kopf, strich sich mit der Hand durch das Haar. »Dabei ist das Letzte, was ich will, dich zu irgendetwas zu drängen. Das musst du mir glauben.«

»Das tue ich.«

»Gut.«

Schweigend blickten sie einander an. Hannah wollte nichts mehr, als ihn davon zu überzeugen, dass auch sie es ernst mit ihm meinte. Doch im Vergleich zu seinen Worten konnten ihre nur ein kindischer Abklatsch sein.

Vorsichtig streckte sie die Finger nach ihm aus, suchte blind nach seiner Hand, streifte sie einmal, zweimal. Dann traute sie sich, sie zu ergreifen.

Sofort wurde sie mit einem Lächeln belohnt. »Das fühlt sich schön an.«

»Finde ich auch«, gestand sie.

»Meinst du trotzdem, dass es eine Sünde ist?«

Hannah schüttelte den Kopf. Mit klopfendem Herzen ließ sie ihren Daumen über seinen Handrücken wandern, erspürte eine kleine, längliche Narbe darauf. Wie glatt die Haut an dieser Stelle war!

Warme Lippen auf ihrer Stirn lenkten sie ab. Nur ganz zart strichen sie über ihre Haut, doch es war genug, um ihr Herz zum Flattern zu bringen. »Und das hier?«

Hektisch wandte sie den Kopf ab und warf einen Blick über die Schulter. Der Herr war nirgendwo zu sehen. »Ich … bin nicht sicher. Meine Eltern haben das hin und wieder getan. Dabei war Mutter eine fromme Frau. Daher …«, sie biss sich auf die Unterlippe, »… wird es wohl in Ordnung sein.«

»Wie gesagt, ich bin kein Experte, aber ich denke auch. Und wenn der Herr doch etwas sagt, dann –«

Ein Rascheln im Türrahmen ließ sie aufschrecken. »Ich sagte doch, ich bin nicht euer Herr«, drang Erics tiefe Stimme in den Raum.

Keuchend taumelte Hannah einen Schritt von Frederick fort. »Eric. Ich habe dich nicht gehört. Wir …«

Frederick hatte sich vor sie geschoben. »Hannah trägt keine Schuld. Ich –«

»Meinetwegen braucht ihr euch nicht zu sorgen oder zu verstecken. Ich schicke euch nicht fort, nur weil ihr euch verliebt habt. Solange ihr einander mit Respekt behandelt …«

»Das werden wir«, sagte Frederick ernst. »Das verspreche ich.«

»Ich ebenso«, fügte Hannah schnell hinzu.

Eric nickte. Ein sanftes Lächeln umspielte seine Lippen, als er sagte: »Ich hatte nichts anderes erwartet. Wie auch immer … Ich ziehe mich für heute Abend zurück. Gute Nacht, ihr zwei.«

Hannah hatte Mühe, Eric in die Augen zu sehen. »Gute Nacht.«

Er schenkte ihr einen langen Blick, dann wandte er sich zum Gehen. Im nächsten Moment zog er die Tür hinter sich ins Schloss.

Ratlos schaute sie ihm nach.

»Irre ich mich, oder hat er uns gerade seinen Segen gegeben?«, murmelte Frederick ungläubig.

»Es klang zumindest so.« Es dauerte einen Moment, bis Hannah begriff, was das bedeutete. Dann überschwemmte Freude ihr Herz. »Das heißt, wir müssen uns nicht verstecken und dürfen ...«

»... uns küssen?« Grinsend drehte Frederick sich zu ihr um.

Sie schlang die Arme um seinen Hals und zog ihn zu sich herunter.

Von einem freudigen Kribbeln erfüllt öffnete Hannah die zweiflügelige Tür zur Bibliothek. Noch immer empfand sie tiefe Ehrfurcht beim Anblick der unzähligen Bücher, die fein säuberlich in hohen Regalen entlang der Wände aufgereiht waren. Einige von ihnen waren uralt und von Hand geschrieben. Hannah traute sich nicht, sie in die Hand zu nehmen, aus Angst, dass das brüchige Papier unter ihren Fingern zerfiel. Stattdessen hielt sie sich an die neueren, gedruckten Werke. Es gab zahlreiche Romane, manche sogar von Frauen geschrieben, aber auch Sammlungen von Märchen und Legenden. Sie genoss es, in eine andere Zeit abzutauchen und den Alltag für eine Weile zu vergessen. Doch heute war sie nicht allein.

»Und es stört dich tatsächlich nicht, wenn wir den Abend hier zusammen verbringen?« Frederick stand im Türrahmen und spähte in den Raum.

»Warum sollte ich? Ich habe gern Gesellschaft.« Federnden Schrittes ging sie zum Regal am Fenster und zog ein schlankes, in grünes Leder gebundenes Buch heraus. Vorsichtig trug sie es zum Sofa, ihrem Stammplatz, zurück. Sie hatte sich kaum gesetzt, da ließ sich Frederick neben sie auf das weiche Polster sinken. Neugierig beugte er sich zu ihr herüber.

»Was liest du?«

»Das ist eine Sammlung alter nordischer Sagen. Sehr faszinierend. Und die Bilder sind toll. Schau!«

Frederick brummte zustimmend. »Sieht interessant aus. Würdest du ...« Er zögerte, knetete die Hände im Schoß.

Unweigerlich blieb ihr Blick daran hängen. Was hatte er nur? »Ja?«

Er räusperte sich. »Würde es dir etwas ausmachen, mir ein wenig daraus vorzulesen? Ich ... war nie ein großer Leser. Wann immer ich es versuche, tanzen die Buchstaben vor meinen Augen. Daher ...«

So verunsichert wie in diesem Moment hatte sie ihn noch nie gesehen. »Das macht doch nichts. Ich lese gern für dich.«

»Wirklich? Du denkst jetzt nicht schlecht von mir, oder hältst mich für dumm?«

Sie lächelte. »Sei nicht albern. Jeder hat andere Stärken und Schwächen.« Sanft nahm sie seine Hände in die ihren. »Außerdem lese ich gern für dich. Endlich mal etwas, was ich für dich tun kann.«

»Wie meinst du das? Du kochst, machst die Wäsche, flickst meine Strümpfe und wer weiß was noch alles!«

»Das ist doch nichts. Ich –«

»Ist es doch. Du tust eine Menge, das sehe ich und schätze es.«

»Trotzdem ist das hier etwas anderes, findest du nicht?« Hannah griff nach dem Buch und schlug es auf.

Frederick lehnte sich lächelnd an ihre Schulter und spähte hinein. »Das stimmt allerdings. Nur du und ich, dazu ein prasselndes Feuer im Kamin ...«

»Mhm.« Glücklich schmiegte sie die Wange an seinen Kopf. »Daran könnte ich mich gewöhnen.«

»Ich mich auch.«

Ehe Hannah sich's versah, wich der Herbst einem bitterkalten Winter. Das Land wurde von einer dicken Schneeschicht überzogen. So sehr sie den Anblick der weißgetupften Bäume und riesigen Eiszapfen genoss, verabscheute sie es auch, nach draußen zu gehen. Den Männern schien es ähnlich zu ergehen, und so verkrochen sie sich meistens alle drei im Haus. Hannah staunte, wie sehr es sich in den letzten Monaten verändert hatte. Vom Chaos und Verfall, den sie bei ihrer Ankunft vorgefunden hatten, war kaum noch etwas zu sehen. Eric war es gelungen, die steinernen Skulpturen aufzurichten und zu reparieren. Teppiche, Fenster und Möbel waren ausgebessert worden. Wie und wann dies geschehen war, war ihr ein Rätsel.

Und so blieb neben den alltäglichen Aufgaben vor allem eins: viel Zeit. Und die verbrachte sie, wann immer sie konnte, mit Frederick in der Bibliothek.

»Du zitterst ja.« Besorgt sah Frederick zu ihr herüber und griff nach ihrer Hand. »Deine Finger sind eiskalt. Kein Wunder. Dieser Raum ist riesig und mit dem Holz müssen wir sparsam sein. Der Winter ist noch lang.«

Sie nickte beklommen. »Trotzdem ist es mir lieber, wir gehen nicht wieder in den Wald. Nach allem, was dort letztes Mal passiert ist ...« Ihr schauderte beim Gedanken daran.

Frederick brummte und brachte ihr eine Wolldecke. Er setzte sich längs auf das Sofa und klopfte zwischen seine Beine. »Hier, lehn dich an mich. Ich decke uns zu und wärme dich.«

Der Gedanke daran, sich so an Frederick zu schmiegen, trieb ihr die Hitze ins Gesicht. »Schickt sich das?«

»Du musst nicht, wenn du nicht willst. Aber ich verspreche, du hast von mir nichts zu befürchten«, sagte er leise.

Ein Blick in seine lieben Augen und ihre Zweifel schmolzen dahin. Vermutlich war nichts dabei.

»Das weiß ich doch. Ich bin nur so schrecklich unsicher.« Sie schenkte ihm ein schüchternes Lächeln. Ein tiefer Atemzug beruhigte die Schmetterlinge in ihrer Brust genug, dass sie den Mut fasste, diesen nächsten Schritt zu wagen. Langsam legte sie die Füße aufs Sofa. Dann lehnte sie sich vorsichtig zurück, bis sie Frederick hinter sich spürte.

Der zog sie mit einem zufriedenen Seufzen in die Arme und breitete die Decke über ihrem Körper aus. »Gleich wird dir wärmer. Du wirst sehen.«

»Es ist jetzt schon viel besser, danke.« Sie streckte ihre Hand nach dem Buch auf dem Tisch aus. Es war außer Reichweite.

Da schlossen sich seine Arme noch fester um sie. »Ach, lass doch das Buch. Erst mal wärmst du dich auf. Du bist ja eiskalt. Los, gib mir deine Hände.« Als sich seine Finger um ihre schlossen, keuchte sie überrascht auf.

»Du bist ganz warm. Frierst du denn nicht?«

»Mir ist selten kalt. Und ich gebe gerne etwas von meiner Wärme ab, ganz uneigennützig natürlich.« Er stieß ein schnaubendes Lachen aus und vergrub die Nase in ihrem Haar.

Es fühlte sich so unfassbar gut an, in seinen Armen zu liegen. Geborgenheit und Wärme durchfluteten sie, lullten sie ein.

»Du riechst gut«, sagte er leise. »Hab ich dir das schon mal gesagt?«

»Nein, noch nie.«

»Ich könnte stundenlang so bleiben.« Er nahm einen tiefen Atemzug. »Hier zu sitzen, dich in meinem Arm, das ist die pure Glückseligkeit.«

»Mhm.« Zufrieden schmiegte sie die Wange an seine Brust. »Ich hätte nie gedacht, dass ich mal so glücklich sein würde. Dich zu treffen, mich in dich zu verlieben, war das Beste, was mir je passiert ist.«

»Da bin ich aber froh. Mir geht es nämlich genauso. So sehr ich diesen Krieg verabscheue – er hat dich zu mir gebracht.« Federleicht küsste er ihr Haar, dann die Spitze ihres Ohres.

Hannah erschauderte. Wie seltsam vertraut war diese Geste. Und schön, so wunderschön! Sie lächelte. »Dann hatte er wenigstens ein Gutes«, murmelte sie und streichelte seine Hand. »Meinst du, ich lerne deine Familie irgendwann kennen?«

»Auf jeden Fall! Wenn das hier vorbei ist, stelle ich dich ihnen vor. Mutter wird dich lieben.«

»Meinst du?«

»Ich bin mir sicher. Du bist die Tochter, die sie nie hatte«, sagte er und hauchte einen weiteren Kuss auf ihr Ohr.

Hannah schloss genießerisch die Augen. »Das klingt schön. Erzählst du mir von ihr? Und von deiner Familie?«

Sie spürte, wie er nickte. »Wenn du willst.«

Die letzten Tage des Winters zogen heimlich von dannen, ohne dass man etwas davon merkte. An einem Tag stürmte und schneite es noch, dass sich die Äste der Bäume vor dem Haus unter dem Gewicht der weißen Massen nur so bogen. Dann, am nächsten Morgen, war der Schnee geschmolzen, hinterließ riesige Pfützen und breite Rinnsale, die ihren Weg durch den Wald hin zum kleinen Bächlein suchten. Es dauerte nur wenige Tage, bis die ersten Frühblüher ihre Köpfe der Sonne entgegenreckten.

Für Hannah konnte der Frühling nicht schnell genug kommen. So sehr sie die langen Abende mit Frederick und Eric zu schätzen gelernt hatte, schlug ihr die ewige Dunkelheit und Kälte doch aufs Gemüt. Ihre Vorräte an Feuerholz schwanden schnell, und so saßen sie und Frederick immer öfter beieinander und wärmten sich gegenseitig unter dicken Decken.

Mit jedem Tag wurde ihre Beziehung enger und inniger. Sie sehnte die Momente der Zweisamkeit regelrecht herbei. Seine Liebkosungen waren wie Naschwerk für sie, die ihr den grauen Alltag versüßten. Und je mehr Zeit sie mit ihrem Liebsten verbrachte, desto weniger fand sie etwas Falsches oder Verwerfliches daran.

»Hannah.« Fredericks Stimme klang wie Musik in ihren Ohren. »Du bist so wunderschön.«

»Wirklich?«

»Du bist das schönste Mädchen, das mir je untergekommen ist«, murmelte er und rieb seine Nasenspitze sanft gegen ihre. »Deine lieben, rehbraunen Augen und diese zarten Lippen«, flüsterte er. Langsam ließ er den Daumen über ihre Unterlippe gleiten. »Hast du überhaupt eine Idee, wie verrückt ich nach dir bin?«

»Etwa so verrückt wie ich nach dir?«, fragte sie und fühlte sich unglaublich keck dabei. Anscheinend waren es die richtigen Worte, denn er belohnte sie mit einem Kuss.

»Unwahrscheinlich«, murmelte er, bevor er eine Spur aus Küssen bis hin zu ihrem Ohrläppchen zog. »Ich würde alles für dich tun.

Alles, um nur noch einen weiteren Kuss von dir zu bekommen. Oder zwei.«

Sie kicherte, nicht zuletzt, weil sein Atem sie kitzelte. Es gefiel ihr, wenn er auf diese Art und Weise mit ihr sprach, sodass seine Worte ihr die Röte in die Wangen trieben.

»So viele du willst.« Wohlig seufzend vergrub sie die Finger in seinem Haar. Sie mochte, wie seidig es sich anfühlte oder wie es duftete, wenn sie heimlich daran roch.

»Du weißt nicht, was du sagst.« Fredericks Worte wurden von einem Kuss auf ihr Ohrläppchen begleitet, bevor sie plötzlich seine Zähne an derselben Stelle spürte. Es war ein sanftes Knabbern, mehr nicht, doch es jagte einen Schauer über ihren ganzen Körper. »Du hast keine Ahnung, was ich am liebsten mit dir machen würde …«

Wie um seine Worte zu unterstreichen, spielte er mit der schlanken Kordel, die ihre Bluse am Hals verschloss, öffnete sie Stück für Stück, bis sich die Schleife schließlich löste.

Hannah schluckte, sagte sich jedoch, dass darunter nichts war, was ihr Liebster nicht schon vor Monaten gesehen hatte. Nur hinterließen seine Blicke jetzt heiße Spuren auf ihrer Haut und brachten ihr Herz zum Rasen, wie sie es nie zuvor erlebt hatte.

»Was würdest du denn gerne tun?«, hauchte sie. »Mir das ausziehen?«

»Gott, Hannah!« Dieses Mal klang Fredericks Stimme fast schon gequält. »Süße, unschuldige Hannah.« Seine Fingerkuppen strichen ganz langsam ihr Schlüsselbein entlang. Ein leises Stöhnen floss über ihre Lippen, wurde jedoch von einem gierigen Kuss erstickt.

Dann passierte so vieles auf einmal: seine Zunge, die ihren Mund erkundete; seine Hand, die ihre Seite entlang zum Saum ihrer Bluse wanderte; sein Körper, der sich langsam über sie schob.

Ein Wirbelsturm von Gefühlen tobte in ihrer Brust. Aufregung, Neugier, Liebe, Furcht. Eine leise Stimme in ihrem Hinterkopf beschwor sie, Frederick fortzuschicken. Doch was er mit ihr tat, fühlte sich viel zu gut an. Sie vertraute ihm.

Sie wusste nicht, wann seine Hände den Weg unter ihre Bluse und ihr Hemd gefunden hatten, oder wann ihre Hände begonnen hatten, die glatte Haut seines Rückens zu erkunden. Zeit spielte plötzlich keine Rolle mehr. Wohl aber das Seufzen und Stöhnen, das auf nahezu jede ihrer Berührungen folgte, oder der glühende Blick aus Fredericks Augen. Seine Hände setzten ihren Körper in Flammen, nicht nur die Stellen, die sie berührten, sondern auch Bereiche weit unterhalb ihres Nabels. In einer dunklen Ecke ihres Verstandes malte sie sich aus, wie er sie dort berührte. Bevor sie wusste, was sie tat, glitten ihre Hände tiefer, zum Bund seiner Hose.

»Hannah, nicht.« Mit einem Keuchen riss sich Frederick von ihr los, starrte sie mit weit aufgerissenen Augen an. »Das sollten wir besser nicht tun.«

Verwirrt studierte sie sein Gesicht. »Entschuldige. Ich wusste nicht ...«

Sein Finger auf ihren Lippen brachte sie zum Schweigen. »Es gibt nichts, wofür du dich entschuldigen müsstest. Glaub mir, ich würde nur zu gern diesen Schritt mit dir gehen. Aber damit sollten wir besser noch ein wenig warten.« Zärtlich streifte er ihre Stirn mit seinen Lippen. »Eines Tages ...« Er brach ab, fuhr sich mit der Hand durchs Haar.

»Eines Tages«, stimmte sie zu, auch wenn es ihr schwerfiel, ihre Enttäuschung zu verbergen. Sie spürte die Entfernung zwischen ihnen wie einen tiefen Graben.

»Komm. Es ist schon spät.« Er bot ihr seine Hand an. Sie ergriff sie mit einem schwachen Lächeln. »Eric wird sich sicher schon fragen, wo wir bleiben.«

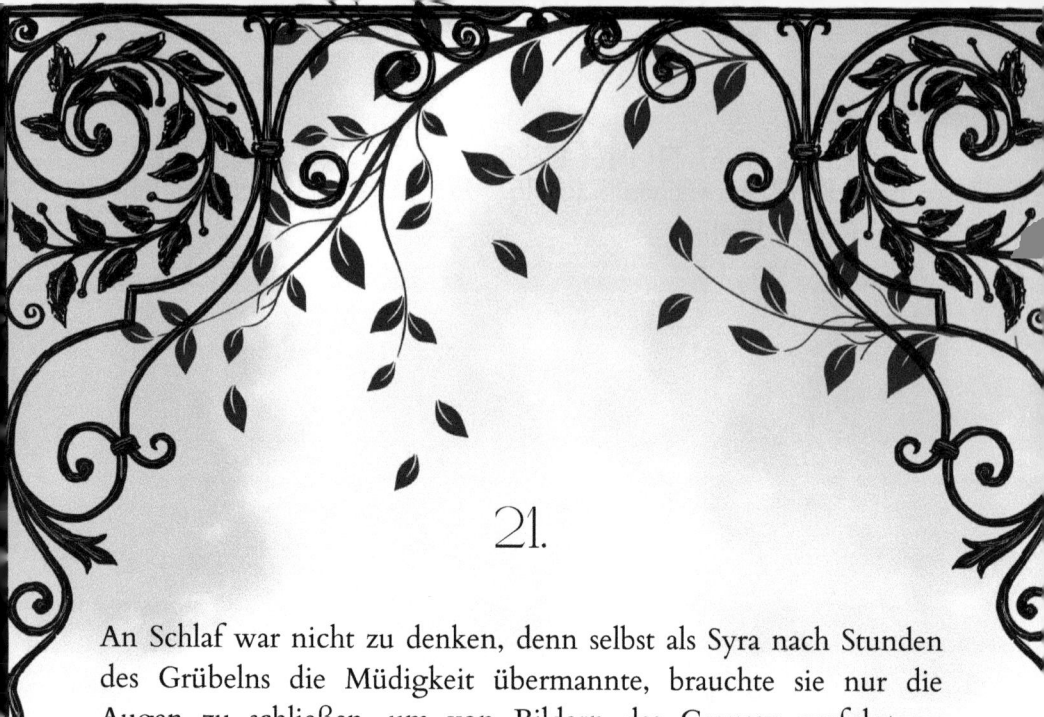

21.

An Schlaf war nicht zu denken, denn selbst als Syra nach Stunden des Grübelns die Müdigkeit übermannte, brauchte sie nur die Augen zu schließen, um von Bildern des Grauens verfolgt zu werden. Berge von Soldatenleichen stapelten sich in den Fluren. Die Wände hatten Augen, *seine* Augen. Wenn dieses Haus ein Teil des Refugials war, war es in der Lage, sie zu sehen, sie zu belauschen. Oder nicht?

»Guten Morgen, Syra.«

Wie immer erwartete es sie am Fuße der Treppe. Aber hatte es wirklich gewartet? Oder hatte es sie kommen sehen und seinen Körper im richtigen Moment materialisiert? Sie wusste es nicht.

»Eric, guten Morgen«, grüßte sie zurück. »Soll ich dich denn überhaupt noch so nennen? Oder ist dir etwas anderes lieber?«

Eric zuckte mit den Schultern. »Ich mag den Namen, den Hannah mir gab. Er erinnert mich an sie. Nicht, dass ich sie jemals vergessen könnte.« Er lächelte ihr zu. »Hast du Hunger?«

Wie normal sich dieser Moment zwischen ihnen anfühlte. Er folgte der Routine, die sie in den letzten Wochen entwickelt hatten, genau. Nur der morgendliche Kuss, den er in den vergangenen Tagen sanft auf ihre Stirn gepresst hatte, fehlte. Sie war dankbar dafür.

»Ich habe Hunger«, antwortete sie. »Ich kann aber nicht sagen, ob ich viel herunterbekomme.«

»Warum nicht?« Verständnislos blickte er sie an. »Du hast gestern Abend nicht gegessen und …«

»Mir liegt das alles noch schwer im Magen, okay?« Sie erschrak selbst, wie leicht sie die Beherrschung verlor. Doch ihre angestauten Gefühle flossen wie Wasser durch einen Spalt im Damm. Es war nur eine Frage der Zeit, bis er weitere Risse bekam und eine wahre Flut aus ihm hervorbrach. Eric war jedoch der Letzte, den sie dabeihaben wollte, wenn es geschah. »Entschuldige … Ich … ich glaube, ich muss an die frische Luft.«

Sie floh nach draußen in den Hof. Dort hielt sie erst inne, als sie bemerkte, dass sie nicht einmal Hausschuhe trug. Der Boden war noch feucht vom Regen der letzten Nacht und innerhalb von Sekunden waren ihre Socken klatschnass.

»Oh, Scheiße!« Gestern noch war das Haus ihr sicherer Hafen gewesen. Doch jetzt lebten die Wände. Türen verschwanden. Menschen waren darin zu Tode gekommen, vielleicht sogar in ihrem Zimmer.

»Syra. Komm zurück ins Haus.«

Mit einem Aufschrei fuhr sie herum. Sie hatte nicht gehört, dass er nach draußen gekommen war. Natürlich nicht.

»Du wirst dich erkälten.«

»Und wenn schon …«, gab sie kühl zurück. »Ich kann einfach nicht … weiß nicht …« Hilflos schüttelte sie den Kopf.

Sein Blick war durchsetzt von Resignation und Traurigkeit, fast so, als hätte er eine ähnliche Szene schon einmal erlebt. »Syra. Ich werde dir nichts tun, das schwöre ich. Es gibt keinen Grund, sich vor mir zu fürchten oder mir zu misstrauen.«

»Du hast getötet, Eric. *Natürlich* misstraue ich dir. Bis gestern dachte ich, du bist ein Mensch. Aber jetzt ... weiß ich nicht einmal, woraus dein Körper eigentlich besteht.«

»Aus Fleisch und Blut, genau wie deiner«, entgegnete er ruhig. »Nur dass ich mich jederzeit neu erschaffen kann. Schau ...«

Sein Körper zerfloss vor ihren Augen.

Er wurde eins mit der Erde und verschwand, nur um einige panische Herzschläge später aus ihr wieder zu entstehen. Selbst die Kleidung erschuf er aus dem Nichts. »Ich bin *Erde*, Syra. Erde besitzt alles, was es braucht, um Leben zu erschaffen. Sie nimmt und sie gibt. Das ist, was Erde tut. Und zu einem Großteil bestehen Menschen aus Kohlenstoff und Wasser. So wie Erde.« Er lächelte schief.

Was er sagte, ergab Sinn. Erde ließ andauernd neues Leben entstehen. Warum nicht auch einen menschlichen Körper?

»Du weißt noch zu wenig, um dir wirklich ein Bild machen zu können. Deshalb ist es wichtig, dass du all die Fragen stellst, die dich so verunsichern.«

Syra zögerte nur kurz, bevor sie dem Drang nachgab. »Diese Soldaten. Du –«

»Ja, ich tötete diese Männer – aber sicher nicht mit Genuss. Erde nimmt niemals wahllos ein Leben, Menschen schon.« Er machte ein angewidertes Gesicht. »Ich tat es, um damit unschuldige Leben zu retten. Und ich würde es wieder tun, um dich zu schützen. Hätte ich damals gezögert, wärst du heute nicht am Leben.«

Sie stutzte, musste jedoch zugeben, dass es stimmte. »Das ist wohl wahr.«

»Glaub mir, Syra, dieser Krieg war eine schreckliche Zeit. Das Chaos wütete überall, vor allem in den Menschen. Ich konnte nicht zulassen, dass es auch hier Einzug hält und noch weitere Opfer fordert.«

»Ich verstehe.« *Ich versuche, zu verstehen.*

»Heißt das, du kommst jetzt zurück ins Haus?«

»In Ordnung.«

»Gut.« Er atmete auf. »Ich koche dir Tee und danach können wir uns weiter unterhalten, wenn du möchtest.«

»Gern.« Syra zwang sich zu einem Lächeln. Sie wollte endlich alles erfahren. Es gab noch so vieles, das sie nicht wusste.

Aber zuerst brauchte sie ein Paar trockene Socken.

»Hannah. Hier im Boden ist etwas.«

Frederick stand ein Stück von ihr entfernt und starrte auf ihr zukünftiges Gemüsebeet.

»Ein Stein? Oder eine Wurzel?« Schnell eilte sie zu ihm hinüber. Ihr war jede Gelegenheit recht, einen Kuss abzustauben. In freudiger Erwartung trat sie näher und legte den Arm sanft um seine Hüfte. Dann schaute sie in das Loch im Boden. Er hatte recht. Dort war etwas. Doch sah es weder wie ein Stein noch wie eine Wurzel aus. Sie runzelte die Stirn. »Was ist das?«

Frederick schüttelte den Kopf. »Ich weiß nicht. Sieht aus wie ein Stück Metall. Das könnte alles sein.«

»Hierlassen können wir es nicht. Oder wir legen das neue Beet an einer anderen Stelle an«, meinte Hannah nachdenklich.

»Lass uns zuerst versuchen, es auszugraben. Komm, hilf mir!«

Sie griff sich den Spaten zu ihrer Rechten. Stück für Stück arbeiteten sie sich durch das Erdreich, Frederick mit Hacke und Schaufel, sie mit dem Spaten. Es war mühsame Arbeit, die ihr den Schweiß aus allen Poren trieb.

Schwarzer Gummi. »Ein Reifen?« Hannah hielt inne. »Ist das etwa ein Automobil?«

Frederick hatte schon ein ganzes Stück tiefer gegraben als sie. »Dafür scheint es mir zu groß. Schau!« Er deutete auf den Reifen und die weiteren Teile, die mit ihm verbunden waren.

»Dafür, dass es hier in der Erde liegt, ist es noch ziemlich gut in Schuss«, murmelte er und grub noch ein Stück tiefer. »Es kann noch nicht so lange her sein, dass das jemand vergraben hat. Nur warum …« Er brach ab und schaute sie an.

Es war nur wenige Monate her, dass sie einen Laster hatten aufs Grundstück fahren sehen – einen Laster, der am nächsten Morgen spurlos verschwunden war, genau wie die Soldaten, die mit ihm gekommen waren. Konnte es sein, dass sie das Grundstück nie verlassen hatten?

Hannah erschauderte. »Wir müssen Eric hierauf ansprechen«, raunte sie Frederick zu.

Er nickte. »Er muss etwas wissen. Komm.« Er streckte seine Hand nach ihr aus und Hannah ergriff sie.

»Eric, wir müssen dich etwas fragen.« Frederick redete nicht um den heißen Brei herum, nachdem er Eric in der großen Bibliothek aufgespürt hatte.

Hannah schien es, als habe der Mann auf sie gewartet, denn als er sich am Fenster stehend zu ihnen umwandte, lag etwas Lauerndes in seinem Blick.

»Das müssen wir.«

»Wir haben beim Umgraben des Gartens einen Lastwagen gefunden. Weißt du etwas darüber?«

»Das tue ich«, antwortete Eric ruhig.

Hannah schluckte und trat langsam neben Frederick, bevor sie selbst das Wort ergriff: »Was ist das für ein Laster, Eric? Ist das derselbe, der vor ein paar Monaten hier war?«

»In der Tat. Ich habe ihn versteckt, nachdem ich mich um die Soldaten gekümmert habe.«

Die Worte ließen ihr das Blut in den Adern gefrieren.

»Was meinst du mit: Du hast dich um sie gekümmert? Hast du sie getötet?«, fragte Frederick.

Eric schwieg für einen langen Moment. Sein Blick war für Hannah unmöglich zu deuten. Schließlich sagte er: »Ich kenne diesen Schlag Menschen. Es waren ebensolche wie die, die meine Familie getötet haben – gnadenlos, ohne Reue. Sie hätten dasselbe mit euch gemacht.«

Frederick bebte. Seine Hand hatte sich zu einer Faust zusammengekrampft. Ganz langsam schob er sich ein Stück zwischen sie und Eric. Er sagte jedoch kein Wort.

»Ich konnte eure Angst spüren«, fuhr Eric fort. »Ihr fürchtet diese Männer und so habe ich euch vor ihnen beschützt.«

»Indem du sie getötet hast?«, hakte Frederick nach.

»Was hätte ich sonst tun sollen? Zulassen, dass sie Hannah schänden und euch danach ermorden? Ihr wisst selbst, wie grausam die Menschen durch den Krieg geworden sind. Denkt an den Müller. Er ging auf euch los, obwohl ihr nur in seinem Teich gebadet habt.

Diese Soldaten waren kaum mehr als Tiere, glaubt mir. Und sie waren in der Überzahl. Ich habe sie reden und *prahlen* hören.« Er verzog angewidert das Gesicht. »Soll ich für euch wiederholen, was sie gesagt haben?«

»Heißt das, du gibst es zu?«, fragte Frederick mit einer gefährlichen Ruhe in der Stimme.

»Dass ich sie getötet habe? O ja.« Eric seufzte.

Mit zitternden Fingern griff Hannah nach Frederick, hielt sich an ihm fest. »Der Laster … Wie konntest du ihn innerhalb einer Nacht im Garten verschwinden lassen? Ich bin mir sicher, dass wir keinerlei Spuren gesehen haben.«

Frederick brummte zustimmend. »Das ist eine gute Frage.«

Eric runzelte die Stirn. Er sah verwirrt aus. »Ihr Menschen habt doch das Metall aus der Erde geholt. Warum wundert es euch, dass ich es dahin zurückkehren lassen kann?«

»Aber wie?«

Eric sah sie einfach nur an. Dann zog er wortlos ein Buch aus einem Regal. Er hielt es mit ausgestrecktem Arm vor sich. Schließlich ließ er es fallen, sodass es mit einem dumpfen Aufprall zu Boden fiel.

»Schaut her«, forderte er sie auf, und das Unglaubliche geschah: Das Buch versank im Steinboden, Stück für Stück, bis es schließlich ganz von ihm verschluckt worden war. Zurück blieb nur der nackte Stein, glatt und unberührt.

»Das ist unmöglich«, hauchte Frederick. Zum ersten Mal, seit Hannah ihn kannte, klang er so, als wäre er kurz davor, die Fassung zu verlieren.

»Hexerei.« Sie trat ängstlich ein Stück zurück. »Das ist Hexerei!«

Eric schüttelte den Kopf.

Doch sie hatte den Zauber mit eigenen Augen gesehen! Das Gleiche hatte er auch mit dem Laster im Garten getan, nachdem er ein Dutzend Soldaten getötet hatte. Dieser Mann war ein Hexer. Er war gefährlich.

Mit einem Keuchen eilte sie aus dem Zimmer und die Treppe hinunter.

»Hannah, warte!«

Frederick! Sie verlangsamte ihre Schritte, doch ihre Füße trugen sie weiter, zur Haustür hinaus. Sie hörte, dass nur Frederick ihr folgte. Aber ob der Hexer ihnen insgeheim auf den Fersen blieb? Über welche Art der Zauberei gebot er noch?

Erst als sie das große Eisentor hinter sich zuschlug, blieb sie nach Atem ringend stehen.

»Er ist ein Hexer!«, keuchte sie und sprach damit den Gedanken aus, der wie eine Alarmglocke in ihrem Kopf schrillte.

»Ich hab geahnt, dass etwas faul mit ihm ist. Ich wusste nur nicht, was. Das hier übertrifft selbst meine düstersten Vorstellungen.«

»Und ich habe diesem Mann vertraut.« Ihr wurde übel. »Was machen wir denn jetzt? Hexerei ist des Teufels. Das hat der Priester in der Kirche ganz klar gesagt.«

»Und er hat all diese Soldaten getötet. Dieser Mann ist gefährlich. Er sagt, er wollte uns beschützen, aber ich traue ihm nicht.«

Hannah nickte. »Ich fürchte mich vor ihm.«

»Das solltest du auch. Wir können hier nicht bleiben, so weh es mir auch tut, dieses Haus zu verlassen. Wir müssen versuchen, zusammen irgendwo eine Anstellung zu finden, oder ...«

Vielleicht konnten sie sich gemeinsam durch die Wälder schlagen? Nein, die Wälder waren kein Ort, an dem sie die Nacht verbringen wollte. Bäume, die sich bewegten und Augen hatten ...

Also blieb ihnen nur der Weg ins Dorf. Würde man sie dort willkommen heißen? Und wie wahrscheinlich war es, dass sie beide eine Anstellung fanden? In Zeiten wie diesen gab es nur einen Ort, an dem junge Männer wie Frederick gebraucht wurden: die Front. Allein der Gedanke daran jagte ihr einen eiskalten Schauer den Rücken hinunter. Nur, welche Wahl blieb ihnen sonst?

Als Syra das Frühstück auf dem Tisch sah, meldete sich ihr Magen lautstark zu Wort. Eric honorierte diese Reaktion mit einem Lächeln.

Noch gestern hätte dieses Zeichen der Zuneigung ihr Herz zum Flattern gebracht. Heute erfüllte es sie mit einem Gefühl der Verwirrung und Unsicherheit. Sie wusste plötzlich nicht mehr, wie sie mit diesem Mann umgehen oder was sie fühlen sollte.

»Setz dich doch.« Erics Stimme war sanft wie Seide, als er den Stuhl für sie bereithielt.

Mit einem schüchternen Lächeln nahm sie Platz.

Er glitt zu ihrer Rechten auf einen Stuhl. Seine Bewegungen wirkten dabei so geschmeidig wie die eines Panthers.

Syra schauderte.

Die Tasse Tee, die auf dem Tisch bereitstand, rührte er jedoch nicht an.

»Jetzt verstehe ich endlich, warum du so selten isst und trinkst. Ich hab mich immer gewundert«, sagte sie. »Ich dachte, du hättest irgendein Problem.«

Eric neigte den Kopf. »Ich brauche keine menschliche Nahrung, sie schadet mir aber auch nicht. Tee habe ich mit der Zeit sogar zu schätzen gelernt. Er ist so herrlich … feucht.«

In einem weniger ernsten und verwirrenden Moment hätte sie jetzt gekichert. Aber alles, was sie zustande brachte, war ein stummes Nicken. Hastig griff sie einen Apfel und schnitt ihn auf. Sie zerteilte die Frucht in kleine Stücke und gab sie in ihre Müslischale.

Dann erst richtete Eric wieder das Wort an sie. »Du hast sicher noch viele Fragen.«

»Gestern im Wald, wie hast du mich gefunden? Sagtest du nicht, du kannst das Grundstück nicht verlassen? War das eine Lüge?«

»Es ist die Wahrheit oder zumindest ein Teil davon. Je weiter ich mich vom Haus entferne, desto schwieriger wird es für mich, eine menschliche Gestalt anzunehmen. Dort draußen bin ich nur noch Erdgeist, habe keinen Zugriff mehr auf die Kraft meines Refugiums. Ich bin nicht mehr ich. Hannahs Blut bindet meinen menschlichen Körper an dieses Haus.«

»Ich verstehe.« Sie füllte Milch und Müsli in ihre Schüssel, hielt ihre Hände beschäftigt. »Das heißt, du kannst dieses Haus verlassen, nur eben nicht in diesem Körper.«

»So ist es.«

»Und du hast mich gefunden, weil …« Sie suchte nach den richtigen Worten. »Weil dein Geist den Boden erfüllt?«

Eric zögerte einen Moment. »Der Anhänger, den ich dir gab: Er sagte mir, dass du in Gefahr bist, und half mir, dich zu finden.«

»Der Anhänger?« Fassungslos zog sie den roten Kristall unter ihrem Pulli hervor. Damals war ihr dieses Geschenk so unfassbar großzügig und romantisch vorgekommen. Jetzt empfand sie bei seinem Anblick lediglich Enttäuschung. »Du hast ihn mir gegeben, um mich zu überwachen?«

Mit geweiteten Augen schüttelte er den Kopf. »Beschützen. Die Natur in dieser Gegend ist gefährlich, wie du gestern am eigenen

Leib erfahren musstest. Ich wollte sichergehen, dass ich dir helfen kann, solltest du in Not geraten.«

»Ich verstehe«, murmelte sie. Sie konnte das Gefühl, betrogen worden zu sein, nicht abschütteln. »Und was ist mit ... uns?« Hatte es jemals ein *uns* gegeben? »Hast du je so etwas wie ... Zuneigung für mich empfunden?«

Erics Antwort kam ohne das kleinste Zögern. »Selbstverständlich. Ich wollte dich von dem Tag an, als du in dieses Haus kamst.«

»Wieso? Da kanntest du mich nicht einmal.« Wieder hatte er ihre Frage nicht beantwortet. Nicht von Zuneigung gesprochen.

»Dennoch habe ich bereits lange auf deine Ankunft hier gehofft. Ich sagte doch: Die Welt ist dabei, aus dem Gleichgewicht zu geraten. Sie braucht jemanden, der es wiederherstellt und bewahrt.«

Sie hatte genug gehört. Ihr Hunger war fort. Bemüht ruhig ließ sie den Löffel sinken. »Wenn du mich entschuldigen würdest, ich muss an die frische Luft.«

»Syra, wo willst du hin?« Eric sprang auf. »Bitte bleib.«

In der Eingangshalle streifte sie einem Impuls folgend die Kette mit dem roten Anhänger ab. Sie wollte allein sein. So sehr sie es leugnen wollte, war Gut Breitenfels zu einer Heimat für sie geworden. Und nun war das Haus nicht mehr nur ein Haus. Was sollte sie jetzt tun, wo sie wusste, dass Eric nicht aus Liebe, sondern aus Berechnung gehandelt hatte?

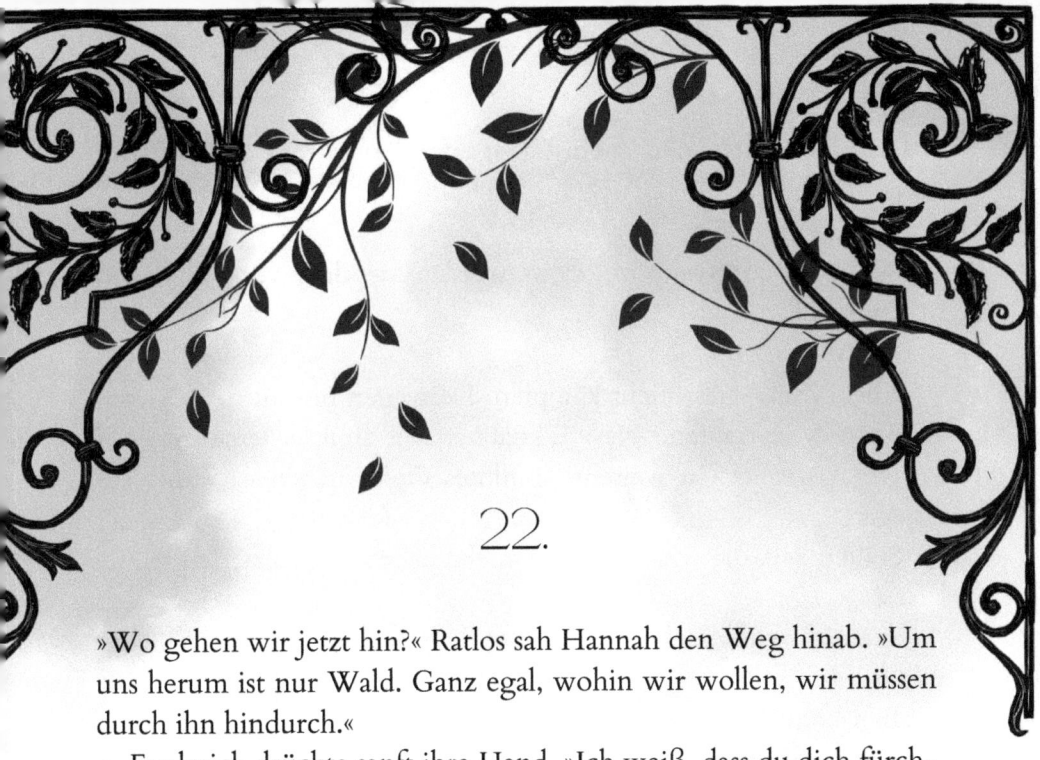

22.

»Wo gehen wir jetzt hin?« Ratlos sah Hannah den Weg hinab. »Um uns herum ist nur Wald. Ganz egal, wohin wir wollen, wir müssen durch ihn hindurch.«

Frederick drückte sanft ihre Hand. »Ich weiß, dass du dich fürchtest. Aber die Straße ist nicht weit. Wenn wir uns beeilen, haben wir sie in einer Viertelstunde erreicht.«

»Aber wollen wir denn zur Straße? Wenn wir nun auf Soldaten treffen?« Der Gedanke trieb ihr den Angstschweiß ins Gesicht.

»Möglich wäre es. Die Frage ist, was stellt das größere Risiko dar: der Wald oder die Soldaten?«

Hannah dachte nach. »Meinst du, der Krieg ist vielleicht vorbei? Oder dass wir gewonnen haben?«

Frederick zuckte mit den Schultern. »Zuletzt sah es nicht gut für unsere Seite aus«, meinte er nachdenklich. »Es gab Berichte, dass der Feind an beiden Fronten durchgebrochen ist. Doch die Soldaten letztes Jahr im Haus waren unsere. Ich denke, wenn das Land eingenommen worden wäre, hätten wir es gemerkt.«

Hannah nickte. »Du meinst also, der Krieg tobt da draußen immer noch?« Sie blickte sich ängstlich um.

»Ich fürchte schon.«

»Wenn noch Krieg ist, dann werden sie dich zum Soldaten machen wollen.«

»Ich weiß.«

»Aber ... du willst nicht kämpfen. Deswegen bist du damals von zu Hause weggelaufen.« Nervös knabberte sie an ihrer Unterlippe.

»Ich wäre nur ein weiteres sinnloses Opfer in einem sinnlosen Krieg.«

»Sollten wir die Straßen dann nicht lieber meiden?«, fragte sie leise.

Frederick seufzte schwer. »Ganz ehrlich, Hannah, ich weiß nicht, was wir tun sollten. Es ist eine unmögliche Entscheidung. Auf den Straßen könnten wir auf Soldaten treffen. Hier, im Wald, verhungern wir um diese Jahreszeit. Ich habe nichts dabei, um Fallen zu stellen oder um auf die Jagd zu gehen. Bleiben wir hier, sind wir so gut wie tot.«

Hannah fröstelte. Frederick hatte recht. Nicht einmal einen Mantel hatte sie in ihrer Eile, das Haus zu verlassen, mitgenommen. Sie hatten nichts: keinen Proviant, keine warme Kleidung, kein Geld.

»Dann suchen wir das nächste Dorf«, sagte sie. »Oder willst du zurück nach Hause, zu deiner Mutter?«

Sehnsucht flackerte über sein Gesicht. »Würdest du mit mir kommen? Nach Hause?«

Hoffnung durchflutete sie. »Natürlich würde ich das. Aber ist das nicht zu gefährlich? Die Leute dort wissen, dass du davongelaufen bist.«

»Gefährlich ist es überall, egal wohin wir gehen. Zu Hause hätten wir wenigstens ein Dach über dem Kopf. Selbst wenn sie mich an die Front holen, du wärst versorgt.« Liebevoll strich er mit dem Daumen über ihren Handrücken.

Hannahs Herz quoll über vor Dankbarkeit und Liebe zu ihm. »Wenn deine Mutter mich bleiben lässt.«

»Das wird sie. Sie wird dich lieben, du wirst sehen. Komm.«

Von neuer Hoffnung erfüllt machten sie sich auf den Weg. Sie folgten dem schmalen Waldpfad, der von Erics Haus wegführte, bergab. Früher oder später würden sie auf eine Straße stoßen und ihr folgen. Dann fanden sie hoffentlich auch den Weg nach Rabenheim.

Doch je weiter sie liefen, desto dichter standen die Bäume. Immer weniger Licht drang zwischen den Kronen hindurch. Wurde es schon Abend?

Plötzlich blieb Frederick stehen und packte sie am Arm. »Etwas stimmt hier nicht.«

Der Wald war ruhig, nur hier und da hörte sie das Rauschen des Windes in den Zweigen oder das Krächzen eines Vogels. War da auch ein Knacken im Unterholz?

»Was ist los?«, wisperte sie ängstlich. »Werden wir verfolgt?«

»Nein«, sagte Frederick leise. »Dieser Baumpilz dort und daneben der vermooste Stumpf. Wir waren schon vor einer halben Stunde hier.«

Hannahs Herz schlug schneller. »Bist du dir sicher? Wir sind diesen Weg doch nirgendwo abgebogen. Das kann nicht dieselbe Stelle sein!«

Frederick sagte nichts. Seine grünen Augen schauten wachsam ins Unterholz, studierten Bäume und Büsche, bevor er langsam weiterging und Hannah an der Hand mit sich zog. »Ich hoffe, ich irre mich.«

Das hoffte sie auch.

Als sie nun weiter Hand in Hand durch den Wald liefen, behielt sie die Umgebung genau im Auge. Zunächst fiel es ihr schwer, etwas zu finden, woran sie sich orientieren konnte: Die Bäume und Büsche sahen alle gleich aus. Gelegentlich entdeckte sie jedoch eine Kleinigkeit – einen abgeknickten Zweig, einen interessant geformten Stein oder einen Baum mit einem besonders auffälligen Astloch – und versuchte, sie sich einzuprägen.

Schon allzu bald musste sie sich eingestehen: Frederick hatte recht.

»Wir laufen im Kreis.« Dieses Mal war sie es, die stehen blieb.

Fredericks Miene zeigte ihr, dass auch er sich seiner Vermutung nun sicher war; der fester werdende Druck seiner Hand, dass er entschlossen war, sie zu beschützen. Vielleicht hatte er auch Angst und versuchte sich ebenso an ihr festzuhalten wie sie an ihm.

»Was für ein böser Zauber ist das?« Hannahs Herz schlug bis zum Hals. Das Knacken und Knirschen im Unterholz klang nun lauter. Näher. Ihr wurde übel.

»Hannah, lauf!« Frederick rannte los. Sie schlugen sich ins Unterholz, weg vom Weg, der sie die ganze Zeit über in die Irre geführt hatte. Sofort griffen die Büsche und Blätter nach ihren Knöcheln, versuchten, sie zu Fall zu bringen. Zweimal fing sich Hannah wieder, klammerte sich an Fredericks Hand, die wie ein Anker für sie war. Sie stolperte fluchend weiter, ignorierte das Brennen ihrer Lunge und das Seitenstechen.

Frederick führte sie in wildem Zickzack durch den Wald, ließ sie Haken schlagen wie die Hasen. Es war die Taktik, mit der ihnen beim letzten Mal die Flucht gelungen war, und doch dauerte es nicht lange, bis Hannah bei einer Wende über eine Wurzel stolperte und fiel. Der Waldboden kam näher, Kiefernnadeln, Zapfen und Steine, und einen Moment später lag sie flach auf dem Boden und schmeckte Blut.

»Au!« Jammernd rollte sie sich zur Seite, versuchte aber, das Brennen ihrer Knie und Handflächen zu ignorieren. Sie mussten weiter! Aus dem Augenwinkel sah sie, wie die Bäume hinter Frederick langsam, aber beständig näher kamen.

»Hannah!« Sofort war er bei ihr, bot seine Hand an, um ihr aufzuhelfen. Sie ergriff sie und zog sich mit einem Stöhnen zurück auf die Beine. Mit zusammengebissenen Zähnen lief sie weiter, humpelte, so schnell sie konnte.

Plötzlich sah sie in der Ferne einen Lichtstreif, ein heller Schimmer, der durch die Bäume hindurch den Wald erhellte. Das Ende dieses verfluchten Waldes!

Auch Frederick hatte es gesehen. »Komm, wir haben es gleich geschafft!«

Zu ihrer Überraschung schlug er einen weiteren Haken, dann noch einen, und hielt dann auf die Waldgrenze zu, die auf einmal viel näher war. Konnte es sein, dass sie dem Wald ein Schnippchen geschlagen hatten?

Noch zehn Meter.

Sieben.

Hannah meinte, dass das Rauschen der Blätter um sie herum lauter wurde. Als ob der Wald sie zum Innehalten drängte. Dabei wollten sie nur fort von hier. Dennoch klang das Rauschen wie eine Warnung.

Noch fünf Meter!

Mit einem Anflug von Erleichterung sah Hannah einen qualmenden Schornstein in der Ferne, ein Haus auf einer Wiese.

Drei Meter.

Hannah rechnete fest damit, dass sich die Gewächse vor ihnen zu einer undurchdringlichen Mauer zusammenschoben und ihnen den Ausweg verwehrten.

Doch nichts geschah. Die Bäume ließen sie passieren.

Einen Meter vor der Waldgrenze dachte Hannah, dass ihr das Haus dort bekannt vorkam. War sie schon einmal hier gewesen? Nein, unmöglich. Sie waren stundenlang gelaufen. Und doch …

Mit einem unguten Gefühl im Magen stolperte sie auf die Wiese.

Sie liefen weiter und weiter über das Gras auf die rettenden Mauern zu. Wenn sie nur nah genug herankämen, wären sie außerhalb der Reichweite der Bäume und somit in Sicherheit. Wieso fühlte es sich dann an, als würden sie Schritt für Schritt in ihr Verderben laufen?

Da nahm sie am Haus eine Bewegung wahr und es fiel ihr wieder ein: ein dicker Mann, der in gebeugter Haltung aus dem Haus schlurfte und sich auf einen Stock stützte. Abrupt hielt sie inne, wurde jedoch ein Stück nach vorn gerissen und stolperte, da Frederick, der noch ihre Hand umklammerte, einfach weiterlief.

Die Mühle!

Mit diesem Gedanken fiel sie. Ihre Knie protestierten, doch die warnende Stimme in ihrem Kopf schrie laut. Sie mussten hier weg, mussten –

»Hannah, was –«

Krach!

Ein Schuss hallte über die Wiese wie ein Trommelschlag.

»Ihr dreckigen Gören! Seht zu, dass ihr hier wegkommt!«

Ohne jeden Zweifel, es war der Müller. Und er hatte sein Gewehr wild schimpfend auf sie gerichtet.

Hinter ihnen war der Wald. Es schien Hannah, als würden die Bäume bereits über ihre Grenzen hinauswachsen, die Stämme näher in ihre Richtung rücken – langsam zwar, aber stetig. Sie konnten nicht dorthin zurück, in die Finsternis der Bäume, die nach ihnen griffen.

Aber wohin sollten sie sonst –

Krach!

Hannah fuhr zusammen. Kaum drei Meter neben ihr stob ein Schwarm Vögel aus dem Gebüsch auf. Krächzend und schimpfend stiegen sie wie eine schwarze Rauchwolke gen Himmel.

Frederick griff nach ihrer Hand. Schweigend zog er sie zurück und sie liefen am Waldrand entlang. Doch die Bäume umringten die Wiese und das Haus wie ein Kessel, ließen nur dort eine kleine Öffnung, wo die schmale Brücke über das Bächlein führte. Wenn sie es bis dorthin schafften, dann konnten sie zur Straße fliehen. Dann waren sie –

Krach!

Fredericks Hand verkrampfte sich in der ihren. Wie in Zeitlupe sah Hannah, wie er stürzte. Dumpf schlug sein Körper auf den Boden, noch bevor der Schuss in den Bäumen verhallt war. Hannah sah hilflos dabei zu, wie er sich zur Seite rollte, beide Hände auf einen rasch größer werdenden Blutfleck gepresst.

Sein Stöhnen wurde von einem unheilvollen Rascheln der Bäume begleitet.

Die braunen Riesen rückten näher, doch jetzt verspürte Hannah bei ihrem Anblick nur Gleichgültigkeit. Was zählte, war der Mann vor ihr und die Blutlache, die sich langsam unter ihm ausbreitete.

»Frederick!« Mit einem Schluchzen warf sie sich zu Boden, kümmerte sich nicht um ihren eigenen Schmerz, der ihr wie ein Blitz durch die Beine fuhr. »Frederick!«

»Hannah.« Ihr Name ging in einem qualvollen Stöhnen unter, das ihr das Herz in der Brust zerriss. Was sollte sie nur tun, wie konnte sie …

Krach!

Sie konnte nicht weiter, sie musste erst Frederick auf die Beine helfen!

»Hann…ah.« Bildete sie es sich ein? Oder war seine Stimme kaum mehr als ein Röcheln? Sie klang so schwach. Seine Gesichtszüge waren zu einer Maske der Qual verzerrt – ein Bild, das sich für immer in ihre Erinnerungen fressen würde.

Sie keuchte. »O Gott. Hilfe, bitte!«

»Lauf.«

Sie dachte, sie hätte sich verhört, doch Frederick hob die blutverschmierte Hand und zeigte zum Wald. Er wollte, dass sie ging.

Krach!

Der Müller kam näher. Seine Augen wild wie die eines tollwütigen Hundes.

»Hannah … bitte. Rette …« Fredericks Stimme erstarb und seine Hand fiel zitternd ins Gras.

Mit tränennassen Augen starrte sie ihn an, sein Gesicht, die Wunde und das Blut, oh, das Blut! Er konnte nicht aufstehen, nicht laufen, und Hannah wusste nicht, wie sie sein Gewicht tragen sollte. Es war unmöglich.

»Bit…«

Schluchzend presste sie die Hand auf den Mund, sah ihren Liebsten ein letztes Mal an.

Sie musste es ihm sagen. Wenigstens ein einziges Mal. Ihr Herz gehörte ihm und nur ihm.

»Frederick, o Frederick. Ich … ich liebe dich.«

Sie bekam keine Antwort. Eine vereinzelte Träne bahnte sich ihren Weg über seine staubverschmierte Wange. Sie zog eine nasse Spur, floss zu Boden und vermischte sich dort mit seinem Blut.

Mit einem Schluchzen riss Hannah ihren Blick von ihm fort. Der Müller hatte sie schon fast erreicht. Kaum mehr als zwanzig Meter trennten sie von ihm. Sie wandte sich in Richtung Wald. Dann rannte sie um ihr Leben.

Syras Gedanken liefen Amok. Sie achtete nicht darauf, wohin sie ging, ließ ihre Gedanken einfach treiben, während ihre Füße sie über den matschigen Boden trugen. *Er hat mich nur benutzt, mich zum Narren gehalten, weil er mich brauchte. Und ich Idiotin habe es nicht einmal bemerkt.* Der Boden hatte womöglich ein Bewusstsein, *sein* Bewusstsein. Der Gedanke daran drehte ihr den Magen um.

Konnte sie in dieses Haus zurückkehren und an Erics Seite leben, vielleicht sogar die Rolle einnehmen, die er ihr zugedacht hatte?

Gleich dort vorn lag die verfallene Mühle – ein weiterer Ort, der voller Geheimnisse steckte. Sie wusste bis heute nicht, was sie an jenem Tag dort im Wasser gesehen hatte. Nach allem, was sie in den letzten Stunden gelernt hatte, sah sie die Geschehnisse damals mit ganz neuen Augen.

Eric hatte sie vor diesem Ort gewarnt. Trotzdem – oder vielleicht gerade deswegen – zog es sie dorthin. Hatte auch dieser Ort ein Bewusstsein? Der Wald wirkte so wie immer, vom Wind war kaum etwas zu spüren. Gestern, während dieses fürchterlichen Gewitters, waren ihr die Bäume bedrohlich erschienen. So, als wäre die Natur plötzlich ihr Feind. Eric hatte gesagt, es war die Folge dessen, dass die Dinge hier langsam aus dem Gleichgewicht gerieten. Aber war es tatsächlich nur das?

In Gedanken versunken betrat sie die kleine, geländerlose Brücke. Ruhig und unscheinbar lag sie über dem Bach, wie vermutlich seit Ewigkeiten. Syra setzte sich auf den kalten Stein und ließ die Füße baumeln, sodass sie knapp über der glatten Wasseroberfläche schwebten. Auch heute war die Oberfläche so schwarz, dass man die Wassertiefe nicht einmal erahnen konnte. Syra konnte sich nicht vorstellen, dass etwas in diesen Tiefen lebte – nicht mehr als ein paar Fische. Oder gab es wirklich einen Wassermann? Hatte das Wasser, genau wie ihr Haus ein Bewusstsein, das mit der Zeit einen Weg gefunden hatte, menschliche Gestalt anzunehmen? Entstanden auf diese Weise Meerjungfrauen?

Syra wusste nicht mehr, was sie glauben sollte und was nicht. Hatten ihre Eltern von Erics Identität gewusst? Hatten sie das Haus deshalb gemieden? Es war möglich. Aber warum hatten sie dann ihr gegenüber darauf beharrt, dass übernatürliche Wesen und Magie in dieser Welt nicht existierten? Ihre Mutter war hier aufgewachsen. Sie musste Eric gekannt haben. Sie musste doch im Laufe ihrer Kindheit etwas gesehen haben. Oder nicht?

Die dringlichsten ihrer Fragen kreisten jedoch um Eric und wie sie nun zu ihm stand. Denn trotz all der Dinge, die sie über ihn erfahren hatte, brannte die Enttäuschung noch heiß in ihrer Brust. Seit sie sich nähergekommen waren, war sie glücklich gewesen. Der Schmerz über den Verlust ihrer Eltern war durch etwas anderes ersetzt worden: Hoffnung, Glück, Zuversicht.

Nun war alles wie weggeblasen und Syra musste sich eingestehen, dass sie das Glück der letzten Tage vermisste.

Vero hatte recht behalten. Eric war zu gut gewesen, um wahr zu sein. Sie hätte auf ihre Freundin hören und vorsichtiger sein sollen.

Etwas raschelte im Gebüsch. Sie wandte gerade noch den Kopf und sah etwas Rotes auf sich zu huschen, als sich etwas Nasses um ihren Knöchel schloss. Sie schrie auf, wollte ihren Fuß nach oben reißen, wurde jedoch im selben Moment nach unten gezogen und verlor den Halt. Im nächsten Moment stach die eisige Kälte des Wassers wie Nadeln in ihre Haut. Das Letzte, was sie sah, bevor die Dunkelheit sie verschluckte, war eine hämisch grinsende Fratze und ein viel zu breiter Mund voll nadelspitzer Zähne. Dann wurde sie in teerschwarze Finsternis getaucht.

23.

Hannah lief. Bäume, Sträucher und Steine flogen an ihr vorbei und doch wusste sie, sie war nicht schnell genug. Der Müller war hinter ihr her, folgte ihr in das Labyrinth des sich ständig verändernden Waldes. Fredericks letzte Bitte war, dass sie floh – hinein in den Wald. Und das tat sie, wohl wissend, dass sie sich offenen Auges in eine Falle begab. Doch ebenso tat es der hoffentlich ahnungslose Müller. Und vielleicht – nur vielleicht – konnte ihr das Wunder gelingen, ihn hier abzuschütteln und den wilden Bäumen zu überlassen, während sie sich selbst in Sicherheit brachte.

Viel wahrscheinlicher war aber, dass sie alle hier heute starben, Frederick, der Müller und sie.

Krach!

Ein Schuss zerriss die Stille des Waldes. Es knackte zu ihrer Rechten, dort, wo die Kugel einen Baumstamm traf. Ein tiefes Grollen erhob sich, als würde der Wald selbst zum Leben erwachen und seine Lefzen zeigen. Wenn doch nur einer diese Bäume diesen Mistkerl erwischte und für seine Sünden büßen ließe!

Hannah schlug einen Haken, wie Frederick es ihr vorgemacht hatte. Sie hatte keine Chance, ihren Verfolger abzuhängen, solange sie in Sichtweite war. Daher rannte sie, so schnell ihre Beine sie trugen. Doch der dicke Alte war erstaunlich flink. Der Haken, den sie schlug, würde sie wertvolle Meter kosten, denn der Müller bog sofort ab und hielt in gerader Linie auf sie zu.

Oder nicht?

Sie stellte erleichtert fest, dass ihr Vorsprung derselbe geblieben war. Kein Wunder: Hinter ihr standen die Bäume dichter, streckten Äste und Wurzeln über den Weg. Der Pfad vor ihr hingegen war frei.

Krach!

Hannah schlug einen zweiten Haken, sprang behände über eine flache Wurzel und eilte weiter. Da vorne, Licht, ein schmaler Streifen nur, aber genug, um das Ende des Waldes zu erahnen. Dort war er, der Weg in ihre Freiheit – so nah. Sie musste es versuchen, sie musste sehen, was dort hinten war. Denn ihre Lunge und ihre Muskeln brannten wie Feuer.

Wenn sie schon sterben musste, dann wenigstens mit der Sonne auf ihrem Gesicht.

Krach!

Ein weiterer Schuss hallte durch den Wald, bis hinein in ihr Herz.

Das Grollen folgte, lauter und bedrohlicher diesmal. Der Wald war in Aufruhr und wenn möglich, ängstigte sie das noch mehr als der Mann, der ihr mit dem Gewehr nach dem Leben trachtete.

Mit letzter Kraft lief sie schneller, hielt geradewegs auf den schmalen Streifen Licht zu, der nach und nach breiter wurde. Dort draußen würde sie sicher sein, so unglaublich der Gedanke auch schien.

Nur noch ein paar Schritte. Die Bäume schienen an ihr vorbeizu-
fliegen, viel schneller, als es möglich sein sollte. Etwas ging hier
nicht mit rechten Dingen zu, doch wie es schien, war der Wald
dieses Mal auf ihrer Seite.

Ja, weiter so. Nur noch ein kleines Stück!

Angespornt durch das Flüstern ihrer Gedanken erreichte sie den
Waldrand, stürzte hinaus in das Licht. Es war ihr noch nie so hell
vorgekommen. Sie blinzelte dagegen an und versuchte, sich zu
orientieren. Gleich dort vorn war eine kleine Brücke und sobald sie
darauf zuhielt, erkannte sie, dass sie wieder beim Haus des Müllers
war. Sie war im Kreis gelaufen. Eilig hielt sie darauf zu, widerstand
dem Drang, sich nach der Stelle umzusehen, an der Frederick lag.
Sie hatte gerade einen Fuß auf die Brücke gesetzt, da sah sie aus dem
Augenwinkel eine Bewegung.

Der Müller!

Ihr Verfolger stolperte aus dem Wald, das Gesicht puterrot und
wutverzerrt.

»Du kleines Biest, ich kriege dich!«, rief er, doch Hannah lief
schnell weiter, hinunter von der Brücke, zur Straße hin, die
irgendwo dort sein musste. Vielleicht schaffte sie es bis ins nächste
Dorf, oder zurück zu ihrem Haus, das nur ein Stück entfernt den
Hügel hinauf lag. Aber würde Eric sie überhaupt willkommen
heißen? Würde er ihr helfen?

Krack!

Ein Aufschrei und ein Platschen. Als sie sich panisch umwandte,
sah sie, dass die Brücke, die sie gerade noch passiert hatte, in der
Mitte entzweigebrochen war. Das Ende einer der Steinplatten ragte
an ihrer Seite über die Kante des Wasserbeckens und versperrte ihr
die Sicht auf das, was dahinter geschah.

Dann, ganz plötzlich, bäumte sich die Erde auf, eine Hand erhob sich aus ihr, dann ein Arm und schließlich war es ein ganzer Körper. Was sie vor sich sah, war kein Mann, sondern ein Ding aus Erde und Stein, das zwar zwei Arme und Beine sowie einen Kopf, doch ansonsten keinerlei menschliche Züge besaß. Es war eine groteske, plumpe Gestalt, wie sie sie sonst nur in ihren schlimmsten Albträumen sah. *Der Wald.* Das seltsame Wesen richtete sich auf und marschierte zur zerstörten Brücke. Dort blieb es stehen, starrte hinunter in das Wasserbecken, wo sich der Müller laut platschend über Wasser hielt.

»Du!« Die raue, drohende Stimme ging ihr durch Mark und Bein, wie das Knurren eines Bären oder das Schreien der Soldaten in jener Nacht. Der Anblick erfüllte sie gleichermaßen mit Faszination und Grauen. Was war dieses Ding? Und was wollte es?

»Wie kannst du es wagen, die zu bedrohen, die unter meinem Schutz stehen? Du erbärmliche Kreatur!«

»Sie haben meinen Grund und Boden betreten! Diese Kinder sind Diebe!«, rechtfertigte der Müller sein abscheuliches Tun.

»Lügner!«

Aus dem Wasser kam ein hektisches Platschen und Blubbern, Laute, die Hannah mit Angst und Genugtuung erfüllten. Schritt für Schritt trat sie näher heran, bis sie schließlich gerade so über die Kante in das Wasserbecken sehen konnte. Dort rang der Müller um sein Leben, schlug wild mit den Armen, während seine gelben, blutunterlaufenen Augen vor Panik beinahe aus ihren Höhlen traten. Sie empfand kein Mitleid mit ihm.

Vielleicht war dieses erdverkrustete Wesen ein Naturgeist, gekommen, um dieses Ungeheuer für seine Taten zu richten. Sie würde es gewiss nicht davon abhalten. Für das, was er Frederick angetan hatte, verdiente der Müller jede Strafe.

»Wir wollten nichts von dir stehlen!«, rief Hannah zu ihm hinunter. Die Bitterkeit in ihrer Stimme konnte sie nicht verbergen. »Wir sind nur zufällig auf dein Land geraten. Wir waren schon auf dem Rückzug, als du dein Gewehr auf uns abgefeuert hast!«

»Nur um euch von einer anderen Seite wieder heranzuschleichen!«, rief der Mann zurück, bevor er plötzlich unter Wasser gezogen wurde. Für eine Weile war er verschwunden und Hannah sah nur undeutlich, wie er wild gegen etwas ankämpfte. Dann tauchte er prustend und spuckend wieder auf.

»Halt, bitte!«, flehte er. Er kämpfte sich zum Rand des Beckens, wo er sich an einer aus der Erde ragenden Wurzel festhielt. Sobald er das Erdwesen erblickte, weiteten sich seine Augen voll Grauen. »Gnade!«

Seine Worte wurden mit einem ärgerlichen Grollen quittiert. Der Boden unter Hannahs Füßen bebte. »Wieso bist du Hannah in den Wald gefolgt? Wieso hast du auf sie geschossen, obwohl sie vor dir geflohen ist? Sprich! Und wage es nicht, mich anzulügen!«

»Ich … nein … bitte!« Seine Stimme war kaum mehr als ein Wimmern.

Die Erinnerung an Fredericks schmerzverzerrtes Gesicht genügte, um jede Regung von Mitleid in Hannah zu ersticken.

»Sprich!«, donnerte der Erdgolem, und wieder spürte Hannah ein bedrohliches Beben unter ihren Füßen.

Auch der Müller schien es zu fühlen. Seine ungleichen Augen quollen aus seinem Kopf wie Pickel, die man zwischen den Fingern quetschte. »Ich hatte nicht vor, den Jungen zu treffen. Es war ein Unfall. Danach konnte ich nicht zulassen, dass das Gör davonkommt und womöglich jemandem davon erzählt«, stieß der Mann aus, während er sich hastig nach einem Ausweg umsah. »Diese beiden sind im letzten Jahr einfach hier aufgetaucht. Ich weiß, dass sie im alten Breitenfels-Anwesen hausen; ich habe sie im Garten gesehen.«

»Weil du um den Zaun geschlichen bist wie ein Dieb in der Nacht!«, knurrte das seltsame Wesen. »Ich habe gespürt, wie du wieder und wieder versucht hast, einzudringen, das Tor aufzubrechen oder über den Zaun zu steigen. Nun sag, Müller: Wer ist hier der Dieb?«

»Diese Kinder haben kein Anrecht auf dieses Haus. Sie sind nur zwei dahergelaufene Bastarde, die sich nehmen, was ihnen nicht gehört. Ich und der alte Breitenfels waren Freunde. Wenn einer einen Anspruch auf diesen Grund und Boden hat, dann ich!«

»Als ob das Land die Herrschaft einer verdorbenen Seele wie deiner akzeptieren würde! Niemals!« Wie um die Worte des Golems zu unterstreichen, brach der Boden, an den sich der Müller klammerte, ab und ließ ihn zurück ins Wasser rutschen. Dort wurde der Mann von einer unsichtbaren Kraft gepackt und nach unten gezogen, bis sein Körper in dem sich trübenden Wasser nicht mehr zu sehen war. Hannah betrachtete die Szene mit brennenden Eingeweiden. Was hier geschah, war falsch. Warum fühlte es sich dann so gut an, diesen Mann leiden zu sehen?

»Was soll ich mit ihm tun, Hannah?«

Ein Paar onyxfarbener Augen musterte sie wachsam. Hannah staunte, wie menschlich sie wirkten, wie gütig. Und dann diese Stimme: tief und voll ruhiger Gelassenheit.

Sie erstarrte. »Eric? Bist du das?«

Die Lehmgestalt nickte. »Dies ist die einzige Gestalt, die ich außerhalb der Grundstücksmauern annehmen kann.«

»Annehmen? Aber ich dachte … Was bist du?«

»Das erkläre ich dir später.«

»Was tust du hier? Bist du uns gefolgt, um –«

»Ich kam, um zu helfen. Leider bin ich zu spät.«

Hannah schluckte. Eric war ein gefährlicher Hexer. Und doch hatte er sie soeben gerettet.

»Bitte, Hannah, hab keine Angst vor mir. Ich würde dir nie etwas antun, das schwöre ich.« Bittend streckte er die Hand nach ihr aus.

Es kostete sie all ihren Mut, um nicht vor ihm zurückzuweichen. Ihre Glieder zitterten unkontrolliert. Ihre Beine drohten jeden Moment unter ihr nachzugeben. Doch sie musste sich zusammenreißen. Vielleicht gab es noch Hoffnung. »Frederick … Er …«

»Ich weiß«, antwortete Eric. Seine Stimme war voll Mitgefühl und Bedauern.

»Ich muss zu ihm«, rief sie. »Vielleicht ist es noch nicht zu spät! Bitte. Die Brücke! Ich muss zu ihm und sehen, ob er noch am Leben ist.«

Eric seufzte.

Unten im Wasserbecken tauchte der Müller abermals mit einem Gurgeln auf.

Hannah wandte den Blick ab. Beim Gedanken an ihn empfand sie nichts als Abscheu.

»Ich kann dir einen Weg hinüber schaffen. Aber –«

»Ja, bitte!«

»Wie du wünschst.«

Eric hob seinen unförmigen Arm und zeigte auf die Brückenteile, die schräg an das Flussbett gelehnt standen. Wie durch Zauberhand erhoben sie sich in die Luft und fügten sich an ihrer Bruchstelle zusammen, um gleich darauf über dem Bach zum Ruhen zu kommen.

Hannah staunte mit offenem Mund. Einen Herzschlag später löste sie sich aus ihrer Starre und setzte sich in Bewegung. Ihr erster Schritt auf die Brücke war noch zögerlich, der zweite dafür umso entschiedener. Die Brücke hielt. Die Bruchstelle war nicht einmal mehr zu sehen.

Frederick, ich komme! Halte durch!

Von diesem Gedanken getrieben eilte sie hinüber, jeder Schritt ein wenig schneller als der letzte.

»Hannah. Warte.« Erics Worte hielten sie zurück. »Was ist mit dem Müller? Was soll ich mit ihm tun?«

Sie zuckte mit den Schultern und wandte sich nur widerwillig zu ihm um. »Dieser Mann hat auf Frederick geschossen und –«

»Solange er lebt, wird er immer eine Gefahr für dich sein. Er wird das hier nicht vergessen.«

»Ich weiß. Er hatte kein Recht, uns anzugreifen. Wir haben nichts getan.« Sie zögerte. Einen Menschen zu töten war Sünde, und doch … »Tu mit ihm, was du für richtig hältst. Nur tu es schnell. Frederick braucht uns.«

Eric nickte. Wie auf ein unsichtbares Kommando hin wurde der Müller ein weiteres Mal unter Wasser gezogen. Hannah sah ihn in den dunklen Tiefen versinken, wohl wissend, dass er nie wieder lebend daraus auftauchen würde. Wie gebannt starrte sie auf die Stelle, beobachtete den Schwarm an Luftblasen, die aus dem Wasser emporkrochen wie hungrige Fische. Sie waren die letzten Lebenszeichen eines sterbenden Mannes und doch fühlte sie bei ihrem Anblick nicht das Geringste. Ihr Herz war taub.

Mit hastigen Schritten eilte sie über die Wiese. Aber so sehr sie das Gras auch nach ihm absuchte, sie konnte ihren Liebsten nirgendwo entdecken. Panisch sah sie sich um. Hier musste die Stelle sein. Wo war all das Blut?

»Hannah.«

Sie hatte insgeheim gehofft, dass ihr Erics Erdgestalt gefolgt war. Wenn Frederick noch am Leben war, konnte er ihn vielleicht heilen.

»Schau. Da vorne.« Seine unförmige Hand wies zum Wald.

Ein paar Schuhe ragten aus dem Dickicht hervor und dahinter …

»Frederick!«

Schluchzend stürzte sie zu ihm. Er lag regungslos und mit geschlossenen Augen auf dem Boden, um ihn herum eine Lache aus Blut. Es schien, als hätte sich die Waldgrenze verschoben. Die Bäume und Sträucher schützten ihn nun vor neugierigen Blicken. Fredericks Kopf war auf ein Kissen aus Moos gebettet, sein Körper umgeben von hunderten kleinen, gelben Blumen.

Verwirrt wandte sie sich zu Eric um. »Warst du das?«

Der schüttelte den Kopf. »Ich bin Herr über das Erdreich, nicht aber über den Wald«, versicherte er ruhig. »Noch dazu schwindet meine Macht mit jedem Schritt, den ich mich vom Haus entferne.«

Hannah runzelte die Stirn. Doch all diese Dinge waren bedeutungslos im Angesicht ihres Liebsten am Boden. Alles, woran sie denken konnte, war er. »Frederick?« Sie sank neben dem reglosen Körper auf die Knie. Seine Stirn war schweißnass und noch warm. Hoffnung flammte in ihr auf wie eine Kerze in der Dunkelheit. Vorsichtig strich sie eine Strähne beiseite. »Frederick? Ich bin es, Hannah.«

Ganz langsam hoben sich seine Lider und er schaute sie mit glasigen Augen an.

Ein Schluchzen der Erleichterung entfuhr ihrer Kehle. »Eric! Er lebt! Kannst du … kannst du ihm helfen?«

Eric stand nur wenige Schritte hinter ihr und betrachtete sie mit unlesbarer Miene. Kaum merklich schüttelte er den Kopf. »Ich kann nichts für ihn tun, er ist kaum mehr hier. Es tut mir leid.«

Nein! Dieser Mann hatte Erde und Stein seinem Willen unterworfen. Seine Magie hatte sie gerettet. Warum konnte er nicht diese *eine* Sache tun, die, auf die es wirklich ankam?

»Bitte, Eric. Ich flehe dich an. Ich kann ihn nicht verlieren. Wir haben uns doch gerade erst gefunden!«

»Wenn ich es könnte, würde ich ihn retten. Das schwöre ich. Aber so weit von meinem Refugium entfernt bin ich machtlos«, antwortete er mit heiserer Stimme. Dabei waren seine Augen voller Bedauern und Trauer.

Hannah schluckte schwer. »Können wir denn gar nichts tun?«

Eric erwiderte stumm ihren Blick, schüttelte den Kopf.

Da spürte sie, wie sie innerlich zerbrach. Ihre Brust brannte, als hätte sich ihr Herz in ein glühendes Stück Kohle verwandelt. Stück für Stück versengte es sie und hinterließ nur Hoffnungslosigkeit und Leere.

»Frederick, bitte. Verlass mich nicht!« Wie ein Gewitter brach es aus ihr heraus, all der Schmerz und die Trauer, die sie zerriss, bis nichts mehr von ihr übrigblieb. »Ich brauche dich doch!«

Ihr Liebster schaute sie nur stumm an und rang rasselnd nach Luft.

Eric hatte recht. Frederick war kaum mehr am Leben, seine Haut blutleer und wächsern wie die einer Puppe. Da öffnete sich sein Mund ganz leicht und seine Augen nahmen einen flehenden Ausdruck an. Eilig beugte sie sich zu ihm hinunter, hielt ihr Ohr an seine Lippen, in der Hoffnung auf ein letztes Wort von ihm.

Er vergrub die Hand in ihrem Haar. »Alles …«, hauchte er. Weiter sagte er nichts, seufzte nur, so als hätte ihn dieses eine Wort die letzte Kraft gekostet.

In Hannahs Kopf herrschte Chaos, ein Sturm der verzweifelten Gedanken und Gefühle, der sie zu verschlingen drohte. Aber

Hannah hielt stand, stemmte sich mit all ihrer Kraft gegen das Chaos. Sie musste stark sein, für Frederick.

»Alles?«, fragte sie leise. Sie sah in Fredericks grüne Augen, die so voll Liebe für sie waren, ihr aber sonst keine Antwort gaben. Ihre Blicke blieben für einen verzweifelten Moment aneinander hängen.

Frederick nickte kaum merklich. Wieder seufzte er, dann schlossen sich seine Augen. Ein friedliches Lächeln formte sich auf seinen Lippen. Seine Hand erschlaffte und entglitt ihrem Haar. Mit einem dumpfen Laut fiel sie zu Boden, wo sie regungslos liegen blieb, als Frederick seinen letzten Atemzug tat.

Es war, als wäre mit seinem Herzen auch das ihre stehengeblieben. Als würde es regungslos in ihrer Brust verharren, wie ein Stein, der von Sekunde zu Sekunde schwerer wurde, bis sie meinte, er müsse sie erdrücken.

Sie beugte sich über ihren Liebsten, auf dessen Stirn sich sein Schweiß mit ihren Tränen mischte. Sie rannen hinab, tropften auf den Boden darunter, wo sie sich mit seinem Blut vermischten. Blut, Schweiß und Tränen. War es das, was von ihrer Liebe bleiben würde?

Dann brach ihre Trauer sich Bahn. Wie durch einen Damm quoll sie aus ihr hervor. Mit einem lauten Schluchzen ergoss sich eine Flut an Tränen über ihre Wangen. Sie sank in sich zusammen, krallte sich mit ihren Fingern in das blutgetränkte Hemd, bettete ihren Kopf auf seiner reglosen Brust. Kein Herzschlag war dort mehr zu hören, nicht die geringste Regung zu spüren. Frederick war gegangen. Er hatte sie zurückgelassen in dieser Welt, die so grausam und kalt war, dass sie nicht wusste, wie sie allein in ihr bestehen sollte.

»Hannah.« Sie erschrak noch nicht einmal, als sich eine Hand sanft von hinten auf ihre Schulter legte. Was sollte sie noch fürchten? »Du musst ihn gehen lassen. Schau.«

Der Wald war in Bewegung geraten. Dünne, von Blättern bedeckte Ranken streckten sich nach Fredericks Füßen aus. Sie umschlangen seine Knöchel, Waden, Schenkel. Sie verzweigten sich, bildeten Wurzeln und Blüten. Langsam, aber stetig überzogen sie den Körper ihres Liebsten mit einer Decke aus Blättern und Blüten. Das Grün verschlang ihn, wob sich um ihn, als wollte der Wald ihn hier und jetzt begraben. Nicht einmal eine Strähne seines roten Haares war noch zu sehen. Ihr Liebster war fort, für immer. Kraftlos ließ sie sich gegen Erics harten Körper sinken.

Nun blieben ihr nur noch der Schmerz und die Erinnerung an den Frühling ihres Lebens, dessen blühende Knospen dem unerwarteten Frost der Realität zum Opfer gefallen waren.

Angst fraß sich in Syras Herz wie die Kälte in ihre Haut. Das Sonnenlicht war verschwunden, verschlungen von der teerigen Schwärze des Wassers. Tiefer und tiefer sank sie in die Dunkelheit.

Verbissen kämpfte sie gegen den eisernen Griff des Wasserwesens. Sie trat und ruderte mit den Armen, um die Oberfläche zu erreichen, ihre Lunge brannte wie Feuer.

Ich will nicht sterben!

Sie trat erneut aus, griff blind um sich und erwischte etwas, das sich anfühlte wie langes Haar. Sie riss daran und hörte einen Laut, der gefährlich wie ein Fauchen klang. Für einen Moment wurde der Griff um ihren Knöchel fester, bevor er schlagartig erschlaffte. Von einer Welle der Erleichterung ergriffen, ließ Syra von der Kreatur ab und ruderte weiter mit Armen und Beinen. Doch der Triumph wandelte sich schnell in Panik. Wohin sie auch sah, nur Dunkelheit. Wo war oben und wo unten?

Da schlang sich etwas um ihre Brust. Ein Schrei der Verzweiflung entrann ihrer Kehle – wertvolle Luft, die in Blasen nach oben stieg. Panisch griff Syra nach ihrem Verfolger. Eine Liane oder ein Seil schlang sich um ihre Brust. Sie zerrte daran, spürte, wie es sie schnell durchs Wasser zog. Sie schien zu fliegen, ob abwärts oder aufwärts wusste sie nicht. Dann brach sie durch die Wasseroberfläche, wurde in die Luft gehoben. Dort baumelte sie wie ein Fisch an der Angel. Es war ihr egal, denn ihre Lunge füllte sich mit lebenswichtigem Sauerstoff, während die Herbstsonne sie mit ihren Strahlen willkommen hieß. *Ich bin am Leben.* Dann sah sie nach oben. *Was ist das?*

Etwas, das gut und gerne ein Baum hätte sein können, ein kräftiger Stamm, Wurzeln, die sich fest in den Boden des Bachbettes gruben. Lange Äste und Zweige, von denen sich einer um ihren Rumpf geschlungen hatte und sie davor bewahrte, erneut in das schwarze Wasser zu stürzen. Auf den zweiten Blick erkannte Syra menschliche Züge an dem seltsamen Wesen. Die untere Hälfte des Stammes zweigeteilt, wie in zwei Beine. Sie endeten in langen, wurzelförmigen Ausläufern. Außerdem hatte das Wesen einen Kopf mit breitem Mund, einer knolligen Nase und einem Paar grüner Augen. Doch statt Haaren trug es eine Krone aus vielen grünen Blättern.

Ein Baum und doch keiner. Was, um Himmels willen, war dieses Ding?

Sie ließ es widerstandslos geschehen, dass sie das Wesen langsam an Land zog, nicht nur, weil alle Kraft aus ihrem Körper gewichen war wie die Luft aus einer löchrigen Luftmatratze. Ihr Herz hämmerte noch immer wie verrückt.

»Geht es dir gut?«

Überraschend sanft setzte es sie auf dem Boden neben sich ab. Dann schrumpften seine Wurzeln, weiter und weiter, bis sie mit ein wenig Fantasie wie überlange Zehen aussahen.

Syra konnte nicht anders, als sie anzustarren, während ihr Hirn verzweifelt nach einer Antwort auf seine Frage suchte.

»Syra?«

Ihr Kopf schnellte nach oben und sie blickte den Baummann verwundert an.

»Wo-woher k-kennst d-du m-meinen N-namen?«, fragte sie mit klappernden Zähnen.

Das Wesen machte ein seltsames Geräusch. Es klang beinahe wie ein Schnauben. »Ich verspreche, deine Fragen zu beantworten«, sagte es und streckte ihr eine hölzerne Hand entgegen. »Aber zuerst müssen wir weg vom Wasser. Ich will nicht riskieren, dass er ein zweites Mal versucht, dich nach unten zu ziehen.«

»Er?«

»Der Müller. Komm.«

Zögerlich ergriff sie die dargebotene Hand und ließ sich auf die schlotternden Beine helfen.

»W-wohin w-willst d-du?«

»Nach Hause.« Der Baummann lächelte. »In den Wald.«

Die ersten Schritte folgte sie ihm auf zitternden Beinen, spürte jedoch, wie ihr jede noch so kleine Bewegung immer schwerer und schwerer fiel. Es dauerte nicht lange, da hielt sie keuchend inne.

»W-warte. Ich k-kann n-nicht ...«

»Das ist die Kälte. Wir müssen sehen, dass wir das Wasser aus deiner Kleidung bekommen. Ich werde dich tragen.«

Seine Arme streckten sich nach ihr aus und wuchsen in die Länge. Unweigerlich taumelte sie zurück.

»Du kannst mir vertrauen. Ich werde dir nichts tun.«

Sie glaubte ihm. Er hatte sie gerettet. Dennoch schlug ihr das Herz bis zum Hals.

»In Ordnung.« Tapfer blieb sie stehen, ließ zu, dass er sie anhob. Er trug sie vorsichtig, mit beiden Armen vor seiner hölzernen Brust, wie ein Bräutigam seine Braut. Erschöpft schmiegte sie den Kopf gegen den harten Oberkörper. *Nicht einschlafen,* mahnte sie sich und schüttelte den Kopf gegen die aufkommende Müdigkeit.

»M-meine S-sachen? W-wie w-willst du d-die t-trocknen?«

Aus der Nähe erkannte sie im Gesicht ihres Retters einen Astknoten, der dort saß, wo ein Mensch seine Nase hatte. Dazu einen breiten, lippenlosen Mund, von dem sie nicht ganz sicher war, ob er Zähne besaß. Eben dieser verzog sich bei ihren Worten zu einem amüsierten Lächeln.

»Schau mich an, Syra. Ich bin ein Waldgeist. Fällt dir da wirklich kein Weg ein?«

»M-mit deinen Wurzeln?« Der Gedanke allein fühlte sich unerhört an, selbst als das Wesen wie selbstverständlich nickte.

»Es ist der einfachste Weg. Sorge dich nicht, du wirst fast nichts spüren.«

Während sie diesen Gedanken noch in sich hin- und herbewegte, betraten sie den Wald. Kaum waren sie außer Sichtweite der Waldgrenze, setzte das Wesen sie sanft auf dem Boden ab. »Zuerst deine Kleidung. Danach reden wir.«

Sie hatte Mühe, ihr Zittern und Zähneklappern lange genug zu unterdrücken, um etwas zu sagen. Daher schwieg sie.

»Du brauchst wirklich keine Angst zu haben. Niemand hier wird dir schaden. Doch um dich schnell von diesem Wasser zu befreien, werde ich den Wald zu Hilfe rufen. Schau.« Er deutete mit einer Hand zur Seite. Wie auf sein Kommando schwoll das Rascheln der Blätter an. Es klang wie ein Flüstern.

Dann sah sie es. »Die Bäume und Büsche«, flüsterte sie, »sie bewegen sich!« Wie ein Ring scharten sich die Gewächse um sie. Noch ehe sie sichs versah, streckte der erste Baum seine Wurzeln nach ihr aus. Syra schluckte. Sie zwang sich, still zu halten, doch das Zittern ihrer Glieder wurde immer schlimmer. Sie fror und schwitzte zugleich. Tränen traten in ihre Augen.

Sie musste auf das Wort ihres Retters vertrauen.

Die erste Wurzel schlang sich um ihre Wade und sie verspürte lediglich ein leichtes Kitzeln, ebenso bei der zweiten, dritten und vierten. Mehr und mehr Wurzeln wanden sich um ihren Körper, umgaben sie wie ein schützender, wärmender Panzer. Nicht lange, da ließ das Zittern ihrer Glieder nach. Auch das schmerzhafte Stechen auf ihrer Haut, das sie seit ihrem Sturz ins Wasserbecken gespürt hatte, löste sich auf.

Nach und nach entspannte sich ihr Körper. Endlich hatte sie wieder das Gefühl, frei atmen zu können.

Als sie an sich hinuntersah, waren die Bäume und Sträucher um sie herum verschwunden und ihre Kleidung wärmte trocken und völlig unbeschädigt ihren Körper.

Nur der Waldgeist war noch da. »Besser?« Er musterte sie aus besorgten, moosgrünen Augen.

»Viel besser.« Langsam setzte sie sich auf. Der Boden unter ihr war angenehm weich. Sie saß auf einem Polster aus Moos. Nachdem sie gesehen hatte, wie der Wald den Wünschen des Waldgeists gehorchte, schien es nicht abwegig, dass dieser auch das Moos für sie hatte wachsen lassen.

»Da bin ich froh.« Er lächelte ihr zu. »Möchtest du jetzt reden? Du hast sicher viele Fragen.«

»Woher kennst du meinen Namen? Bist du ein Freund von Eric, oder ...«

Sein Kopfschütteln brachte sie zum Schweigen. »Ich würde mich und Eric nicht als Freunde bezeichnen. Wir ... haben gelernt, uns zu tolerieren, um Hannahs willen.«

»Hannah?« Syra blickte ihn mit weiten Augen an. »Aber ... wie ...«

Syra hatte kaum zu dieser Frage angesetzt, da sah sie, wie sich das Waldwesen vor ihren Augen verwandelte. Arme und Beine nahmen normale Proportionen an, die borkengleiche Haut veränderte sich, bis sie wirkte wie die eines Menschen. Kaum hatte sie geblinzelt, stand vor ihr ein junger Mann: kupferfarbenes Haar wie das ihre, sommersprossige Haut. Nur die grünen Augen waren geblieben. Und da erkannte sie ihn.

»Frederick?«

Ihr Gegenüber neigte den Kopf. »Ich sehe, du hast von mir gehört. Dann weißt du auch ...«

»Dass du mein Urgroßvater bist?«, ergänzte Syra, unfähig, das ungläubige Lachen, das in ihr emporstieg, zurückzuhalten.

Er nickte stumm.

»Eric hat mir ein Foto von dir gezeigt. Aber er sagte, du bist gestorben. Ich hatte keine Ahnung, dass du ...«... *ein übernatürliches Wesen bist, wie er.*

»Ich bin gestorben«, antwortete er ruhig. »Der Müller tötete mich, gar nicht weit von hier.«

»Der Müller aus dem Teich?«

276

Frederick rieb sich die Stirn. »Es ist eine lange Geschichte, aber wenn du willst, erzähle ich sie dir. Oder zumindest den Anfang davon.«

»Den Anfang? Aber es ist die Geschichte, wie du gestorben bist!«, widersprach Syra verwirrt. »Du und Hannah, ihr wart noch so jung! Ich kann nicht glauben …«

Ihr Urgroßvater wirkte jedoch nicht im Mindesten traurig. Ein sanftes Lächeln umspielte seine Lippen, als er seine Hand auf die ihre legte. »Nur weil ich an jenem Tag gestorben bin, heißt es doch nicht, dass Hannahs und meine Geschichte endete«, erklärte er ihr. »Schließlich bin ich noch hier.«

»Aber wie?«

»Ich hatte Hannah ein Versprechen gegeben.«

Verwirrt schüttelte sie den Kopf. »Und weiter?«

»Ich versprach ihr, alles zu tun, um noch einen weiteren Kuss von ihr zu bekommen.« Das Grinsen, das dabei seinen Mund umspielte, war beinahe spitzbübisch. »Und ich war fest entschlossen, mein Versprechen ihr gegenüber zu halten.«

»Also bist du zurückgekommen?«

Frederick nickte. »Das bin ich.«

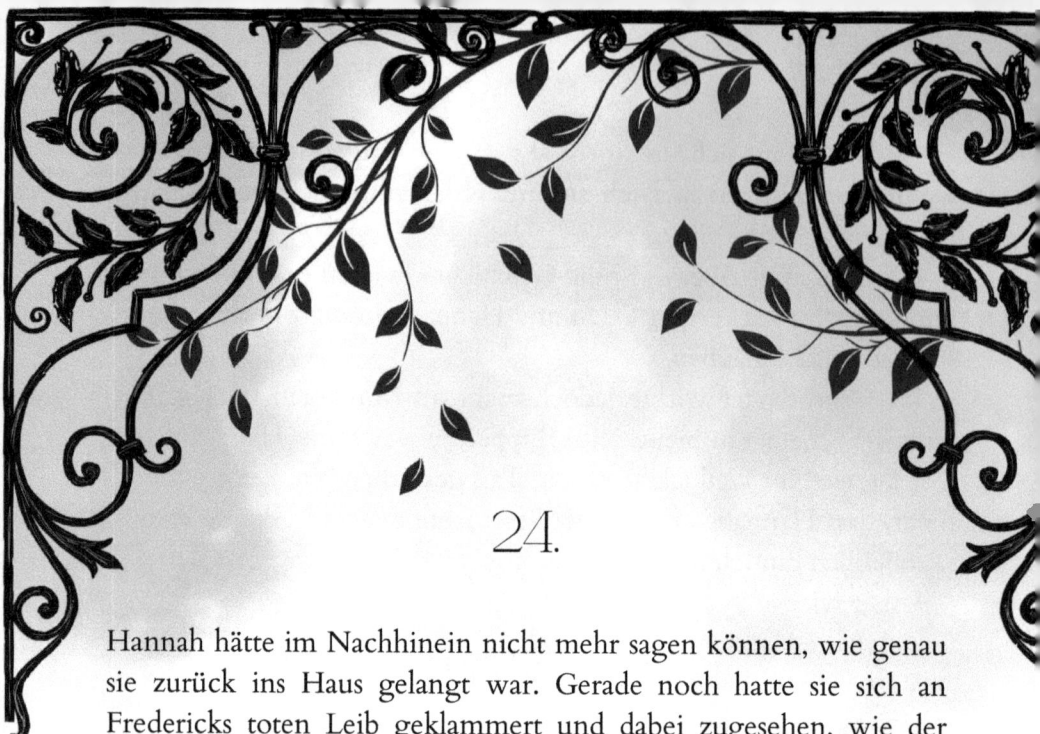

24.

Hannah hätte im Nachhinein nicht mehr sagen können, wie genau sie zurück ins Haus gelangt war. Gerade noch hatte sie sich an Fredericks toten Leib geklammert und dabei zugesehen, wie der Wald ihn nach und nach bedeckte, bis nichts mehr von ihrem Liebsten zu sehen war. Danach … Schwärze.

Hatte Eric sie getragen? Es musste so gewesen sein. Denn nun lag sie hier, in einem sauber gemachten Bett, das viel größer war als das, welches sie in den letzten Monaten benutzt hatte.

Er muss mich in das Schlafgemach der früheren Herrschaften gebracht haben.

Es kümmerte sie nicht. Kein noch so großes Zimmer würde ihr Frederick zurückbringen. Er ruhte nun irgendwo im Wald unter einer dicken Decke aus Moos und Büschen.

Es wird ihm dort gefallen, dachte sie und wischte sich die Tränen von den Wangen. *Frederick liebte den Wald und jetzt ist er eins mit ihm geworden.*

Der Gedanke an seinen Verlust legte sich um ihr Herz wie eine eiserne Faust. Vielleicht sollte sie einfach zurück in den Wald laufen und sich zu ihm legen. Hoffen, dass die Natur sie zu sich nahm.

So könnten wir für immer zusammen sein.

Ein Klopfen an der Tür riss Hannah aus ihren Gedanken. Seufzend bat sie Eric zu sich ins Zimmer. Sie machte sich nicht die Mühe, die Tränen von ihren Wangen zu wischen. Es war seltsam, dass die Aussicht, Eric zu sehen, nicht einmal mehr die leiseste Gefühlsregung in ihr hervorrief, wo sie sie doch vor wenigen Stunden noch mit Grauen erfüllt hatte. Sie hatte das wirklich Böse gesehen und er hatte sie vor ihm gerettet.

»Hannah. Gibt es etwas, das ich für dich tun kann?«

Der eine Wunsch, den sie hatte, war so unerreichbar wie die Sterne selbst.

»Nein. Nichts.«

Eric sackte in sich zusammen. »Du sollst wissen, dass es keinen Grund gibt, dich vor mir zu fürchten.«

»Ich habe keine Angst.«

»Bist du sicher?« Forschend schaute er sie an.

Müde hob sie den Blick. »Du warst immer gut zu uns. Hast uns hier aufgenommen, uns ein Zuhause gegeben. Das werde ich nie vergessen.«

»Es ist immer noch dein Zuhause«, erinnerte er sie.

»Nein. Nicht ohne ihn.« Hannah blinzelte gegen die Tränen, die in ihren Augen brannten.

In zwei Schritten war er an ihrem Bett und sank vor ihr auf die Knie. »Natürlich ist es das. Ich werde für dich sorgen, dich beschützen«, versprach er. Vorsichtig ergriff er ihre Hand. »Das Leben mag dir dunkel und sinnlos erscheinen, aber das ist es nicht. Bald ist dieser Krieg vorbei. Wenn dein Herz erst geheilt ist …«

»Das wird es niemals. Es gehörte Frederick und ... der ist tot. Warum konntest du ihn nicht retten?«

Das Seufzen von Erics Lippen klang, als käme es aus tiefstem Herzen. »Ich bin ein Refugial, ein magisches Wesen, das seine Kraft aus der Erde bezieht. Der Wald steht nicht unter meiner Herrschaft, deswegen war ich machtlos. Es tut mir leid.«

»Du trägst keine Schuld. Es war dieser Müller ... Ist er wirklich tot? Hast du –«

»Er ist weg. Dafür habe ich gesorgt.«

»Danke. Für alles.« Blicklos starrte Hannah auf ihre ineinander verschränkten Hände, bevor sie sich einen Ruck gab und ihm ihre entzog. Wie leicht wäre es, einfach hier sitzen zu bleiben, sich in diesem Haus zu vergraben. Eric würde für sie sorgen, sie beschützen. Mit seinen magischen Fähigkeiten musste sie die Soldaten nicht fürchten. »Aber ich muss gehen. Es tut mir leid.«

Panik schlich sich in seine Stimme. »Gehen? Wohin? Da draußen herrscht Krieg!«

Sie nickte. »Trotzdem muss ich nach Hause, zu meiner Familie – vorausgesetzt, einer von ihnen hat den Überfall auf das Dorf überlebt. Ich weiß, es ist unwahrscheinlich. Aber Mutter und Anni sind alles, was mir noch bleibt, nachdem Frederick ...« Sie schniefte. »Nachdem er nicht mehr ist.« Bevor sie es sich anders überlegen konnte, kämpfte sie sich auf die Füße und stand auf. »Ich muss wissen, was aus meinem Dorf geworden ist. Ob jemand überlebt hat. Verstehst du?«

Eric antwortete nicht. Wie versteinert stand er da, sein Blick durchsetzt von Verzweiflung und Trauer. Ihn so zu sehen, schlug eine Kerbe um den harten Panzer, der ihr Herz umgab.

»Du könntest mich begleiten.«

Traurig schüttelte er den Kopf. »Das ist leider nicht möglich. So sehr ich es will, ich kann mein Refugium nicht für so lange Zeit verlassen. Je weiter ich mich von ihm entferne, desto mehr Kraft kostet es mich. Allein der kurze Weg in den Wald hat mich geschwächt.«

»Ich verstehe.« Hannah war erstaunt, wie sehr seine Worte sie enttäuschten.

»Glaub mir. Ich würde nichts lieber tun, als mit dir zu kommen. Aber ohne eine Herrin ist mir das nicht möglich.«

»Eine Herrin?«

»Oder einen Herrn, ja. Einen Bund mit einem Menschen einzugehen, ist riskant. Trifft man aber die richtige Wahl, bedeutet es Freiheit und Stabilität.«

Verwirrt schüttelte sie den Kopf. »Ich verstehe kaum etwas von dem, was du sagst.«

»Ich weiß und ich wünschte, du ließest mich erklären. Bleib wenigstens bis morgen, oder bis dieser Krieg vorbei ist.«

Hannah schüttelte den Kopf. »Ich kann nicht. Außerdem wäre ich dir nur eine Last.«

»Sag das nicht.«

»Es ist wahr.« Mit hängenden Schultern trat sie an ihm vorbei, hinaus in den Flur. Zu ihrer Erleichterung hielt er sie nicht auf oder folgte ihr.

Ohne Fredericks Fröhlichkeit war das Haus gespenstisch leer und kalt.

Wie in Trance schritt sie die Treppe hinab und verharrte an dem großen Fenster, das sich auf halbem Weg befand. Durch das Glas verlief ein langer, sich verzweigender Riss. Nicht mehr lange und es würde zerbrechen. Der Anblick erfüllte sie mit tiefer Wehmut. Wie ihre Seele hatte auch dieses Haus seine Wunden davongetragen.

Diese hier würde Eric mithilfe seiner Magie heilen können. Die in ihrem Inneren nicht. In ihrem Herzen würde auf immer eine Narbe bleiben, seine Narbe. So würde er immer bei ihr sein, egal, wohin sie ging.

Syra schniefte und wischte sich die Tränen mit dem Jackenärmel fort. Die Geschichte von Fredericks Tod war so tragisch, wie sie rührend war. Der Gedanke, dass Hannah ihren Liebsten in so jungem Alter verloren hatte, brach ihr das Herz. Sie hatte sich hier, an ebendieser Stelle, von ihm verabschiedet, bevor Frederick seiner Bauchwunde erlegen war.

»Der Wald hat mich für sich beansprucht«, erklärte Frederick ruhig. Er lag rücklings auf einem Polster aus Moos und schaute mit hinter dem Kopf verschränkten Armen zum Himmel hinauf. Was er wohl sah, wenn er die kahlen Baumwipfel dort oben beobachtete? »Schon als Kind war ich am allerliebsten dort und bin umhergestreift.«

Syra nickte. »Ich bin in der Stadt aufgewachsen. Dort gab es nicht sehr viele Bäume. Aber seit ich hier bin, gehe ich jeden Tag nach draußen. Die Bäume ziehen mich magisch an.«

Seine Worte zauberten ein Lächeln auf das Gesicht des rothaarigen Mannes. »Ich weiß. Ich habe dich beobachtet, seit wir uns zum ersten Mal begegnet sind.«

»Begegnet?« Syra runzelte die Stirn. »Wann?«

Mit einem Lachen setzte Frederick sich auf. Sein Körper verschwamm vor ihren Augen. Er schrumpfte, verformte sich, bis nach einem kurzen Blinzeln plötzlich ein Fuchs vor ihr stand. Und da ergab alles einen Sinn.

»Nein«, hauchte sie, bevor ein ungläubiges Lachen aus ihr hervorbrach.

Der Fuchs beobachtete sie mit einem amüsierten Glitzern in den Augen. Dann verschwand er wieder, wurde wieder der rothaarige Mann.

»Ich war neugierig auf dich. Dich zu sehen, war wie in einen Spiegel zu blicken. Du hast zwar viel von Hannah, aber ebenso viel von mir. Man könnte fast meinen, du wärst unsere Tochter.«

Syra fühlte, wie sich ihr Herz vor Zuneigung zusammenzog. Es war, wie er sagte: Er hätte genauso gut ihr Vater sein können. In Fredericks Blick sah sie eine Zuneigung und eine Akzeptanz, die sie so manches Mal vergeblich in den Augen ihrer Eltern gesucht hatte. Hier, mit ihrem Urgroßvater, fühlte sie sich plötzlich angenommen und geliebt.

»Ich bin froh, dass du hier bist. Dich zu sehen, mit dir zu sprechen, kommt mir wie ein Wunder vor.« Sie nahm einen tiefen Atemzug. »Eins verstehe ich nicht: Du sagtest, am Anfang hat der Wald Jagd auf dich und Hannah gemacht. Wie kommt es, dass er euch am Ende freundlich gesonnen war?«

Frederick wiegte den Kopf hin und her. »Das habe ich erst verstanden, nachdem ich selbst ein Teil des Waldes geworden war«, erklärte er. »Was Hannah und ich als Feindseligkeit betrachteten, war in Wirklichkeit nur Neugierde. Der Wald hat gespürt, wie sehr ich ihn schon damals liebte. Er versuchte, mit mir in Kontakt zu treten. Mehr nicht.«

»Nur seid ihr beide vor ihm weggelaufen, direkt in die Arme des Müllers«, schloss Syra düster, unfähig, die Tragik der Geschichte zu verdauen. Sie hätte vermutlich genauso gehandelt, wäre vor Bäumen geflohen, die versuchten, sie einzukreisen.

Er nickte traurig. »So ist es. Ein Missverständnis mit unglücklichen Folgen, aber zum Glück nicht das Ende unserer Geschichte.«

»Was geschah danach? Hast du Hannah nach deinem Tod wiedergesehen?«

»Wie hätte ich nicht? Ich klammerte mich an das Leben, wurde durch die Magie des Waldes zu dem, was ich bin, um sie nicht zu verlieren.«

»Das finde ich schrecklich romantisch. Heißt das, ihr wart auch später wieder ein Paar?«

Sein Mundwinkel zuckte. »Wenn du es so nennen willst? Natürlich brauchte alles seine Zeit. Aber das ist eine Geschichte für einen anderen Tag, oder mehrere.« Er erhob sich vom Boden. »Für heute hattest du erst einmal genug Aufregung.«

»Aber es gibt noch so vieles, was ich dich fragen will!«

Frederick lachte. »Das kann ich mir vorstellen und ich werde deine Fragen beantworten. Aber jetzt wird es langsam Zeit für dich, nach Hause zu gehen.«

»Zu Eric?« Sie spürte, wie sie sich unweigerlich versteifte. »Ich weiß nicht, ob ich das will.«

»Warum nicht?«

»Es ist kompliziert.«

Ihr Gegenüber schnaubte. »Das kann ich mir denken. Eric ist ein alter Geheimniskrämer. Wie gesagt, Hannah und ich haben damals einen Militärlaster gefunden, den er in der Erde hatte verschwinden lassen.« Er schüttelte wehmütig den Kopf.

»Kein Wunder, dass ihr abgehauen seid. Der Gedanke, dass er all diese Soldaten getötet hat ...«

»Er sagte, er tat es, um uns zu schützen. Ich glaube ihm. Seine Vorgehensweise ist ganz sicher zweifelhaft, doch seine Absichten sind gut.« Frederick reichte ihr die Hand, um ihr beim Aufstehen zu helfen. »Im Laufe der Jahre habe ich mehr gesehen und erlebt, als mir lieb ist. Aber Eric ist kein Mensch und er war auch niemals einer. Das solltest du nicht vergessen. Über die Jahre ist er menschlicher geworden, besonders nachdem du hierhergekommen bist. Doch er hat noch einen weiten Weg vor sich. Aber sag, was genau ist denn zwischen euch passiert?«

Syra schluckte. »Ich habe geglaubt, dass wir ein Paar sind. Dabei war alles, was er wollte, mich an das Haus zu binden. Er sagte, es sei wichtig, das Gleichgewicht dieses Ortes wieder herzustellen.«

Fredericks Lächeln wich einer ernsten Miene. »Das ist bitter. Ich heiße seine Entscheidung nicht gut. Aber ich kann ihn verstehen.«

»Wie meinst du das?«

»Das Gewitter gestern Nacht war nur eines der Zeichen dafür, dass unsere Welt so langsam aus den Fugen gerät. Nur wie soll ich dir das erklären, ohne dass du das feine Geflecht der Natur spüren kannst?« Seufzend schüttelte er den Kopf. »Früher, bevor die Menschen begannen, ihre Umgebung auszubeuten und zu zerstören, war die Welt im Fluss. Erde, Luft, Wasser, Wald, Feuer – alles existierte in einem beständigen Gleichgewicht. Doch dann ist etwas geschehen ...« Er brach ab und ließ seinen Blick umherschweifen. »Bevor ich der Hüter dieses Waldes wurde, waren die Bäume den Menschen gegenüber wild und rachsüchtig. Wie Tiere nahmen sie die Fährte eines jeden auf, der ihren Weg streifte. Ich zweifle nicht, dass sie mich und Hannah genau beobachtet haben, bevor sie beschlossen, dass wir keine Gefahr für sie darstellten. Viele andere hatten nicht so viel Glück. Sie verliefen sich in den Wäldern und wurden nie wieder gesehen.«

Syra erschauderte. »Was für ein grausames Schicksal.«

»Nicht grausamer als das, was dir heute beinahe widerfahren wäre«, sagte Frederick ernst. »Schau dir an, was aus dem Wasser geworden ist. Früher war es klar und friedlich. Hannah und ich haben sogar im Mühlteich gebadet. Heute ist es verdorben. Der Geist des rachsüchtigen Müllers hat es zu einer tödlichen Falle werden lassen. Die Bäume und Pflanzen halten ihn noch in Zaum, doch er wird von Tag zu Tag stärker und unberechenbarer. Ohne einen menschlichen Wahrer sind wir auf Dauer zu schwach. Du hast gesehen, was allein dieser Sturm gestern mit uns angerichtet hat.«

Syra nickte traurig. »Das Gewitter hatte es nicht nur auf mich abgesehen«, hauchte sie, »sondern auch auf euch.«

»So ist es. Wind, Feuer und Wasser geraten mehr und mehr außer Kontrolle. Erst letztes Jahr gab es im Nachbarort eine schlimme Flut, die fünf Häuser zerstört und drei Menschen das Leben gekostet hat. Feuer vernichten im Sommer die Ernte, lassen Teile des Waldes niederbrennen, nachdem der Wassergeist ihm das Wasser verweigert und entzogen hat.« Wieder seufzte er. »Wir werden schwächer, Eric, ich und die anderen Refugiale. Daher verstehe ich seinen Wunsch nach einer Verbindung mit dir.«

»Ach ja?«

»Natürlich. Es ist ein selbstsüchtiger Wunsch, das gebe ich zu. Trotzdem hätte Eric dich nicht auf diese Weise manipulieren dürfen. Bist du sicher, dass es sich nicht nur um ein Missverständnis handelt?«

»Ja. Ich meine, wenn er kein Mensch ist, weiß er vielleicht nicht einmal, was Liebe ist.«

»Möglich wäre es. Ich habe über die Jahre nie jemand anderen als Hannah an seiner Seite gesehen. Und nur der Himmel weiß, was er für sie empfunden hat.«

»Das klingt nach einer weiteren, langen Geschichte.«

Er nickte. »Für ein andermal. Was willst du jetzt tun?«

»Ich brauche Abstand … und Zeit zum Nachdenken.«

»Wenn es dir hilft, kannst du so lange hierbleiben. Ich habe nicht viel, nur eine kleine Hütte im Herzen des Waldes. Aber ich würde meinen Hort mit dir teilen.«

»Das ist lieb. Aber … ich dachte an ein wenig mehr Abstand. Ich kehre in die Stadt zurück. Zumindest für eine Weile. Das hätte ich schon längst tun sollen. Vero schreibt mir täglich, wie sehr sie mich vermisst.«

Fredericks Miene wurde ernst. »Ich kann nicht sagen, dass ich mich darüber freue. Immerhin habe ich dich gerade erst gefunden. Aber wenn du glaubst, dass dir das hilft, dann tu es. Ich bedauere zutiefst, dass ich Rabenheim nicht noch einmal sehen konnte – oder meine Familie. Letztendlich hat Mutter doch all ihre Söhne verloren.« Mit hängenden Schultern wandte er sich ab und ging ein paar Schritte in den Wald hinein. Enttäuschung und Trauer gingen von ihm aus wie ein dunkler Schatten.

»Soll ich nachforschen, was aus ihr wurde?«, rief sie ihm nach.

»Ich kann nicht sagen, ob es mir gelingt. Aber wenn es Aufzeichnungen gibt, dann kann ich sie vielleicht für dich finden.«

»Das würdest du tun?« Als er sich zu ihr umwandte, wirkte er um Jahre gealtert. »Das bedeutet mir viel. Ich weiß, es spielt keine Rolle, nach all dieser Zeit. Egal, was im Krieg geschah, heute ist sie tot. Aber es lässt mir dennoch keine Ruhe … Daher verstehe ich, dass du gehen musst. Auch, wenn es mir in der Seele wehtut.«

Sie schluckte und kämpfte gegen die Tränen an, die in ihren Augen brannten. Dann näherte sie sich ihm mit langsamen Schritten. »Das bedeutet mir viel. Danke, dass du mich unterstützt.«

»Wir sind Familie. Das heißt, wir sind füreinander da.«

Überwältigt von ihren Gefühlen schlang sie die Arme um ihn und drückte ihn fest. »Das sind wir. Und ich verspreche: Ich finde einen Weg, euch zu helfen. Nur darf ich mich dabei nicht selbst verlieren.«

»Das wirst du nicht. Du bist stark – wie Hannah.«

Grüne Augen musterten sie voller Stolz. Er glaubte an sie, vertraute ihr. Wenn sie ihn nur am Ende nicht enttäuschte.

»Du bist zurück.« Erics Gesicht glich einer ausdruckslosen Maske.

War er wütend auf sie? Enttäuscht? Sie seufzte. Am Ende spielte es keine Rolle.

»Das bin ich.« Ihre Worte hingen zwischen ihnen in der Luft. Keiner schien zu wissen, was er als Nächstes sagen sollte. »Ich habe entschieden, für eine Weile in die Stadt zurückzukehren. Vero fragt schon lange, wann ich sie einmal besuchen komme. Ich denke, jetzt ist ein guter Zeitpunkt dafür.«

»Ich verstehe.« Wie zur Salzsäule erstarrt stand er da, bleich wie ein Gespenst.

Sie schluckte den bitteren Geschmack hinunter, der sich auf ihrer Zunge breitmachte. *Er versucht nicht einmal, mich zurückzuhalten.*

Der Weg in ihr Zimmer war ihr noch nie so lang vorgekommen. Sie packte, ohne nachzudenken. Laptop, Telefon, ein paar Kleidungsstücke. Geld. Autoschlüssel. Nur das Notwendigste. Sie würde nicht viel brauchen, außerdem war Veros Wohnung winzig klein.

Das wird eine Umstellung, nach den Wochen in diesem riesigen Haus. Aber vielleicht ist es genau das, was ich brauche.

Als sie schließlich aus ihrem Zimmer trat, schien das Haus seltsam verlassen. Nur das Knarzen ihrer Schritte auf den Dielen begleitete sie durch den leeren Flur, der trotz der hohen Fenster düster und bedrückend wirkte. Ein Teil von ihr fragte sich, ob es Erics düstere Stimmung war, die sich auf diese Weise bemerkbar machte.

Spielt es eine Rolle? Er ist nicht mal gekommen, um mir Lebewohl zu sagen.

Am oberen Ende der Treppe angelangt schaute sie sich ein letztes Mal um. Sie sog den Anblick der verzierten Säulen und Skulpturen in sich auf. Waren es bei ihrer Ankunft schon so viele gewesen? Nein. Das Haus hatte sich verändert, Eric hatte sich verändert. Hatte Frederick recht und es war ihr Verdienst? Sie schluckte. Bisher war ihr nie bewusst gewesen, wie viel von Erics künstlerischer Art sich in diesem Haus widerspiegelte. Es war wunderschön, majestätisch und gleichzeitig verspielt. Und voller Magie. Wehmütig strich sie mit der Hand über das prächtige Sandsteingeländer, während sie die Treppe langsam hinabstieg. Vor dem Buntglasfenster hielt sie inne. Sie konnte nicht anders. Das darauf abgebildete Haus, der Fuchs, ja sogar der Wald hatten plötzlich eine ganz andere Bedeutung für sie. *Hätte ich nur damals gewusst, was ich heute weiß. Dann hätte ich mich niemals in ihn verliebt und –*

Reue stieg in ihr auf. Schnell schloss sie die Augen. Eine Träne fand trotzdem den Weg durch ihre geschlossenen Lider, ihre Wange hinab. Mit jedem Moment, den sie länger hier verweilte, fiel es ihr schwerer zu gehen. Doch das musste sie. Sie musste nachdenken, sich klar werden über ihre Zukunft und die Rolle, die dieses Haus – Eric – darin spielen sollte. Konnte sie sein, was er sich erhoffte? Und was war mit ihm? Würde er sie jemals lieben?

»Auf Wiedersehen.« Ihre Worte waren kaum mehr als ein Flüstern, doch sie hallten in der leeren Halle fort, wieder und wieder. Es klang beinahe wie eine Antwort, seine Antwort. Die einzige Antwort, die sie bekam.

Mit gesenktem Kopf lief sie hinaus, über den Hof zu ihrem Auto. Sie ließ den Motor an und fuhr los, die Augen starr geradeaus gerichtet. Sobald sie das schwere Eisentor passierte, fühlte sich ihr Herz ein wenig leichter an.

NACHWORT

Ob ihr es glaubt oder nicht, es hat mir viel abverlangt, das Ende dieses Buches zu schreiben. Frederick ist mein erklärter Lieblingscharakter. Ihr wollt gar nicht wissen, wie viele Tränen ich beim Schreiben seines Finales vergossen habe. Dass sein Schicksal für mich von Anfang an feststand, hat die Sache nicht leichter gemacht. Falls es euch tröstet: Ich kann nicht zählen, wie oft ich seinen Tod lesen musste. Es waren viele, viele Male. Vielleicht ist das die gerechte Strafe dafür, dass ich ihn habe sterben lassen. Mit jeder Überarbeitungsrunde musste ich seinen Tod und Hannahs Schmerz noch einmal durchleben.

Aber wie Frederick schon zu Syra gesagt hat: Das war nicht das Ende Hannahs und seiner Geschichte. Ihr seht ihn im nächsten Band wieder, genau wie die anderen. Sie alle haben aber noch einen langen Weg vor sich.

Die Idee zu diesem Buch kam mir bei einem Spaziergang durch meine Heimat. In der Nähe von Ostro gibt es tatsächlich ein im Wald verborgenes altes Rittergut mit einem Garten, der wie verwunschen wirkt. Auch die alte Wassermühle liegt nur einen Steinwurf entfernt. Die Natur hat sie fast komplett zurückerobert. Es ist ein wunderschöner und zugleich trauriger Anblick. Wie oft habe ich auf der kleinen Brücke gestanden, in das trübe Wasser darunter gestarrt und mich gefragt, wie tief diese Stelle wohl ist. Zum Schwimmen hineingetraut habe ich mich aber noch nie.

Ich hoffe, euch hat diese von Naturgeistern beherrschte Welt genauso verzaubert wie mich. Solltet ihr euch auch für meine anderen

Bücher interessieren, dann schaut doch auf meiner Website www.abendwelten.de vorbei. Dort findet ihr auch kostenlose Lese-häppchen.

Ich würde mich freuen, wenn wir uns in einem meiner anderen Bücher wiedertreffen, oder auch live auf einer Lesung oder Messe.

Ganz liebe Grüße,

Stephanie

DANKSAGUNG

Bei meinem ersten Fantasy-Roman haben unglaublich viele liebe Menschen mit angepackt. An dieser Stelle möchte ich mir die Zeit nehmen, mich bei ihnen zu bedanken.

Lieber Christopher, ich bin unendlich froh, dich als meinen Mann und Schreibbuddy zu haben. Unsere gemeinsamen Schreibzeiten sind unglaublich motivierend für mich. Außerdem kann man sich mit dir zusammen einfach die fiesesten Plot-Twists ausdenken.

Liebe Jenni, lieber Florian, danke für euer wertvolles Testlese-Feedback. Ihr habt mich dazu angeregt, noch einige wertvolle Szenen hinzuzufügen und das Ende noch einmal komplett umzuschreiben. Das hat mir zwar keinen Spaß gemacht, aber ich sehe ein, dass es jetzt viel besser ist. (Auch wenn die harmoniebedürftigen Lesenden das vermutlich anders sehen.)

Liebe Nica, liebe Nina, ich kann euch gar nicht sagen, wie froh ich bin, euch als meine Textfeen ausgesucht zu haben. Ihr habt mir geholfen, aus einem Manuskript, mit dem ich nicht wirklich glücklich war, diese wundervolle Geschichte zu zaubern. Danke für die vielen Lagen an Glitzer, die ihr über die Seiten gestreut habt.

Liebe Ria, ich bewundere deine Arbeit seit meinen ersten Stunden auf Instagram. Endlich ist es so weit, dass auch eines meiner Bücher von dir eingekleidet werden durfte. Danke, dass du für mich deine

Magie gewirkt hast. Ich kann mir kein hübscheres Gewand für meine Geschichte vorstellen.

Nicht zuletzt danke ich euch, meine lieben Lesenden. Denn ihr habt euch auf meine Geschichte eingelassen und sie bis hierher gelesen. Natürlich hoffe ich, dass ihr mir auch für den zweiten Teil treu bleibt. Falls dem so ist, dann lesen wir uns bald.

BUCHEMPFEHLUNGEN

Ihr seid auf der Suche nach weiteren, außergewöhnlichen Fantasybüchern? Dann schaut euch doch die Bücher auf den nächsten Seiten an. Hier findet ihr ungewöhnliches Fantasy, spannende Abenteuer und manchmal auch ein wenig Romantik. So könnt ihr euch die Wartezeit bis zum Erscheinen von Band 2 ein wenig verkürzen.

Stell dir vor: Du erwachst
in einem fremden Dschungel.

Du weißt weder, wo du bist,
noch welch seltsame Magie dich herbrachte.

Nur eines ist gewiss:
Du bist nicht länger ein Mensch.

„Traum von Klauen und Dämmergrün –
Die Macht der Weltenwandler Band 1"
Taschenbuch: 9783757812485
als Taschenbuch und eBook überall erhältlich

…

»Aber du wirst lernen, Weltenwandler«, hatte der Mann gesagt, bevor er Talaan mit seinem Schwert durchbohrt hatte.

Unweigerlich betastete er seine Brust und erstarrte. Zwar spürte er keine Wunde, jedoch fühlten seine Finger weiches, dichtes Fell. Wie in Trance wollte er sein Gesicht betasten, als urplötzlich zwei klauenbewehrte Pranken nach ihm hieben. Mit einem entsetzten Aufschrei sprang er auf, stolperte über seine eigenen Füße und prallte unsanft auf den Boden.

Nirgends konnte er das Tier ausmachen, das ihn angegriffen hatte. Das ließ nur einen Schluss zu. Bemüht um so viel innere Ruhe, wie er nur finden konnte, hob er erneut die Hände und schaute sie fassungslos an. Auf ihren Innenseiten fand er Haut vor, die Außenseiten jedoch waren von sandfarbenem Fell überzogen. Statt Fingernägeln ragten Krallen aus den Fingerspitzen. Talaans Fokus verschob sich. Weißes Fell bedeckte Brust und Bauch, der Rest seines Körpers wies eben jene beige Fellfärbung auf. Die Beine wirkten auf den ersten Blick seltsam verkrüppelt, bis er erkannte, was er wirklich sah: die Hinterläufe eines Pumas. Sie endeten in raubtierhaften Pfoten statt in menschlichen Füßen. Das buschige, längliche Ding dazwischen akzeptierte er nur widerwillig als Schwanz.

Knurrend sprang er erneut auf die Füße – er weigerte sich, sie Pfoten zu nennen - und kam wankend wie ein Matrose auf Landgang zum Stehen.

Wenigstens muss ich nicht wie ein Tier auf allen vieren laufen.

Auf das Schlimmste gefasst, betastete er nun sein Gesicht. Als er Schnauze und Schnurrhaare fand, wo sich Mund und Nase befinden sollten, entfuhr ihm ein weiteres Knurren. Ein ungewohnt befriedigender kehliger Laut.

…

Vollmondkind – Vertrauen finden

Paperback
ISBN: 978-3-759731548

E-Book
ISBN: 978-3-759797919

Instagram @Kerry_McKilroy

Vertraue dem Licht, meide die Schatten …

Als an Lucys 16. Geburtstag der Mond zu ihr spricht, lernt sie die geheime Welt der mächtigen Vollmondkinder kennen. Lucy hat kaum Zeit, sich an die neuen Bekanntschaften, ihre Fähigkeiten und die Bestimmung zu gewöhnen. Während sie in einem Strudel aus Freundschaft, Liebe und Verrat gefangen ist, setzt die Finsternis alles daran, sie auf ihre Seite zu ziehen.

Viel zu schnell muss Lucy sich entscheiden: Wem kann sie vertrauen?

Auftakt der *Vollmondkind* Saga von Kerry McKilroy.

Vollmondkind – Schutz suchen

Paperback
ISBN: 978-3-769311369

E-Book
ISBN: 978-3-769383041

Instagram Kerry_McKilroy

„Ich schließe den Kreis. Ich verbinde die Gemeinschaft."

Lucys Vertrauen in sich und alle anderen ist erschüttert. Die Erwartungen an sie sind hoch und die Dunkelheit streckt die Klauen nach ihr aus. Kann Lucy sich ihren Verbündeten, ihrer Bestimmung und ihrem Schutz gleichermaßen widmen?

Tristan taucht in Maiden Castle in die Geschichte der Seher ein. Schnell steht fest: Auch er muss sich vor der Dunkelheit schützen. Wird ihm das gelingen? Kann er Lucy helfen, wieder auf sich zu vertrauen? Sind seine Visionen klar genug, um die drohende Gefahr rechtzeitig zu erkennen?

Band 2 der *Vollmondkind* Saga von Kerry McKilroy.

Sie war acht, er war sechs, als sie zum ersten Mal miteinander rauften. Gunid kam vom Bach herauf und hielt mit beiden Händen den Korb, der schwer von nasser Wäsche war. Das Gras ging

Ihre wasserblauen Augen blickten immer noch sanft, doch nun war es die Sanftheit einer Klinge von solcher Schärfe, dass man ihr Eindringen im ersten Moment nicht spürte. „Was bedeutet dir mein

die langsamen Schwünge, mit denen der Untergrund pendelte, wuchsen an, bis sie weiter gingen als die Breite der Brücke selbst. Sie wusste nicht, wie weit sie schon

dem Dämon kaum Schaden zu, und beim nächsten Treffer in diese zähe Masse würde er sie vielleicht nicht wieder freibekommen. Mit einem Satz über das Gestrüpp

hervor, während ihre Hand ihm sanft über die Wange strich. „Kein Wagemut, versprich mir das. Es ist mir gleich, ob du ein wahrer Ritter bist, ich will nur,

wiederzusehen", meinte sie gepresst, halb zu sich selbst, und wickelte die Schuhe mit den Riemen zu einem Bündel zusammen. „Da werde ich mich nicht von ein paar Mäuerchen